의매생활
미카와 고스트
일러스트 Hiten
11

아야세 양이 무심코
팸플릿과 그녀를 번갈아 봤다.
아니, 그걸 번갈아 본다고
알 수 있는 게 아니잖아?
“저기……?”
“그거 만든 거, 나야.”

"팸플릿이랑 포스터를
칭찬해줘서 기뻐."
Ruka Akihiro
아키히로 루카

"조금 더 앞으로
나아가도, 될까?"

메이드 의붓 여동생

마루와 게임 디자인

문화제 출품, 마루네 반은 방 탈출 게임이라면서?

그래. 메이드 카페는 개인적으로 내 취향이 아니라서 말이다. 밀어붙였지.

그랬어? 좀 의외인걸.

가게 장식이나 의상의 퀄리티가 신경 쓰여서 못 참거든.
고증이 부족한 걸 보면 짜증이 난다고.

완벽주의라니까~. 방 탈출 게임도 엄청나게 깐깐하게 굴어서,
말려든 반 애들이 불쌍할 지경이었어~.

너는 즐거워 보이던데.

나야, 뭐! 그런 거 좋아하니까!

뭐, 마루는 본인이 우수한 만큼, 남에게 요구하는 작업의 퀄리티도 높을 것 같긴 해.

상사로 모시면 든든한 타입.

피곤한 타입 아냐?

어…….

무례한 녀석들이네. 하지만 그만큼 좋은 게임이 됐다고 생각한다.

마루는 게임 디자인도 할 수 있었구나.

할 줄 알았던 건 아니야. 조사하고, 공부하고, 해봤다. 그것뿐이지.

스토익하네.

깊이가 있어서 꽤 재밌더라. 플레이어의 시선을 유도하고,
목적을 잃지 않도록 이끌면서도, 너무 설명조가 되지 않을 정도의 밸런스를
고민한다. 게다가 초등학교 고학년 아이라도 힌트만 찾으면 자력으로 정답에
도달할 수 있는 난이도로 조정하는 거야.

마지막 수수께끼는 초등학생한테는 어렵다고 보는데~.

난 초5 때 알고 있었어.

어떤 수수께끼인데?

그거야, 중학교 국어 교과서에 있던―.

바보야. 스포일러 하지 마. 아사무라네도 당일에 와서 도전을 해야 되잖아!?

앗차, 그랬지. 입에 지퍼 채울게.

흐응~, 꽤 어려울 것 같네. 의욕이 생기는데, 아사무라 군.

응. 무조건 공략해 보자, 아야세 양.

의매생활

Days with my Step Sister

11

저자

미카와 고스트

일러스트

Hiten

옮긴이

박경용

Days with my Step Sister

Contents

존귀한 애정과 죄악적인 쾌락의 경계는 어디에 있을까?
아무도 모르고, 모두 알고 있다.

●프롤로그 아사무라 유우타

9월 1일, 수요일. 아침.

어제로 여름방학도 끝나고, 오늘부터 학교에 다니는 일과가 돌아온다.

그래도 우리 집 풍경은 평소와 다르지 않았다. 아버지와 아키코 씨는 애초에 장기 휴가는 없었고, 나와 아야세 양도 여름방학이라고 늦잠을 자는 편이 아니었다.

아침 식탁에는 아키코 씨를 제외한 세 사람— 나와 아버지, 그리고 아야세 양이 있었다. 아키코 씨는 평소처럼 퇴근하고 침실에서 자고 있다. 식탁에는 계란프라이와 김, 그리고 아야세 양이 만든 된장국. 이것도 평소랑 같았다.

"사키가 만드는 된장국은 여전히 맛있네."

아버지가 눈을 가늘게 뜨며 국그릇을 기울인다. 하아, 하고 감동한 것처럼 숨을 내쉬었다. 이해는 된다. ……하지만, 반응이 너무 과하다. 내 부모지만 조금 어이가 없다. 아버지가 아키코 씨와 재혼하면서 동거가 시작되고 벌써 1년 3개월이나 되었는데, 매일 아침 의붓딸의 된장국에 감동하고 있다. 그런 와중, 여기서 평소와 다른 일이 일어났다.

"그리고 유우타도 요리 실력이 늘었다."

이번에는 내가 구운 계란프라이를 한입 베어 물면서 말한 것이었다.

"계란프라이 하나로 뭘 그렇게까지."

"나도 그렇게 생각해. 오빠가 만드는 계란프라이, 타지 않게 됐고, 모양도 안 무너지게 됐어."

아야세 양까지 그렇게 말을 하니, 나는 조금 쑥스러워졌다.

"저번에 육수 계란말이는 실패했잖아."

"스크램블 에그 같았던 거?"

윽, 하고 나는 숨이 막혔다. 떠올리는 것만으로도 부끄럽다.

아야세 양이 만드는 육수 계란말이가 맛있어서, 요전에 나도 만들어 보려고 태어나서 처음으로 육수 계란말이에 도전했었다. 재료는 레시피대로 준비했는데, 전혀 잘되지 않았다. 젓가락으로 건드리면 계란이 부스스 부서지고, 말려고 해도 프라이팬 바닥에 달라붙은 계란이 떨어지질 않았다. 결과적으로 완성된 것은, 제대로 말리지도 않은 데다 몇 개의 계란 덩어리가 탄 상태로 간신히 서로 달라붙어 있는 것이었지.

"몇 번 더 만들어 보면 요령을 익힐 수 있지 않을까?"

아야세 양이 그렇게 위로를 해줘서, 나는 「그랬으면 좋겠네」라고 대답해 두었다.

"조바심 내봐야 소용없겠지?"

"그럴……거야. 응, 그렇게 생각해."

아야세 양이 왠지 절실한 어조로 말했는데, 어쩌면 그건 요리에 대한 것만 말한 게 아니었는지도 모른다.

나는 이번 여름의 공부 합숙을 떠올렸다.

수준 높은 사람들에게 둘러싸여 조바심이 생기고, 수면도 제대로 취하지 못하게 되어 오히려 공부 효율이 떨어지고 말았다. 그렇게까지 해서 가고 싶다고 생각했던 대학에 진학하려는 이유가 나 자신을 위해서가 아니었다는 것을 깨달았으니 얼마나 한심하던지.

여태까지는「갈 수 있는 범위에서 가장 좋은 곳으로 진학한다」라는 방침이었다. 하지만 그걸로 괜찮은 건지, 새삼스럽게 고민하고 있다는 것이 본심이다. 지망교를 정말로 케이료로 정해도 되는 건지, 내가 정말로 바라는 학부는 어디인지. 9월인 이 단계에서 확정하지 않은 것은 너무 늦은 것일지도 모르지만…… 실제로 정해지지 않았으니 어쩔 수 없다.

후지나미 양에게 지적을 받고, 나는 새삼 남을 위해서가 아니라 나를 위해서, 내가 좋은 직장을 구하고 싶으니까, 내가 살아가고 싶으니까— 그래서 대학에 가는 것이다, 라고 생각을 고쳤다.

물론 아야세 양과도 좋은 관계를 유지하고 싶고, 아야세 양과 보내는 고등학교 생활을 소중히 하고 싶다는 마음도 중요하게 여기고 싶지만.

"그러고 보니 유우타, 사키. 아키코 씨가 삼자면담 날짜를 신경 쓰고 있더라. 곧 다가올 것 같다면서. 작년에는 9월 말이었지?"

"아~."

"일정은 아직 못 들었지만, 비슷할 거라고 생각해요."

아야세 양이 말했다.

나는 아야세 양 옆에서 수긍하며 말한다.

"사키 말이 맞을 거야. 그 다음은 이제 개인면담밖에 없고."

대학 수험은 수험생 본인만의 문제가 아니다. 대학 입학시험을 치기만 해도 비용이 들고, 합격하면 학비도 든다. 살던 지역과 먼 곳의 대학에 다닌다면, 하숙비도 들 것이다. 학비를 장학금으로 충당하고 생활비를 아르바이트로 해결한다 해도 우리들은 아직 미성년자이며, 무엇을 하든 아직 부모의 비호 아래 있으니 마음대로 할 수 있는 건 아니다. 그런 부분의 조정을 꾀하는 것이 삼자면담의 취지이기도 하다.

"너희들이 진학하는 곳이 어디든, 가능한 협력하고 싶다는 생각이야."

아버지가 미소 지으며 한 말에, 아야세 양은 솔직하게 고개를 숙였다.

"감사합니다. 합격하도록, 노력할게요."

"지망은 그대로구나?"

"네."

아야세 양의 제1지망은 츠키노미야 여자대학이다. 애초에 아야세 양이 그 대학의 이름을 인식한 건 작년 삼자면담 때, 담임 선생님이 권유를 해서 의식하게 됐다고 한다. 그래서 그 자리에 있던 아키코 씨도 알고 있다. 그 후 얼마 뒤 아야세 양은 츠키노미야의 오픈 캠퍼스를 방문했다. 그 때 더욱 강하게 의식하게 된 것 같다.

오픈 캠퍼스라…….

고등학교 3학년 가을이 되어 오픈 캠퍼스에 가는 것은 입시명문인 스이세이 고교의 학생치고는 꽤 늦기도 하고, 생각이 부족한 것 같지만……. 늦더라도 안 가는 것보다는 낫지 않겠다고 생각했다.

"유우타는 아직 생각 중이니?"

"뭐, 삼자면담까지는 조금 더 좁혀두고 싶네. 그리고—."

나는 아야세 양과 눈을 맞춘다. 아야세 양은 묵묵히 고개를 끄덕였다.

"—올해도, 가능한 사키와 같은 날로 할 수 없을지 물어볼게."

"그건 나도 아키코 씨도 고맙지만…… 괜찮겠니?"

"우리는 딱히 신경 안 써. 알려져서 곤란할 것도 아니고."

우리가 의붓 남매인 것은 사실이다. 재혼 결과로 갑자기 같은 학교에 동갑내기 여동생이 생겼다는 건 색안경을 끼고 보게 될 요인이 될 거라 생각하지만, 우리는 이제 억지로 밖에서 남인 척 행동하는 것을 그만뒀다.

"아키코 씨도 기뻐할 거야."

호랑이도 제 말 하면 온다더니, 침실 문이 열리고 아키코 씨가 세면장으로 걸어가는 것이 보였다. 아직 잠옷 차림 그대로다. 아버지가 잽싸게 자리에서 일어나더니, 그대로 냉장고의 보리차를 컵에 따라 세면장에서 돌아온 아키코 씨에게 건넸다.

그대로 무슨 대화를 나누고는, 곧 아버지가 돌아왔다.

"면담 이야기는 해뒀어. 자세한 일정을 알게 되면 알려 달라고 했다."

"이 시간에 일어나는 건 엄마치고는 드문 일이네요."

동틀 녘에 돌아와서 잠자리에 들게 되니까, 확실히 아침 식사 시간이면 가장 푹 잠들어 있을 때다. 아야세 양이 말하자, 아버지가 수긍했다.

"아직은 좀 더우니까, 냉방을 끈 탓에 더워서 깬 거겠지. 냉방을 켜두는 편이 좋다고 말해뒀다."

그렇구나. 건네준 보리차는 탈수 증상을 예방하기 위해서였나.

"엄마, 냉방 싫어하니까……."

그렇지만 자고 있어도 수분은 손실되는 법이니까, 아무

리 9월이 되었다 해도 낮에는 아직 탈수 위험이 있다. 아버지 말대로 확실하게 온도를 설정해서 냉방을 켜두는 게 좋겠지. 수분 보충도 잊지 말고.

"나는 더위를 잘 타서 금방 냉방을 켜버리지만, 아키코 씨는 추위를 타니까 말이야. 뭐, 겨울은 겨울대로 나는 난방이 거북하지만."

"그래서, 난방을 꺼버리는 거야?"

"아니, 나는 그렇게까지 할 정도로 거북한 건 아니다."

그렇게 말하며 생글생글 웃는데, 이거 혹시 염장질인가?

"아키코 씨 쪽이 밤낮이 뒤바뀐 생활을 하니까. 나 이상으로, 컨디션 관리에는 신경 쓰는 편이 좋다고 생각하거든."

"새아버지도 일이 바쁘니까, 좀 더 자신의 몸을 챙겼으면 좋겠다고……, 엄마가 말했어요."

"그, 그렇니? 그야 뭐, 물론 조심할 거야."

설마 젓가락을 든 채 머리 뒤를 긁적이며 부끄러워하는 아버지를 보게 될 줄이야. 이것도 1년 전에는 상상도 못 했던 일이었다.

정말이지, 여전히 사이가 좋으시구나 싶었다.

아버지에게는 예전 어머니와 잘 풀리지 않아서 이혼했다는 트라우마가 있으니까, 이렇게 두 사람이 사이가 좋으면 나도 기쁘다. 기쁘긴 한데, 아침부터 바쁘게 아키코 씨한테 보리차를 건네는 건 그렇다 치는데요. 고맙다고 하면서 넥타이 비뚤어진 걸 정성스레 고쳐주는 걸 보여주시면, 고3 아들과 딸이 있는 부부라고 생각하기 어렵다고 할까요, 참 젊다고 할까요.

나도 모르게 내 교복의 넥타이가 신경 쓰여서, 목에 손을 올려 만져봤다.

그때, 테이블 아래에서, 내 정강이를 세 번. 통, 통, 통. 발이 가볍게 두드렸다. 그것이 아야세 양이라는 걸 인식한다. 신호다. 나도 같은 마음이라서, 가볍게 답했다. 통, 통, 통. 세 번.

"잘 먹었습니다. 맛있었다."

아버지가 말하더니 다 먹은 식기를 들고 자리에서 일어났다.

"싱크대에 두면 저희가 설거지 할게요."

"그러니? 미안하구나."

"아뇨. 아직 바쁜 것 같네요, 새아버지."

"아직 조금 그렇다. 그럼 다녀올게."

일이 쌓여 있는 거겠지. 평소보다 5분쯤 이른 시간에 다 먹었는데도, 아버지는 서두르는 표정으로 가방을 안고 집을 뛰쳐나갔다.

나랑 아야세 양은 아버지의 등에 다녀오세요, 라고 말했다.

그리고 우리는 식사를 마저 한다.

설거지를 마치고 집을 나설 준비를 한다.

우리는, 문을 나가기 직전에 서로의 양팔을 등에 두르고 몸을 끌어안았다.

나랑 아야세 양 사이에서는, 여름 축제 때부터 새로운 룰이 하나 추가됐다.

둘 중 누군가가 온기를 느끼고 싶은 마음이 싹텄을 때, 그것이 강요가 되지 않도록 동의를 구하는 싸인을 만들었다. 조금 스파이 놀이 같고, 어떤 의미로는 어린애 같은 행위이긴 하다. 그러나 우리는 아직 어른스럽게 보인다고 해도 고교생이며, 이렇게 비밀의 신호 같은 것에 아직 동경을 품는 나이이기도 하다.

서로에게 몸을 맞대고 그대로 눈을 감았다. 아야세 양도, 방금 전에 아버지가 아키코 씨를 소중히 여기는 모습을 보고 뭔가 생각하는 바가 있었던 거겠지. 서로의 온기를 느끼고 불과 몇 초 만에 우리는 몸을 떼어냈다.

만약 우리가 끌어안고 있을 때 자고 있던 아키코 씨가 일어난다면, 혹은 아버지가 잊으신 물건을 가지러 돌아온다면.

들킬지도 모르지만. 그래도 더욱이, 우리에겐 이 몇 초의 시간이 소중했다.

어쩌면 마음속 어디선가 들켜도 좋다, 아니, 오히려 들켰으면 좋겠다는 마음이 있는 걸지도 몰라.

"그럼, 가자."

"잠깐만."

말하면서, 스르륵 아야세 양의 양손이 내 목덜미까지 뻗어 넥타이를 쥐며 말했다.

"삐뚤어졌어."

"아, 응. ……고마워."

우리는 둘이 나란히 학교로 향했다.

의붓 여동생이며 연인이기도 한 그녀와 보내는, 두 번째 가을이 시작된다.

●9월 15일 (수요일) 아사무라 유우타

"여름이야."

구름 한 점 없는 한낮의 파란 하늘을 올려다보면서 마루가 샌드위치를 깨물었다.

그에 이끌려 나도 하늘을 보았다. 바람이 지나는 연결복도 한구석에서, 나와 마루는 둘이 나란히 멍하니 하늘을 올려다보고 있었다. 바람이 기분 좋아.

교사와 제2교사를 잇는 복도가 안뜰 한 구석을 지나고 있으며, 점심시간인 지금은 안뜰의 잔디에 설치된 벤치를 찾아 학생들이 찾아온다. 나랑 마루도 오랜만에 같이 밥이라도 먹자면서, 매점에서 빵과 음료수를 사서 손에 들고 빈 벤치를 찾아왔다.

그러나 아쉽게도 선객이 벤치를 메우고 있었다. 하는 수 없이 이렇게 안뜰을 내려다보는 2층의 연결 복도 한가운데서, 우두커니 둘이 서서 햇볕을 쬐며 느긋하게 대화를 하고 있었다.

"여름, 이라니. 9월도 벌써 반이나 지났거든?"

"달력으로는 벌써 가을이지만, 천문학적으로는 9월 15일이면 아직 여름이다."

마루가 체셔 고양이처럼 빙글빙글 웃음을 지으며, 종이

팩의 주스를 쪼옥 빨았다.

"뭐, 여름이라도 괜찮지."

"좋지. 그쪽이 수험까지 여유가 좀 더 느껴지는 것 같으니까."

마루가 그렇게 말했지만, 고3의 9월에 그 여유는 정말 필요한 걸까?

"나는 있는 것 같은 게 아니라, 정말로 여유가 있으면 좋겠는데."

"그거야 뭐, 아무한테도 없지. 여유가 있어 보이는 녀석들은, 그저 여유가 있는 척하는 것뿐이다."

적의 심리분석이 뛰어나다는 평판의 전직 야구부 정포수가 말했다.

"그럴, 까?"

"그렇게 생각을 해둬. 휩쓸리면 진다."

하지만 그 말투 자체가, 마루 자신도 압박을 느끼고 있다는 것의 증거나 다를 바 없는 것 같은데.

마루 옆에서 나는 종이팩 주스를 쪼옥 빨아먹었다.

안뜰 쪽에서 불어온 바람이 운동장 쪽으로 흘러간다. 잔디를 쓰다듬어 줄무늬 파도를 만든 바람이, 연결 복도를 걸어가는 여자애들의 스커트를 흔들고, 머리칼을 흔들고, 목덜미를 쓰다듬고 스이세이 고교를 지나 어디론가 물러갔다.

나와 마루는 잠시 묵묵히 서서, 지나가는 바람에 몸을 맡겼다.

"오랜만이야."

"응?"

"아사무라랑 이렇게 느긋하게 얘기하는 것도 오랜만인 것 같아서."

아아, 듣고 보니 그렇네.

반이 바뀌고 나서, 마루와 느긋하게 대화할 시간이 확실히 줄어버렸다.

작년에 같은 반이었을 때는 대화를 하던 반 친구 몇 명은, 반이 바뀌고 난 뒤로는 아직도 말을 나누지 못하고 있다.

마루도 요즘엔 그다지 대화할 기회가 없었다. 마루는 여름의 마지막 대회를 준비하느라 바빴고, 여름 방학에 들어서부터는 나도 수험공부에 집중을 했으니 친구와는 시간을 거의 보내지 않았다.

"요즘은 어때? 야구부, 은퇴했잖아. 전직 캡틴으로서 후배들이 신경 안 쓰여?"

"우리 야구부는 우수한 2학년이 있거든. 걱정은 안 한다."

"대회는…… 유감이었네."

"힘이 부족했다. 그것뿐이야."

마루는 담담하게 그런 말을 했지만, 분하지 않을 리 없다. 고시엔의 지방 예선을 패퇴한 뒤로, 번아웃 증후군에 가까웠다. 가끔 오는 메시지에서도 「의욕이 안 난다」, 「공부할 생각이 안 든다」고 투덜거리고 있었다.

그것이 변한 건 여름방학 중간 즈음부터였다.

내가 공부 합숙에서 돌아왔을 무렵이던가? 보내는 메시지에서도 긍정적인 내용이 늘었다. 그래서 큰 걱정은 안 했는데.

"그러고 보니, 너랑 아야세는 불꽃놀이 안 왔었지?"

"응?"

"역시 놀러 다닐 여유는 없었나?"

"아~. 뭐, 그렇……지. 그런 여유는 없었어."

실제로, 놀러 갈 여유는 7월의 데이캠프 때 말고는 없었다. 다만, 불꽃놀이 대회라면 사실 아야세 양과 딱 한 번이지만 다녀왔다. 그 불꽃놀이 대회의 존재를 아야세 양은 나라사카 양에게 들었다고 했었지.

어쩌면, 그 나라사카 양 주최의 모임에 마루도 있었던 걸까?

평소에는 누구랑 누가 만났는지 신경 안 쓰는 타입이지만, 솔직히 신경이 안 쓰인다면 거짓말이다. 아야세 양이랑 연관이 있어서일까?

"그래. 내기는 진 거로군."

"……무슨 소리야?"

"분명히 아야세랑 단둘이서 갔을 거라고 생각했거든."

역시 심리전의 귀재인 야구부 주장. 동요시켜서 진상을 캐내려는 속셈인가?

"어떤 내기를 했는지는 모르지만, 져서 아쉽겠네."

그렇게 피해내자, 마루는 흥 코웃음만 치고 그 이상 캐묻지는 않았다.

"뭐, 그런 걸로 해주마."

……역시 들켰구나. 이 반응을 보면.

"아사무라답군."

"어?"

"어지간한 남자 놈들이면, 아야세랑 불꽃놀이 갔으면 친구 사이를 넘어서 학교 전체에 떠벌리고 다닐 거라고."

"어째서?"

"미인 여친이라는 건 남자들 사이에서 자랑할 수 있으니까."

"어?"

도무지 알 수가 없는 소리인데, 그런 거라고 한다.

"마루도?"

"전에도 말했지만, 나는 아야세 같은 타입은 거북해. 뭐, 얘기를 해보면, 네가 말한 것처럼 나쁜 녀석은 아닐지도 모르지만……."

"오빠로서 보증할 수 있어. 아야세 양은 착한 애야, 야무지고. 어느 면에선, 나보다도."

마루는 나랑 아야세 양이 의붓 남매라는 걸 알고 있으니, 이 정도는 문제없으리.

"그럴지도 모르지."

"……그거, 조금은 반론해줘도 되는데?"

화제를 바꾸자.

"뭐, 이제 수험도 눈앞이니까. 조금 있으면 문화제도 있고. 그게 끝나면, 수험 일직선이겠지."

"보려고 했던 여름 애니도 절반 정도밖에 소화 못한 게 분통하다……."

"나도 책이 쌓여 있어. 그런데, 반이나 봤구나."

"루틴워크를 무너뜨리는 건 악수니까. 평상심을 유지 못하면 풀 수 있는 문제도 못 풀게 된다. 뭐, 숨돌리기에는 딱 좋아."

숨돌리기로 애니메이션을 대량으로 보면서 대학에 붙으면 굉장한 거라고 생각하는데.

"어떻게 될 것 같아?"

나는 마루에게 물었다. 대답은 예상이 되는데.

"도쿄대 B판정은 확보해뒀다."

나는 무심코 빤히 절친을 보고 말았다. 현역 입시생으로 그건 엄청나잖아.

"사립도 볼 거야?"

"일단은. 보험으로 와세호, 케이료를 생각하고 있지."

"그거, 보험 수준이 아닌데……."

"뭐, 드디어 의욕이 솟기 시작했거든. 노릴 거라면 가장 위를 노려볼 셈이다."

완전히 수험 모드의 스위치가 켜진 친구는 하늘을 올려다보며 결의를 말했다.

아까 마루는 이렇게 말했다. 너는 불꽃놀이에 안 왔었지, 라고.

다시 말해서 그는 불꽃놀이에 갔다는 거겠지. 그렇게 숨을 돌렸으니까 기분 전환이 된 걸지도 모르겠다고 나는 생각했다.

망설임 없는 옆모습을 보고, 마루는 이미 방향을 잡고 나아가야 할 길을 보고 있다는 걸 느꼈다. 그것이 어떤 길인지 나는 아직 듣지는 못했지만.

"그래. 힘내라."

마루니까, 명확한 목표를 세우고 진학할 곳을 골랐겠지.

진학, 이라.

"남을 걱정하고 있는데, 너는 어때? 아사무라."

"응. 새삼스럽지만, 대학에 가서 내가 뭘 하고 싶은지, 그런 걸 생각하고 있지."

"요즘 세상에 그런 걸 정한 녀석이 더 드물다고 생각하는데."

"하지만, 너는 정했잖아."

"그렇지. 그러나 재학 중에 마음이 바뀔지도 모른다. ……그래. 바뀌어도 된다고 생각한다."

나는 마루의 말을 듣고 고개를 갸웃거렸다. 무슨 뜻이지?

"진학이라는 건, 장래로 이어지는 중요한 거라고 생각하는데."

"조바심은 시야를 좁게 만든다. 그건 선택지를 좁히지. 부모님이 말해준 적이 있어. 대학은 골이 아니라고."

마루가 부모님 얘기를 하는 건 처음 들은 것 같다.

"그렇……구나?"

"아버지는, 이렇게도 말했다. 마음이 바뀌는 걸 두려워하지 마라. 대학에서 장래의 모든 것이 정해진다고 생각 안 하는 게 좋다."

"그건…… 그럴지도 모르지만."

하지만. 그런 식으로 생각할 수 있을 만큼 우리한테 여유가 없는 것도 사실이다. 여기서 실패하면 인생 끝장. 이런 정도로 생각해 버리는 것이 수험이다. 어느 대학에 가도 리커버리를 할 수 있다는 낙관적 시점을 신용할 정도로 우리는 인생 경험이 없다.

"그렇지만, 목표가 있으면 모티베이션이 높아지는 것도 사실이지. 아사무라는 다시 말해서 뭘 하면 좋을까 모르는 상태라는 거지?"

나는 수긍했다. 그야말로 그거다. 새삼스럽지만 자신이

대학에서 뭘 하고 싶은지, 뭘 해야 하는지 길을 잃었단 느낌이다.

“어쩐지 막연해서 말이지.”

“흠. 그런가.”

“뭔가 조언 있어?”

지푸라기라도 잡는 심정이란 거다. 아니, 마루가 지푸라기란 건 아니고.

“언어화하는 것, 이지.”

“무슨 말씀이신지?”

“인간이라는 건, 생각한다는 행위가 거북한 생물이야.”

“생각한다는 행위가 거북하다…….”

마루다운 재미있는 말이야, 이라고 생각했다.

“머릿속에서만 만지작거리고 있으면 제자리에서 맴돌고 있다는 걸 깨닫지 못하기도 한다는 거야. 그렇기에 언어화한다. 구체적으로는, 종이에 적어본다.”

“뭔가 차이가 있어?”

“있다. 실제로 자기 머릿속을 종이에 문자로 출력해보는 것으로 새로이 정리할 수 있는 법이지. 메모 정도라도 괜찮다. 일기나 비망록이라도 좋고.”

“일기라.”

그러고 보니 일기는 써본 적이 없네.

자기 머릿속을 정리하는 것, 이라.

한 번 해볼까?

연결 복도를 지나는 바람이, 어느새 그쳐 있었다.

점심시간이 끝나고 오후 수업이 시작됐다.

일본 역사 담당 교사는 학교에서도 별종으로 알려져 있는데, 파격적인 인물이라는 건 어디든지 있는 법이라고 생각했다. 눈앞에서 교과서의 범위를 화려하게 탈선하는 걸 지켜보면서, 어떻게 이 시간을 유효하게 활용할지에 대해 생각하고 있었다.

이대로 가면, 남은 30분이 전부 잡담으로 끝날 게 뻔했다.

뭐, 반 애들 모두가 각오하고 있었다. 이 선생님이 담당하는 일본 역사는 매년, 시간이 부족해서 근대 역사 부분이 빠르게 지나가 버린다. 부 활동을 하는 애들 말로는, 선배들로부터 전해 들었다고 한다. 수업 세 번에 한 번은 이렇게 화려하게 탈선하니까, 교과서 진도가 늦어지는 것은 어쩔 수 없다. 그런 주제에, 정기시험의 범위는 수업 계획표에 준거하여 철저히 짜여 있었다.

탈선해가는 일본 역사를 생글생글 웃으며 듣고 있는 아야세 양을 보았다. 즐거워 보인다. 역사를 좋아하는 그녀는, 교과서의 범위를 넘어서 이야기하는 탈선이야말로 본편이라는 것처럼 만족스레 듣고 있었다. 단순히 즐기는 걸 넘어서 질문까지 하고 있다. 그러고 보니 지난번 탈선은 헤이안 시대[#1] 여류 작가들 사이의 교류에 대해서였고, 집으로 돌아온 다음에도 재미있었다며 몇 번이고 말했다. 나는 아쉽게도 반쯤 흘려들으며 다른 교과서를 몰래 보고 있었으니까 대화를 따라갈 수가 없었지만.

이번에도 교사의 잡담 같은 이야기를 귀의 한쪽으로 흘려들으며 생각했다. 어디 보자, 남은 시간을 수험생으로서 어떻게 유용하게 써야 할까……. 아니, 잠깐. 이럴 때야말로 마루가 말한 것처럼 내 사고를 정리할 시간으로 써야 하지 않을까?

나는, 뭘 중시하고 있는 걸까?

이제부터 뭘 하고 싶은 걸까?

노트의 빈 페이지를 펼치고 샤프펜슬을 쥐었다. 어디 보자…….

머릿속이라.

우선, 나는 뭘 좋아하는 거지? 좋아하는 것…….

—책이 좋다.

정확하게 말하면 독서가 좋다, 인가? 실존하는 책이라는 매체에 그다지 애착이 있는 편이 아니다. 전자든 종이든 어느 쪽이라도 좋다. 나는 『책이 좋다』라고 적은 한 줄 아래에 『독서』라고 쓴 뒤 동그라미를 그려 화살표를 끌었다.

#1 헤이안 시대 일본 역사상 8~11세기 경을 이르는 말. 귀족 계급 여성들이 쓴 문학 작품이 많은 시기이기도 했다.

거기서 더욱이 사고를 발전시켜봤다.

나는 어째서 독서를 좋아하는 걸까? 좋아하는 책의 타이틀을 이것저것 돌이켜봤다.

그러고 보니 소설이 아닌 것은 노하우 책 같은 걸 읽는 것도 좋아한단 말이지. 그렇구나, 이런 사고방식도 있구나, 하면서 신선한 관점을 얻을 수 있으니까. 편견이나 시야협착에서 자신을 지켜주는 것 같기도 하고.

—새로운 사고방식을 접하는 게 좋다.

일지도 모르겠다.

거기서 나는 한 번 사색을 끊었다. 고개를 들어 주위를 둘러봤다. 혹여나 수업이 재개되었으면 큰일이다. 그러나 예상대로 교사의 탈선은 이어지고 있었다.

좋아하는 것…… 좋아하는 것이라.

『커피』, 『탄탄면』, 『마파두부』……. 이것저것 생각나는 대로 적어봤다. 주로 음식이지만. 매운 걸 좋아한다. 단숨에 세속적이게 되었는데, 뭐, 좋아한다. 그다지 먹을 것을 가리는 편은 아니라서 굳이 따지자면, 수준으로 좋아하지만. 좋아하는 것……. 좋아하는 것, 이라. 이런 물질적인 것은 그다지 떠오르질 않네.

자신의 방을 떠올려봤다. 뭔가 굴러다니고 있던가?

책은 괜히 늘어나고 있었다. 수납공간에 제한이 있으니까, 요즘에는 가능한 전자서적으로 사고 있지만. 그러나 책 말고는 그다지 물건이 굴러다니지 않는다. 마루처럼 피규어나 아크릴 스탠드 같은 걸 모으는 취미도 없다. 오디오도 그다지 고집하지 않고, 애니메이션도 영화도 보지만, 구독제로 볼 수 있는 범위 이상은 안 본다.

좋아하는 것…….

—사키.

으음. 이건 아무리 그래도 노트에 문자로 적기 부끄럽네. 아니 그래도, 마루가 말한 것처럼 이런 것을 머릿속으로만 완결시키니까 사고가 전진을 못……. 아니, 아니. 누가 보기라도 하면 너무 창피하잖아. ……그러니까, 망설이면서 나는 여백에 작게 『SAKI』라고 적었다. 이거면 언뜻 봐도 모를 거야. 이걸로 봐주세요. 누구한테 변명하는 건지 의문이지만.

일단 사고를 진행하자.

좋아하는 것은 이 정도로 해두고.

다시 말해서 — 나는 노트를 노려보면서 생각했다 — 이런 좋아하는 걸 가진 것이 나라는 인간이다. 그래서 나는 뭘 하고 싶은 걸까?

—가능한 빨리 자립하고 싶다.

어째서?

아야세 양을 지탱해주고 싶다. 아버지의 부담을 경감할 수 있다. ……그래서?

그런 것을 술술 적고서, 적은 것을 보고 깨달았다.

잠깐, 잠깐, 잠깐. 이건 내가 하고 싶은 일, 이 아니잖아.

만약, 아야세 양이랑 만나지 않았다면? 만약, 아버지가 석유왕이었다면? 그런 상황이었다면, 서둘러 자립하고 싶은 이유가 전부 사라져 버린다. 그때 나는 아무것도 하고 싶은 일이 없어진다는 뜻이다. 다시 말해서, 아야세 양과 알기 전 고등학교 1학년 때의 나는 장래에 하고 싶은 일이 아무것도 없었다는 건가? 정말 그랬나? 후지나미 양이 말한 것처럼 자신이 행동할 동기를 바깥에 억지로 만드는 거 아냐?

아야세 양이 소중한 것도 아버지를 편하게 해주고 싶은 것도, 거짓말이 아니고 중요하다고 생각한다. 그것도 지금 나를 만들고 있는 거니까.

다만, 그것뿐이 아니잖아?

직감적으로 깨달았다. 나는 내가 뭘 하고 싶은지를 감추고 있다. 스스로 일부러 보이지 않게 하고 있다. 그런 감각이 있다. 감각은 있다. 그러나— 그 정체는 뭐지?

으음…… 모르겠어…….

어쩔 수 없다. 하고 싶은 일을 모른다면, 다음은 내가 할 수 있을 법한 것을 생각해보자.

내가 할 수 있는 일……이라. 사람과 사귀는 건 서투르다…… 그렇게 생각했었던 시기도 있었다. 그러나 요즘엔 그렇지만도 않다. 접객은 특기다. 좋아한다고 할 수 있는 건 아니지만, 특기. 다르게 말하면 익숙하다. 괴롭지 않다고 말하는 게 좋나?

서점에서 알바를 하고 있으면, 나는 책을 진열하는 법을 생각하는 것도 좋아한다고 느꼈다. 이건 요미우리 선배로부터, 서점에 오는 손님이 어떤 식으로 책을 발견해서 사 가는지에 대해서 배운 것이 크다. 다시 말해서 인간의 행동에는 법칙이 있다는 것이다. 개인의 행동을 예측하는 것은 할 수 없지만, 서점을 찾아오는 손님이라고 대략적인 구분을 하면 책을 진열하는 방식에 이론이 생긴다.

팔리는 책은 보다 눈에 띄도록 한다, 같은 것도 그중 하나다.

잔뜩 팔리는 책은, 다시 말해서 책을 열심히 찾지 않는 라이트한 손님에게도 팔린다는 말이다. 그러니까 눈에 띄는 곳에 눈에 띄도록 둬야 한다. 그렇지 않으면 라이트한 손님은 발견하지 못한다.

반대로 열심히 찾는 소수의 손님에게만 팔리는 책이란 것도 있다. 그런 손님은 헤비 유저니까, 다소 눈에 안 띄어도 자기 힘으로 찾아낸다. 서점 안쪽에 있어도 문제없다.

요미우리 선배는 적어도 그렇게 생각하는 모양이다. 그리고 그 논리에 따라 선반을 정리하는 거라고 했었다. 재미있다고 생각했다. 나도 그런 것들을 생각하는 건 좋아했다. 이게 특기인지 아닌지는 제쳐두고, 생각하는 것을 괴롭게 생각한 적은 없다.

아무래도 나라는 개인은 인간끼리 사귀는 건 귀찮다고 생각하는 주제에, 인간이라는 생물의 행동 자체에 대해서 생각하는 건 좋아하며 괴롭지 않은 것 같다.

한 차례 사고를 쭉 적어보고, 한 줄 띄우고, 이번에는 지망 대학을 적어봤다.

이치노세 대학. 사립대라면, 와세호, 케이료…….

취직에 유리한 범위에서, 되도록 상위 학부가 좋겠다.

하고 싶은 일만 고려하면 문학부가 되겠지만, 취직이라면 경제학부, 법학부 같은 게 좋다……인가?

그때 손이 멎었다.

……잠깐만? 나는 내가 적은 노트를 다시 노려보았다.

뭔가 이상하다. 애당초 상위 학부라는 게 뭐지? 편차치가 높은 학부란 건가? 아마, 그런 거겠지. 현대는 아직 편차치 사회이고 학력 사회다. 학력이 높으면 인생에 유리하다…… 유리할까? 아니, 유리한지 아닌지는 지금 적어야 하는 건가?

나는 무심코 작게 숨을 삼켰다. 왜 나는 이런 식으로 생각했지?

상상해봤다. 예를 들어 돈을 내고 좋을 대로 먹으라고 한다. 그렇게 말하면 가능한 비싼 것을 먹으려고 하겠지.

그건 이해된다. 그러나 먹고 싶은 것이 정해졌을 때, 훨씬 비싼 것을 살 수 있다고 메뉴를 바꿀까? 그건 본말전도 아닐까?

지금은 뭘 먹고 싶은가— 가 아니다. 그러니까, 나는 뭘 하고 싶은가? 그걸 찾기 위해서, 이렇게 생각을 적어보고 있을 텐데…….

장래에 어떤 걸 할 것인가를 그리고 있는가 묻고 있는 와중에 「가능하면 위의 학부」라는 두루뭉술한 답이라니, 무슨 농담이야? 그건 다시 말해서 어디든지 좋다, 희망 취직처는 입학하고서 생각합니다, 라고 자백하는 거나 마찬가지다. 취직에 커다란 영향을 끼칠지도 모르는 학부 선택인데.

물론 정말로 아무것도 정해지지 않았다면 그래도 된다. 어차피 그것밖에 못한다.

하지만 지금 내가 하는 것은 솔직하게 자신의 머릿속을 토해내는 일일 거야. 실현 가능성 같은 건 제쳐두고— 우선 한다.

나는 살짝 절망했다.

모든 것이 애매모호하고 지나치게 어중간하다.

어째서 자신이 뭘 배우고 싶은지, 자신이 뭘 하고 싶은지, 그것이 이렇게나 정해지지 않는 걸까?

아까 마루에게 들은 이야기를 떠올렸다.

마음이 바뀌는 걸 두려워하지 마라, 라는 그 얘기다.

오싹, 소름이 돋았다.

이거다…….

마음이 바뀐다.

나는 지금까지 깊은 생각 없이, 일단 선택지를 넓히기 위해서 보다 좋은 장소에 가는 것이 정답이라고 생각했다.

하지만 그게 아니었다. 깊이 생각하지 않는 게 아니다. 깊이 생각하기 싫었던 거다.

인생에는 어떻게 할 수 없는 일이 있다. 희망은 반드시 이루어지는 게 아니다. 나는 그것을, 이미 초등학생이 되기 전에 알아 버렸다. 초등학교 수험에 실패해서. 중학교 수험에 실패해서. 그리고 어머니는 집을 나갔다.

애정이라는 마음마저 바뀌는 것이다. 신 앞에서 영원을 맹세한 주제에.

그래서 바람을 가지는 것 자체를 포기했다.

뭘 하고 싶은지 정하지 않으면, 이루어지지 않아도 상처 입지 않게 된다.

설마— 그런 이유로 나는 자신이 뭘 하고 싶은지 생각하는 걸 포기하고 있었나?

"아니, 잠깐……. 이건 내 장래를 어떻게 하고 싶은지에 대해서였지……."

무심코 목소리가 흘러나와서 퍼뜩 주위를 둘러봤지만,

아무래도 아무도 못 들은 모양이다. 다행이야. 이때만큼은 입에 거품을 물고 큰 소리로 탈선하고 있는 선생님한테 감사해 버렸다.

적어놓은 노트를 바라보며 안타까움을 느끼는 사이, 어느새 수업이 끝났다.

방과 후. 알바를 하는 서점에 도착해서, 근무 시작 시간까지 가게 안을 돌아다니기로 했다.

책장의 숲을 걸으면서 나는 역시 책은 좋다, 라고 감상에 빠져버렸다.

책의 냄새를 맡으면 차분해진다. 종이를 고집하지 않는다고 생각했지만 좋아하는지 싫어하는지, 새삼 물어본다면 역시 좋아한다고 생각했다. 깔끔한 장정을 바라보는 것도, 책을 넘긴다는 행위도, 펼친 페이지에서 피어오르는 잉크의 냄새를 코 깊은 곳으로 들이쉬어 맡는 것도— 싫어하지 않는다.

"신간 체크도 못했었단 말이지."

평상에 진열되어 타워가 되어 있는 책의 표지를 바라보면서, 중얼거렸다. 이런 곳에서 수험의 해라고 실감하게 된다.

이제 그만 일할 시간이야. 안에 있는 사무소로 향했다.

오늘은 오랜만에 알바다. 게다가 최근에는 보기 드물게

요미우리 선배를 비롯해, 아야세 양도 코조노 에리나 양도 근무가 잡혀 있었다. 다시 말해서, 요미우리 선배와 주니어즈가 다 모인 드문 날이었다.

들어갑니다. 말을 하고 사무소의 문을 열었다.

이미 다른 세 명은 유니폼으로 갈아입고 대기 중이었다.

“오~, 우리 후배. 안녕?”

“네, 안녕하세요. 아아, 코조노 양도 안녕?”

“안녕하세요? 아사무라 선배.”

코조노 양 옆에 나란히 앉아 있던 아야세 양도 작게 고개를 끄덕이며 인사했다.

“아사무라 군은 느긋하게 왔네.”

“조금 가게 안을 한 번 빙 둘러봤으니까.”

“아아, 그랬었구나.”

그렇게 말하는 아야세 양을 뭔가 말하고픈 표정을 한 코조노 양이 보았다. 시선을 깨달은 아야세 양이 코조노 양을 돌아보았다.

“응…… 왜? 코조노 양.”

“아뇨. 괜찮은데요. 아야세 선배…….”

말하면서 코조노 양은 표정을 바꾸었다.

씨익 하며 입가를 올렸다.

“여전히 성으로 부르는구나 생각했을 뿐이에요.”

“보통이잖아. 일하는 중이고.”

"하지만, 만약 이 가게에 또 한 명 아사무라란 사람이 들어오면 구분해서 부르는 게 어려워지잖아요."

코조노 양이 그렇게 말을 하고, 난처하게도 요미우리 선배가 비슷한 낌새로 씨익 웃었다.

"호오호오호오! 좋은걸, 그 적극성! 그래, 일본인은 서로를 이름으로 부르는 걸 기본값으로 해야 돼. 그러는 게 개인을 존중하는 게 드러나니까."

"그렇죠!"

"뭐, 부정은 안 하겠어."

아야세 양이 평소처럼 표정 하나 안 바꾸고 말했다.

"괜찮아요? 괜찮죠? 사사로운 거 신경 안 쓰시죠? 저는 사양하는 사람한테는 아마도 안 질 거예요. 그럼 먼저 부릅니다?"

"그래. 그리고 어째서 『아마도』야?"

"으극……. 상관없잖아요!"

"그러니까 코조노 양은 우리 후배랑 더욱 친밀해지고자 이름으로 부르고 싶다는 거구나. 좋아, 좋아. 한 번 해보자."

싱글싱글하지 말고 말려주세요, 요미우리 선배.

"알겠습니다! 그, 그러면, 저기……. 어라? ……선배, 이름이 뭐였죠?"

아야세 양이 그 순간, 아이코 하면서 얼굴을 손으로 감쌌다.

“유우타, 인데.”

“아, 네. 감사합니다. 그러니까…… 유타타.”

그거 누굽니까?

“꼬여버렸어. 유, 유우……탓타.”

“그렇게 얼굴이 새빨개져서 말하지 않아도 돼. 무리할 것 없는데?”

아야세 양이 말했다.

“~~우우우우우~~. 선배, 용케 이런 창피한 일을 할 수 있네요!”

“나는 안 했어. 아사무라 군이라고 하잖아.”

아야세 양이 천연덕스레 말하지만, 집에서는 『유우타 오빠』라고 부른단 말이지. 꽤 전부터.

어쩐지 미지근한 분위기가 피어오르는 참에 점장님이 문을 노크하고 들어왔다.

이제 시간 되어간다고.

어느새 근무 시작 5분 전이었다. 우리는 나란히 의자에서 일어섰다.

마시고 있던 차의 컵을 정리하고, 이것저것 작업 준비를 하고 있을 때 「아, 맞다」 하고 요미우리 선배가 나에게 말했다.

“사고 싶은 책을 발견하면, 살 수 있을 때 팍팍 사두는 게 좋아.”

꽤 진지한 표정이야.

"네에. 하지만 그렇게까지 살 수 있는 돈도 없고 여유도 없어요. 수험생이고. 그리고 사도 둘 공간이 말이죠……."

"방에 걸을 수 있는 공간만 남는다면 괜찮다니까!"

내 말을 가로채듯이 요미우리 선배가 말에 끼어들었다. 아니, 아니. 바닥이 보이지 않을 정도로 쌓을 셈인가요?

"혹시…… 선배의 방은 바닥이 안 보여요?"

"옆으로 치우면 걸을 수 있어."

"무슨 설국도 아니고……."

책 타워로 침대 주변이 묻혀 있는 방을 상상해 버렸다.

"있지. 책을 살 수 있을 때 사는 게 좋다는 거야."

진지한 어조라서, 나는 무심코 무슨 일인지 물어보고 말았다.

"오늘 뉴스, 아직 안 봤어?"

대형 총판 업체 중 하나가 도산했다는 뉴스였다.

총판이란 것은 출판업계에 불가결한 존재로, 업종 내 확고한 위치에 있다는 이미지가 있었다.

"역사가 길다고 알려져 있었는데 말야. 뭐, 그래서 조금 제행무상을 느껴버렸거든. 이런 건 어떤 장사에서든 일어날 수 있는 일인데도. 취직활동을 하는 몸으로서는 무시할 수 없는 토픽이었어."

우리 세 사람은 고개를 끄덕였다. 그런 거라면 이해가

된다.

"혹시…… 그러니까, 선배는 총판?도 취직처로 생각한 건가요?"

"뭐, 일단은. 물론 다른 것도 생각하고 있지만. 옛날부터 있던 대기업이 아니라, IT, Web의 광고대리점 같은 거. 그런 것도 면접 봤어."

"그렇게 여기저기 면접을 봤나요?"

아야세 양이 물어보자 요미우리 선배가 수긍했다.

그렇구나. 일하려고 했던 업종에 그늘이 지면 진로로서 불안해진다는 거구나. 요미우리 선배의 말에 따르면, 지난 몇 개월의 경제 토픽을 늘어놓기만 해도, 오래된 자동차 메이커 매수, 대형 전기제품 메이커 매수, 은행의 주가폭락 등이 있어서, 지금까지 일본의 주산업이라고 할 수 있던 몇 가지 업종에 변화가 보인다고 했다.

아직 고등학교 1학년인 코조노 양은 실감이 안 생기는 것 같지만, 나도 아야세 양도 장래의 진로를 생각하고 있으니까 몸에 사무치는 이야기였다.

"츠키노미야를 졸업해도, 취직 활동은 힘든 거네요……."

아야세 양의 말도 진심에서 우러나오고 있었다.

"뭐, 내정받은 곳은 있고, 고를 수 있는 입장이긴 해서 꽤 마음은 편하지만."

드디어 미소를 지은 요미우리 선배가 말했다.

"자, 그러면, 매장에 가자. 계산대는 처음에 나랑 우리 후배가 하고, 둘은 책장 정리부터."

요미우리 선배는 그렇게 말하면서 우리를 재촉했다.

그러나 그런 이야기를 들으면, 나로서는 점점 더 내가 목표로 하는 안정지향이 옳은 것인지 의문이 들게 된다. 어떤 오랜 역사의 업계라도, 어떤 커다란 회사라도, 커다란 변화가 일어나는 시대에는 내일 쇠락할지도 모른다. 요미우리 선배는 이렇게 말하는 거다. 그러면, 가능한 좋은 대학, 좋은 취직처, 라는 정도의 두루뭉술한 인식에 어느 정도 가치가 있는 걸까?

물론 단단히 조사를 하거나 생각하고서 인식하는 거면 별개다.

하지만 나처럼, 애매모호한 생각밖에 못한 상태에서 상정하는 좋은 대학이나 좋은 취직처라는 건 사상누각에 지나지 않는 거 아닐까?

계산대로 가면서 요미우리 선배가 덧붙였다.

"우리 후배가 대학을 졸업할 무렵에는, 세상의 풍경이, 꽤 바뀌었을지도 몰라. 새로운 회사, 새로운 일, 새로운 직장 형태가 넘쳐나는 시대가 되었을지도 모르지~."

—새로운 사고방식을 접하는 걸 좋아한다.

노트에, 나는 그렇게 적었다. 그렇지만—.

좀 살려주면 좋겠다. 나는, 아직 세상에 존재하지 않는 취직처까지 고려할 수 있을 만큼 미래 예측능력이 없다고.

그날 밤은 아야세 양과 TV를 보면서 저녁을 먹었다.

우리는 부엌이 아니라 거실 소파에 앉아 있었다.

TV 앞의 테이블에 놓은 메인 메뉴는 일본식 가정요리의 정석이라고 할 수 있는 고기감자조림이었다. 둘 다 알바하고 돌아왔으니까, 아키코 씨가 출근 전에 만들어둔 아버지한테 잘 먹히는 필살 요리를 그대로 데우기만 해서 먹는 참이었다. 여기에 밥이랑 된장국, 토핑은 귀가 도중에 슈퍼에서 사온 채소랑 낫토랑 김을 곁들였다.

참고로 아버지는 이미 다 먹고 침실이었다. 아마 벌써 자고 있다.

그런데, 식사 때는 식사에 집중한다는 스탠스인 아야세 양과 그다지 TV를 안 보는 내가 둘이서만 저녁 식사를 하는데, 어째서 오늘 밤에만 거실에서 먹고 있느냐 하면—.

둘 다 요미우리 선배와 나눈 대화에 영향을 받아, 가끔은 뉴스를 느긋하게 보면 어떨까 생각한 것이다. 밤늦게 하는 경제 뉴스 전문 방송을 이렇게 틀어놓고 있었다. 월드 비즈니스의 트렌드를 추적하는 스튜디오의 방송을 아야세 양과 감상을 서로 말하며 보면서 젓가락을 움직이고 있었다.

"아, 이거구나. 요미우리 선배가 말했던 도산."

아야세 양이 말했다.

나도 수긍하면서 뉴스를 보았다.

화면 너머의 인기 캐스터가 전문가라는 경제학자의 말을 들으면서, 이야깃거리를 펼치고 있었다. 업계 전반적으로 이렇다 저렇다. 젊은이의 독서량 감소가 어쩌고저쩌고.

“책은 그렇게나 팔리지 않게 된 걸까?”

아야세 양의 말에 나는「어떨까?」하고 이의를 제기했다.

“확실히 종이책의 매상은 내려가고 있을지도 모르지만, 전자나 Web 매체의 문자도 포함하면 오히려 문자가 가장 많이 읽히는 시대라는 설도 있는 것 같아.”

그리고 지금은 교육 과정에 독서 시간이 포함되어 있다.

“그러고 보니 초등학교랑 중학교 때 있었지. 독서 시간이라고 해도 10분 정도였지만.”

“짧단 말이지. 그래서는 도무지 다 못 읽어.”

“그러니까 짧은 시간에 읽을 수 있는 책만 빌렸어.”

아야세 양은 잡지는 읽는 편이지만, 소설은 그다지 안 읽는단 말이지.

“나는, 그대로 읽어버렸는데.”

“그대로?”

아야세 양이 고개를 갸웃거렸다.

“말 그대로 그대로야. 왜냐면 뒷내용이 신경 쓰이니까.”

“……어? 혹시, 수업 시간에 집중해서 읽었다는, 거야?”

낯간지러움을 느끼면서 수긍했다. 사건이 일어나 탐정이 수수께끼 풀이를 시작한 참에 다음은 내일 독서 시간에 읽으라고 해도, 그때까지 기다릴 수 있을 리 없잖아.

"책상 위에 교과서를 펼쳐놓고, 책상 안에서 책을 이렇게 펼쳐놓고…… 틈을 봐서 읽었지."

자신 앞에 책상이 있는 느낌으로 재현해봤다.

아야세 양이 기가 막힌다는 듯 입을 쩍 벌리고 있었다.

"용케 안 혼났네."

"수업 중에는 독서가 잘 된다니까."

그런 대화를 하면서, 우리는 화면 안의 경제 뉴스를 보았다.

한 차례 뉴스가 끝나고, 방송에서는 최신 기술로 만든 신제품 소개가 시작됐다.

오늘 주제는 음성 인식 버추얼 어시스턴트 앱이었다. 스마트폰에도 달려 있는 그거다. 음성으로 명령할 수 있고, 앱 기동부터 To Do 리스트까지 만들어준다. 간단한 메모도 대신할 수 있다. 그것의 최신판이라고 한다.

메모 기능이라…….

"아야세 양은, 일기 써본 적 있어?"

문득 마루와 나눈 대화를 떠올리고 그런 것을 물어봤는데, 아야세 양은 보기 드물게 당황한 목소리로 「어?」 하며 당황했다. 그렇게 놀랄 일이었나?

"이…… 일기라면, 일기?"

"다이어리 쪽의 일기인데."

아니, 다이어리가 아닌 일기는 뭔데.

"아, 아아, 응. 써본 적 있어. 지금은 안 쓰지만."

"호오. 아아, 옛날에 썼던 거야?"

"어어, 그래. 옛날에, 응. 옛날에."

"굉장하네."

"어?"

"나였으면 작심삼일이 될 자신이 있어."

"아~. ……뭐, 그렇겠지. 일기를 계속 쓰기 어려워하는 사람은 많으니까. 나는…… 응, 꽤 오래 썼어. 하지만 갑자기 왜?"

나는 점심시간 때 마루랑 나눈 대화를 대략적으로 얘기했다.

자신이 어떤 길을 나아갈 것인지 새삼 생각하고 있다. 마루는 생각을 문자로 써보면, 자신의 머릿속을 정리하거나, 객관적으로 자신을 바라볼 수 있다고 했다.

"그래서, 실제로는 어떤가 싶어서."

아야세 양은 내 질문을 듣고 젓가락을 멈추더니, 조금 생각에 잠겼다.

말을 시작한다. 말을 고르는 것처럼 천천히.

"그렇네……. 분명히 자기 머릿속을 객관적으로 볼 수 있었을지도, 몰라."

"아야세 양한테는 효과가 있었구나."

그렇게 말하자, 아야세 양은 어째선가 약간 쑥스러운 표정을 지었다.

"너무 객관적으로 잘 보여서, 때때로, 창피해진다고 할까? 나는, 대체 무슨 생각을 한 거지……. 하면서 머리를 감싸 쥐게 되는 일마저 있었지만."

나는 조금 놀랐다. 아야세 양은 아마 남들에겐 쿨하게 보인다. 나는 아야세 양이 그렇게 말처럼 쿨하기만 한 게 아니라고 생각하지만, 그래도 스스로 쓴 일기를 다시 읽어 보고 머리를 감싸 쥐는 아야세 양은 상상한 적이 없었다.

"오. 아야세 양도 그런 적이 있구나."

뜻밖이라서 그렇게 말했는데, 아야세 양은 내 앞에서 양손을 훌훌 흔들며 「지금 거 취소」라고 했다.

나는 고개를 갸웃거렸다. 그러나 아야세 양은 딱히 설명하지 않았다.

"잊어줘. 대단한 것도 아니니까."

그렇게 말하고, 억지로 이야기를 뉴스 방송으로 되돌렸다.

뭐, 일기는 사적인 거니까. 신경은 쓰여도, 그 이상은 아무래도 추궁할 수 없다. 나도 이야기를 맞추어 TV를 보았다.

공부를 마치고, 이만 잘까. 침대에 드러누우려다가 나는 떠올렸다.

노트를 다시 보았다. 수업 시간에 띄엄띄엄 머리에 떠오른 것을 마구 적은 메모를 새삼 읽어보자, 그때의 안타까운 기분이 돌아온다.

"내가 하고 싶은 일을 스스로 찾지 못한다는 건 문제가 있어."

그것이 간단한 사고의 메모 정도로 드러났다는 것도 위험하다.

자신의 한심함이 더할 나위 없이 강조되는 기분이다. 그런가, 자기가 쓴 것을 읽고 머리를 감싸 쥔다는 게 이런 건가.

용케도 다들 일기 같은 걸 써서 남기는구나. 토사 일기, 카게로우 일기, 무라사키 시키부 일기, 사라시나 일기[#2]…… 문학사상의 명작이라고 하는 저 일기의 작자들은, 설마 수백 년 뒤의 자손들이 읽는 데다가 감상까지 붙게 될 거라고 상상이나 했을까…….

"알고 있었다면, 어떤 기분이 들었을까?"

머리를 감싸 쥐었을까? 아니면 「좋네, 더 읽어 줘!」라고 했을까?

아니, 사고가 샛길로 빠졌다. 그러니까 내가 하고 싶은 일을 조금 더 진지하게 생각해야지…….

#2 헤이안 4대 일기 문학 10~11세기 무렵 헤이안 시대에 일본에서 쓰인 일기들. 다른 셋은 귀족 계급 여성이 쓴 것이지만, 토사 일기는 남성이 여성 화자의 형식으로 썼다는 특징이 있다.

나는 스마트폰을 들고 희망 대학에 대해서 이것저것 조사했다. 너무 늦었다고 할 것 같지만, 아무것도 안 하는 것보단 낫겠지.

아무래도 주말 3일 연휴에 여기저기서 오픈 캠퍼스가 열리는 모양이다.

18일은 케이료, 19일은 와세호, 20일은 이치노세 대학이 마침 하고 있다. 이걸 놓치면, 이제 수험까지는 시간이 없어. 무엇보다 월말에는 삼자면담이 있다.

"가볼까, 오픈 캠퍼스……."

거기서 뭔가 찾아보고 싶다.

나는 스마트폰의 스케줄 표에 예정을 적어놓고 잤다.

●9월 15일 (수요일) 아야세 사키

점심시간을 알리는 종이 울리자, 나는 도시락을 들고 자리에서 일어섰다.

옆자리에 앉은 반장에게 말을 걸었다.

"오늘은 다른 약속이 있어."

그렇게 말하고, 손에 든 도시락통을 흔들며 한 손을 들어 사과했다. 그래서 같이 못 먹어, 라는 의사표시다.

"응? 아아, 『휴게실』?"

고개를 끄덕였다.

"미안해."

"됐어, 됐어. 딱히 약속을 한 것도 아니잖아. 헤~이, 료찡. 자네는 오늘 점심을 어쩔 것인가?"

"오늘은 식당에 가려고."

"흐음? 도시락 데이가 아닌 것인가."

"엄마가 감기 걸려서. 그래서 수업 끝나면 오늘은 일찍 가야 돼. 밥 지어야 하니까."

"어머나, 그거 큰일이네. 그럼, 나도 같이 가도록 할까. 그럼 우리는 식당에 가겠소, 사키야앙."

"아, 응. 알았어."

사키야앙……. 어제는 「사킷페」라고 했었고, 그전에는

「사킷치」였다.

반장은 내 호칭을 어째선가 고정하지 않는다. 일부러, 라기보다는 그다지 신경 안 쓰는 게 아닐까? 그때 기분에 따라 바뀌는 것 같기도 하다.

나는 료찡으로 불리는 사토 료코 양한테도 미안하다고 말하고 교실을 나서서, 도서실 쪽으로 갔다. 책을 빌리기 위해서가 아니라, 특별동으로 가는 연결 복도 앞이 목적지였으니까.

도서실 앞에 펼쳐진 그 네모난 공간은, 학생이 자습을 하거나 독서를 하거나 식사를 하기 위한 책상과 의자가 여러 개 놓여 있었다. 비어있기만 하면 자유롭게 사용해도 된다. 정식 명칭은 모른다. 학생들은『휴게실』이라고 부른다.

그『휴게실』에서 마아야랑 만나기로 했다.

복도를 걸으면서 나는 문득 생각했다. 돌이켜보면, 1년 반 전까지 나는 같은 반 애랑 식사를 함께 하는 일 자체를 안 했다. 그래서「같이 못 먹어서 미안해」라는 말을 한 적도 없었다.

뭐든 변하는 법이다. 지금은 한 마디 안 하면 마음이 편치 않을 정도로는 그녀들과 점심을 함께 하고 있다.

『휴게실』로 가면서 나는 그런 생각을 했다.

"미안. 기다렸어?"

"지금 온 참이야~."

기다렸어도 그렇게 말하면서라고 생각하며, 나는 마아야 옆자리에 도시락을 놓았다.

마실 것도 필요하니까, 공간 구석에 있는 자판기에서 페트병에 든 차를 샀다. 그걸 들고 옆에 앉았다. 창가의 밝은 자리였다.

오랜만에 마아야와 런치타임이다.

자리에 앉고서 마아야 앞을 보고 어라? 하고 생각했다.

편의점이나 매점에서 샀을, 시판 도시락이었다.

"도시락이야?"

"그러하오이다."

"하오이다……. 그러니까, 2학년 때는 빵을 안 먹었던가?"

"역시 사키. 타인에게 관심이 없는데도 잘 보고 있어."

"그거, 칭찬이야? 욕이야?"

"칭찬이지, 칭찬. 사키는 같이 안 먹을 때도, 그런 걸 잘 보고 있다고 생각했어. 가지고 있는 소품이나 복장 같은 거."

"그런, 가?"

자신의 일이라 잘은 모르겠지만, 마아야가 그렇게 말했으니 그런 걸까?

듣고 보니……. 타인에 대한 관심은 희박한 편이지만, 신경 안 쓰는 건 아니다. 적을 알고 나를 알면 백전백승이라고 하니까.

그리고 상대의 패션 같은 건 무의식적으로 보고 있다는 자각이 있다.

그렇게 말하자, 마아야가 수긍했다.

"사키는 관찰력 있어~. 상대가 가진 아이템이나 특수능력을 체크하는 게 자연스럽게 몸에 익어 있다는 거지. 모험의 기본이네. 독에는 해독약이, 마비에는 상태이상 회복약이 필요하니까."

도시락을 덮고 있는 비닐을 뜯으면서 마아야가 말했다.

그건 뭔가 아닌 것 같기도 한데. 그리고 상태이상이라는 건 뭐지? 또 게임 이야기일까?

고개를 갸웃거리면서도 마아야가 뜯고 있는 도시락 패키지를 보고 있었다. 된장 돈가스 도시락이라고 적혀 있었다. 게다가 (곱빼기)라고 적혀 있었다. 꽤 볼륨이 큰데, 이 작은 몸 어디에 들어가는 걸까?

"다 먹을 수 있어?"

"물론! 그리고 방금 빵이 아니구나, 에 대한 대답 말인데. 2교시가 체육이었잖아?"

나는 수긍했다. 옆 교실이니까 체육 때는 같이 하게 된다. 그때 오늘 점심을 같이 먹자고 했었다.

"배가 고파서 말야~. 등교하기 전에 빵을 사뒀었는데."

"설마……."

"정답! 까먹었습니다!"

천장을 향해서 척 손가락을 올리며 말하지만, 잠깐만 기다려. 다시 말해서, 평소처럼 빵을 먹으려고 했는데 배가 고파서 먹어버렸으니까, 새로운 도시락을 샀다는 거야?

"……마아야는 남자애였나?"

남자애들이 도시락을 까먹는 건 때때로 본다.

"실례잖아. 꽃마저 부끄러워할 만큼 수줍은 소녀랍니다~."

"믿을 수 없어."

"오전 중에 체육이 있을 때는 까먹는 것도 주저하지 않는다! 왜냐면, 오늘은 마라톤이었잖아."

"뭐…… 분명히 꽤 달리긴 했는데."

"배가 고프면 신경 쓰지 않고 먹는다! 이거, 필승법. 시험에 나오는 여고생의 상식이야!"

……그래?

마아야의 상식을 의심하면서, 나는 내 도시락을 펼쳤다. 아침 먹고 남은 걸 적당히 채워 넣은 극히 평범한 도시락이다. 구운 연어 살과 김 도시락. 계란말이 남은 거랑 톳을 조금. 일단 칼로리는 조절을 했다.

잘 먹겠습니다. 둘이서 점심을 먹기 시작했다.

"그건 그렇고~, 사키가 어쩐지 멀게 느껴져~."

"그래?"

3학년이 되고서 사토 양이나 반장과 지내는 일이 많으니까 분명히 이렇게 느긋하게 대화하는 건 오랜만이지만, 한

주에 몇 번 있는 체육 수업 때는 만나게 되고 선택 수업에서 만나는 일도 많다. 나로서는 그다지 거리감에 변화를 느끼지 못했다.

“여름 축제에도 불렀는데 거절당했잖아~. 흑흑흑.”

뜨끔. 그, 그거구나. 눈물 같은 거 나오지도 않는 우는 시늉이라는 건 알고 있지만, 불꽃놀이에 관해서는 나로서도 약간 켕기는 부분이 있다.

“그건, 저기, 조금 그게…… 응. 미안.”

말을 흐리는데, 그 순간에 마아야가 훌쩍 고개를 들었다. 왜 웃는 거지?

“아! 혹시 다른 사람이랑 갔었어?”

“어, 아, 아니.”

“아사무라 군이지!”

“좀, 소리, 크잖아…….”

입에 손가락을 대고, 쉬~잇! 해서 입을 막았다. 감이 너무 좋아. 그리고 왜 이렇게 강아지 같은 눈동자로 나를 바라보는 걸까? 그렇게 흥미가 있나? 있겠지. 예전의 나라면 이걸 얼버무리겠지만, 마아야는 이미 알고 있으니까.

“뭐, 응. 그래.”

“우효~!”

“쉬~잇!”

그 기성은 뭔가요…….

아무리 그래도 여름 축제의 불꽃놀이를 거절한 일이 있어서, 이건 마아야한테 거짓말은 하기 싫었다……. 이런 감상 자체가 옛날하고는 다르구나 생각하기도 한다. 완고하게 관계를 감추지 않아도 된다. 아사무라 군이랑 대화도 했고.

호기심에 눈빛을 반짝거리는 마아야에게, 표정을 삭 감춰서 「더 이상은 말 안 해」라고 전했다. 마아야는 입술을 조금 삐죽거렸지만 포기해준 모양이다.

딸기 우유를 빨대로 먹으며 마아야가 말한다.

"그건 일단 제쳐두고."

"영원히 제쳐둬도 돼."

"일단은 제쳐두고서. 문화제 준비는 어때?"

온건한 화제로 전환됐으니 나는 안도했다.

"뭐, 나름대로. ……마아야네 반은 뭐해?"

그러고 보니 못 들었다.

"탈출 게임."

"탈……?"

그건 뭐지?

"탈출 게임, 몰라? 수수께끼 풀이 게임이라고 해야 할까? 갇힌 장소에서 수수께끼를 풀어야 나갈 수 있다, 그런 설정의 놀이야~."

"왜 갇힌 건데? 왜 수수께끼를 풀어야 나갈 수 있어?"

"그건 저거야. 여러모로 설정이 있는데. 요컨대 참가자가 서로 협력하는 재미있는 게임이란 거야. 최대 6명 정도를 한 팀으로 해서, 교실 안을 이렇게 구분하고, 순서대로 갈 수 있게 하고, 수수께끼를 풀면 앞으로 갈 수 있다. 제한 시간을 오버하면 실패고 중간에 아웃돼."

"흐으으음?"

"마루 군이 이런 게임을 잘 알아서. 분명하게 나름대로의 수수께끼와 스토리를 만들어줬어. 그래서 지금은 남자팀이 대도구를, 여자팀이 소도구를 만들고 있어. 소의 머리 같은 거."

"소의 머리?!"

"산 제물이 된 거야. 물론 만든 거지만. 이렇게, 머리에 촛불을 세워놨어. 눈알이 들어간 수프나, 박쥐 날개나 도마뱀 꼬리 같은 거나."

"마, 마녀의 냄비잖아……. 대체, 어떤 설정이야?"

"그건 모르고 해봐야 재밌지. 당일에 말야~, 꼭 아사무라 군이랑 놀러 와!"

"새, 생각해볼게……."

어쩐지 식욕이 떨어지고 있어. 그래도 얼마 안 남았으니까 열심히 먹었다.

"사키는 뭐 하는데?"

"메이드 & 집사 카페 카지노."

이쪽만 말 안 하는 건 불공평하니까.

요컨대 문화제의 정석인 카페다. 다만 웨이트리스는 메이드복을, 웨이터는 집사복을 입는다. 그것뿐이라면 아직 흔하지만, 내장을 카지노풍으로 하고 카지노처럼 게임을 할 수 있는 가게를 만든다(물론 내기는 실제로는 안 한다). 음료수도, SNS에 올리는 걸 중시한 화려한 드링크를 준비해서 기합을 넣었다.

"오오오오오오오. 승부에 나섰구나."

"반장이 좋아하나 봐……."

"아~, 걔가 발안했구나. 그럴 듯해~."

가깝지 않아도 아는 모양이다. 반장, 눈에 띄니까.

"사키도 메이드복 입을 거야?"

하긴 물어보겠지. 그래서 말하기 싫었는데.

"뭐……. 반에서 정한 거니까, 입지. 나만 싫어하는 것도 좀 그렇고."

"꼭 갈 거야!"

"윽. ……응. 오세, 요."

그렇게 대답하자, 마아야가 미소를 지었다.

"사키, 변했네~."

"뭐가?"

"좋은 의미로 바보가 됐어!"

"『좋은 의미로』를 붙이면 뭐든지 용서받을 거라고 생각하지 마."

"아하하. 사키가 화낸다!"

나는 입을 꾹 다물고 마아야를 노려봤지만, 그녀는 전혀 개의치 않는다. 그러기는커녕 웃음을 터뜨려버렸다.

"뚜웅~."

"아하하하하. 사키가 의성어를 말하다니 드문 일이네~."

"마아야를 흉내 낸 거야."

"응, 바보다. 훌륭한 바보다~."

키득키득 계속 웃는 마아야에게, 나는「정말」하면서 볼을 부풀려봤다.

그게 또 웃겨버린 모양이다.

"좋아! 좋아요! 예전의 사키는 남을 가까이하지 않는, 좋게 말하면 쿨 뷰티고 드라이해서 멋진 느낌이었는데."

"는데?"

"지금은 평범하게 큐트하고 귀여워!"

"어……."

큐트? 귀여워?

대체 누구야 그거? 나는 자신을 그런 식으로 생각한 적이 없는데.

"어라? 왜애?"

"어쩐지…… 나, 글러먹게 됐어?"

"으응? 어째서? 그렇지 않아. 칭찬했잖아."

칭찬했어? 정말로? 하지만. 강하고, 고고하게 살아가는 방식이 자신다운 것이라 생각했고, 목표로 하는 모습이기도 했다. 그것에 다가가려고 노력해왔다고 생각한다. 그런데.

바보.

큐트.

귀여워?

어느새 그런 내가 된 거지?

"나, 변했어?"

"변했지~ 변했어. 이제 작년의 사키랑은 다른 사람 같아. 이야~, 사랑은 여자를 바꾸는구나."

"아닙니다."

그런 걸로 인간이 바뀌면 되겠니.

그건…… 분명히 아사무라 군을 의지한다, 어리광부린다, 라는 선택지도 받아들여서 성장했다는 실감은 있지만. 어디까지나 성장이지, 딱히 그런— 뭐라고 해야 할까? 이렇게…… 나 자신의 살아가는 모습이 변화한 느낌은 안 드는데.

"뭐~, 어느 쪽이든 좋지만."

마아야가 기뻐하며 말했다.

"딱히 예전 그대로도 싫지는 않은걸. 그건 그거대로 좋아."

"……부끄러운 대사, 금지."

"쑥스러워하는 것도 귀엽습니다요."

"난 몰라."

나는 어떻게든 정색을 되찾고 그대로 도시락을 건드렸다. 더 이상의 리액션을 거듭해도 마아야가 기뻐할 뿐이니까. 그렇지만, 그래도 움직이고 있던 젓가락이 깨닫고 보면 멈춰버린다. 생각에 잠겨 버린다. 그러고 보니, 하면서 떠올랐다. 최근에, 자기자신을 여러 가지 의미로 객관적으로 보지 못하게 됐을지도 몰라.

문득 유리창 너머의 경치를 본다. 아직 9월 중순이라서 그런지, 보이는 풍경은 여름이랑 그다지 다를 바 없다. 잎도 녹색 그대로고, 잔디도 예쁜 색을 유지하고 있다. 그렇지만 내리쬐는 햇볕은 분명히 한여름과 다르게 부드럽고, 하늘은 그 여름의 색과 달랐다.

계절은 눈치 못 챈 틈에 천천히 돌아간다.

나날을 지내면서, 언제 어디서 여름에서 가을로 바뀌는지를 명확하게 아는 것은 어렵다. 변화는 조금씩 찾아온다. 어제랑 오늘의 차이를 인간은 감지 못한다. 다만, 어느 날 갑자기 깨닫는 것이다. 아아, 이제 가을이구나, 라고.

생글생글 웃는 표정 그대로 나를 바라보고 있는 마아야를 몰래 돌아보면서 나는 생각했다. 그녀의 눈에는 지금의 내가 참 바보로 보이는 모양이다. 그런데 난처하게도 나 자신은 전혀 자각이 없다.

그러기는커녕, 나는 지금 내가 밖에서 어떻게 보이는지

모른다.

전에는 달랐다. 자신이 타인에게 어떻게 보이고 있을까? 적어도 외견상으로는 어떻게 보일지를 언제나 신경 쓰고 있었고, 이해하고 있었다— 라고 생각했다.

창 너머의 풍경에서 창유리로 나는 눈의 초점을 맞추었다. 그것에 희미하게 내 얼굴이 비치고 있었다. 익숙한 자신의 얼굴. 밝은 긴 머리칼. 이제 거의 옛날이랑 비슷한 길이까지 자랐고, 머릿결을 정돈하기 위해 조금 잘라야 한다, 멍하니 생각했다. 귓가에는 작고 둥근 피어스.

나는, 혼자서 살아갈 수 있고, 그러면서 매력적인 여성이 되고 싶었다. 엄마처럼.

패션에 대해서도 연구를 하고 싶었고, 동시에 학업도 게을리 하지 않고 싶었다.

언제나 거울을 보고 자신이 어떻게 보일지를 체크했다. 뭐, 여자애라면 생각보다 평범한 거라고 생각한다. 일부 학생들이 남자에게 꼬리를 치며 놀러 다니는 여자애, 라고 말했다고 하지만. 신경 쓰지 않았다. 전혀 인연이 없는 타인의 말이다. 그것도 포함해서 나는 완벽한「아야세 사키」라는 모습을 유지하려고 했다. 자기분석의 결과와, 겉으로 어떻게 보이는지에 어긋남이 있다는 감각은 없었다.

그것이 최근이 돼서 좀 수상하다.

아사무라 군과의 관계가 조금씩 안정된 것에 대한 안도

일지, 그것 말고 이유가 있는지. 남이 나를 보는 시선을 전혀 컨트롤 못하고 있는 것 같아. 어째서지?

"마아야한테 바보란 말을 들으면…… 수수하게 타격이 커."

"이놈, 사키. 나만 바보라고 하지 마. 같이 바보의 길에 떨어지자."

"싫어."

"에엥~. 훌쩍훌쩍."

시시한 대화를 하면서 도시락을 먹었다. 서로 웃으면서. 그 상황을, 아아 좋네, 편하다, 라고 느껴버리는 자신에게 다시 당황했다.

나는 지금의「아야세 사키」를 스스로 파악하지 못하는 것 같았다.

아사무라 군이랑 같이 알바를 하고 돌아와서, 그날 저녁 식사 때 일이다.

요미우리 선배가 화제로 삼은 경제 뉴스가 신경 쓰여서, 보기 드물게 우리는 거실에서 TV를 보면서 식사를 했다.

그날의 뉴스가 끝나고, 인기가 있다는 신제품 토픽 코너로 바뀌었을 때 아사무라 군이 문득 말했다.

"아야세 양은, 일기 써본 적 있어?"

씹고 있던 감자 덩어리를 무심코 삼켜 버렸다. 한 순간 숨이 막힐 것 같아서, 억지로 삼켰다. 괴로워. 덩어리가 식도에서 위로 떨어졌다. 후우.

"이…… 일기라면, 일기?"

간신히 그렇게 물었다. 지금, 동요한 거, 안 들켰을까?

"다이어리 쪽의 일기인데."

딱히 신경 쓰는 기색도 없이 아사무라 군이 말했다. 다이어리가 아닌 「일기」라는 건 뭐지? 그밖에 일기라면…… 아아, 응, 일기 예보에서도 일기란 단어를 쓰지만, 아니, 응. 아니지. 알고 있어.

"아, 아아, 응. 써본 적 있어. 지금은 안 쓰지만."

"호오. 아아, 옛날에 썼던 거야?"

"어어 그래. 옛날에, 응. 옛날에."

1년 전이지만.

책상 안쪽에 넣어둔, 봉인한 일기를 나는 떠올렸다. 그 일기에는 아사무라 군과 가족이 된 뒤, 내가 아사무라 군에게 끌려가는 모습이 생생하게 기술되어 있다.

다시 읽어봤을 때 감정이 단숨에 자신의 마음속에 재현되어 버려서, 나는 고동이 무심코 빨라지는 것을 자각했다.

내 동요를 깨닫지 못하고, 아사무라 군은 일기에 자신을 객관시하는 효과가 있다, 라는 말을 마루 군이 했다고 알려줬다.

"그렇네……. 분명히 자기 머릿속을 객관적으로 볼 수 있었을지도, 몰라."

간신히 그렇게 말했다. 조금 다르다고 생각하면서.

머릿속만 그런 게 아냐. 감정도 재현되어 버린다고 나는 통감했다.

"너무 객관적으로 잘 보여서, 때때로, 창피해진다고 할까? 나는, 대체 무슨 생각을 한 거지……. 하면서 머리를 감싸 쥐게 되는 일마저 있었지만."

뜻밖이라는 아사무라 군의 표정.

그러나 실제로 그렇다니까요.

생각만 그런 게 아니다. 생각을 했을 때 자신의 감정을 이렇게까지 명료하게 떠올리는 것도, 한 번 일기라는 형태로 밖에 꺼냈기 때문, 일지도 몰라.

자각. 자각이라. 분명히 내가 내 연심을 자각한 것도 일기를 통해서였지.

동요하고 있는 걸 아사무라 군이 눈치 못 채도록, 그 다음 대화는 적당히 얼버무렸다.

저녁 식사 뒷정리를 마치고, 나는 먼저 목욕을 했다.

혼자가 되어 욕조에 몸을 담그면서 돌이켜보고 생각했다. 혹시 내 객관시 능력이 떨어진 건(마아야 말로는 바보가 된 건), 일기를 그만뒀기 때문……일까……?

"그렇지마안……."

찰팍찰팍 수면을 때리며 생각했다.

이제 와서 다시 쓰는 것도 좀…….

그렇게 또 책상 안쪽에 있는 일기의 내용을 떠올리고, 썼을 때의 질척질척한 감정을 떠올리고, 「아아아아」라고 머릿속 공간에서 자신의 분신이 부끄러움에 뒹굴며 몸부림치는 걸 느껴버린다.

질투하고 있습니다, 라니. 일기에 대체 뭘 써버린 거야, 나는.

누가 읽으면 분명히 남들 눈을 신경 쓰지 않고 큰 소리를 내면서 날뛸 거야. 자신이 있다. 그런 위험한 행위를 일으킬 요인을 이제 와서 다시 시작할 수 있을까? 객관시는 하고 싶어. 자신을 다시 돌아보고 싶어. 하고 싶긴 한데—.

"일기인가……."

중얼거린 목소리가 흔들리는 목욕물에 가라앉은 가슴 골 사이로 떨어진다.

한숨과 함께.

●9월 20일 (월요일 · 공휴일) 아사무라 유우타

신주쿠 역에서 서쪽을 향해 쾌속 열차로 40분 정도 걸렸다.

역 남쪽 출구로 나온다. 눈앞에 나타난 것은 1차선밖에 없는 작은 로터리다. 좌우를 둘러보니 높은 건물이 적어서 하늘이 생각보다 넓다. 보도와 차도 사이에는 푸른 가로수가 끝없이 심어져 있어 눈을 편안하게 해주었다.

돌아가자, 역에서 남쪽으로 이어지는 편도 2차선 도로로 나온다. 잡목림의 압박감과 풀 냄새를 오른편에 느끼며 보도를 걸었다.

조금 앞쪽에서 숲이 갑자기 사라졌다. 부지 안으로 이어지는 입구인 것 같다. 스마트폰 화면을 봐도 거기가 이치노세 대학 국립 캠퍼스로 들어가는 문이라고 표시되어 있다. 대학 부지가 생각보다 훨씬 바로 근처에 있었다는 거구나. 잘 보니 오픈 캠퍼스 안내 간판도 세워놓았다.

접수처에서 신청을 마치고 팸플릿과 교내 안내도를 받아든 뒤, 나는 대학 안으로 발을 들였다.

실은 조금 조바심이 나고 있었다.

그저께, 그리고 어제, 케이료와 와세호의 오픈 캠퍼스에 참가하고 왔다.

하지만, 그다지 마음에 와닿지 않았다. 그 대학에 다니는 내 모습이 상상되지 않았다.

그런 와중에 3일 연휴의 마지막인 오늘은, 이곳 이치노세 대학에 찾아온 것이다. 여길 둘러봐도 아무것도 마음에 느껴지는 게 없다면, 후보로 꼽은 세 대학 중 어느 곳에도 마음이 움직이지 않았다는 게 되어버린다. 불안해질 만도 하다.

하긴, 고작 두세 시간 동안 캠퍼스를 방문한 것만으로 뭘 알 수 있을까? 라고 물어보면 확실히 그렇기도 하다. 그리고 대학 자체의 분위기, 동아리 소개의 분위기 등에서는 「대단하다」, 「어른스럽다」라고 느낀 점이 많았으니까. 그것만으로도 방문한 보람은 있었다. 대학이라는 배움터가 예전보다 구체적인 이미지가 되어 내 안에 존재하고 있다.

다만, 「여기다」 싶은 결정적 한 방이 부족했다. 일류 대학들을 상대로 건방진 감각이라는 자각은 있지만.

아니지, 조금 다르려나. 이 오픈 캠퍼스 참가는 지망 대학을 정하는 것만 목적이 아니다. 내가 뭘 하고 싶은지 모르는 상태에서 벗어나고 싶어서다. 장래에 대한 힌트를 원해서 온 거지.

내가 4년이나 걸려서 배우고 싶은 것은 무엇일까?

수업 중에 자신의 사고를 언어화했을 때도 생각한 것인데, 내가 책을 읽는 이유는 대리 체험을 맛보기 위해서이기도 하지만, 새로운 사고방식을 접하기 위해서라는 게 큰 것 같다.

나 혼자서는 도달할 수 없는 사물을 보는 새로운 방식과, 새로운 사고방식을 독서를 통해 안다는 것의 기쁨을 나는 알았다.

사람 수만큼 세상이 보이는 방식이 있고, 모두 중요하다고 생각하게 되었다. 사물을 보는 다양한 방식이 중요하다는 걸 알게 되자, 그 반대인 편견이나 시야 협착을 두려워하게 되었다.

결과적으로, 친어머니를「아이를 좋은 학교에 보내는 것이 좋은 부모」라는 생각을 가진 사람이라고 결론짓기에 이르렀다. 그건 그것대로 그 사람의 인생관이니까 어쩔 수 없다고, 예전보다는 용서할 수 있게 되었다고 생각한다. 나하고는 안 맞았지만.

다만 그건 동시에 부모라 해도 받아들이기 힘들 만큼 사물을 보는 방식, 사고방식이 달라져 버릴 수도 있다는 증거이기도 해서 나와 타인 사이의 골이 깊은 것도 실감하게 된다.

무섭지 않은가?

눈앞의 인간이 움직이는 이유가, 나로서는 상상도 할 수 없는 동기나 감정에 좌우되고 있을지도 모른다고 생각한다면 말이다.

나와 다른 사고방식을 접하고 싶다. 그것은, 모르는 것이 무섭다는 것이기도 하다.

도대체 남들의 행동 이유는 어디에서 생겨나는 것일까…….

그런 생각을 하며 걷다 보니, 어느새 나는 벽돌색의 커다란 건물 앞에 와 있었다.

입구에서 받은 안내도에 따르면, 눈앞의 건물에는 「강의동」이라는 이름이 붙어 있다. 아마 말 그대로 강의를 듣는 전용 시설이라는 뜻이겠지.

다시 한번 둘러보니, 여기저기에 비슷한 높이의 건물이 여러 개 있다. 역시 국립 종합 대학이다. 팸플릿에 따르면 강의동만 있는 게 아니라 연구관이라든가 연구소라든가 도서관이라든가 여러 가지 있는 것 같다. ……연구관과 연구소는 뭐가 어떻게 다른 걸까?

그럼, 어디서부터 둘러볼까?

손에 들고 있던 교내 안내도에서 얼굴을 든 순간, 내 눈이 강의동에서 나온 두 인물을 포착했다. 나이 든 남성과 정장 차림의 젊은 여성, 두 명의 일행. 그 여성 쪽이 왠지 낯이 익은 듯한데.

정장 차림 여성의 시선이 내 쪽을 슥 돌아보았다.

"어허. 아사무라 유우타 아닌가."

어? 왜 내 이름을 알고 있지?

성큼성큼 다가온 여성은 연보라색 정장을 입고 있어

서…… 아, 이 사람은.

"여기에 흥미를 보이다니. 꽤 눈이 높군, 자네는. 지금이라면 1기생이 될 수 있어."

"네?"

무슨 말을 하는 건지 모르겠지만, 이 사람은.

"……그러니까, 분명 요미우리 선배네 대학의……."

"쿠도 에이하다."

손을 슥 내밀어서, 나는 반사적으로 마주잡고 악수를 해 버렸다.

쿠도 에이하…… 분명 준교수다. 요미우리 선배가 다니는 츠키노미야 여자대학의 윤리학 선생님이었을 거다. 나는 이 선생님과 두 번 정도 만난 적이 있다. 처음에는 요미우리 선배와 토론하고 있는 것을 엿보다가 걸렸을 뿐이니 엄밀히 말하면 「만났다」라고 하기는 어렵지만.

두 번째는 핼러윈 때다. 그때 내가 일방적으로 알고 있을 뿐이었던 이 선생님 앞에서 무심코 말실수를 하는 바람에 얼굴과 이름이 일치되어 버렸다.

"아아, 너무 친근한 태도라 미안하군. 왠지 자네에 대해서는 요미우리 군이나 아야세 군에게서 여러 번 듣다 보니, 오랜 친구 같은 기분이 들어서 말이야."

"그러셨군요."

건성으로 대답해 버렸다. 처음 방문한 대학에서 갑자기

말을 걸어오고 악수할 정도로 친근한 태도라니, 놀랍다.

어라? 여기, 이치노세 대학이잖아. 쿠도 준교수는 츠키노미야 여대 소속일 텐데.

"분위기 좋은데 미안하지만. 이런 입구에서 수다를 떠는 건 좋지 않을 것 같은데, 쿠도 군."

쿠도 준교수 뒤에서 묵묵히 기다리던 남성이 말해버렸다.

50대 후반, 혹은 환갑을 지났을까 싶은 나이의 남성이다. 머리카락 대부분이 하얗게 셌다. 마치 산타클로스 같은 훌륭한 흰 수염을 기르고 있었다. 긴 지팡이를 쥐어주면 그대로 판타지 영화의 마법사가 될 수 있을 것 같다. 오히려 정장 차림인 것에 위화감이 있었다. 쿠도 선생님은 늘씬한 장신 여성인데, 이 남성은 나보다 약간 키가 작고 몸집이 작았다. 다만, 안경 너머의 눈동자가 이쪽을 향하자 저절로 내 등이 쭉 펴졌다. 온화한 시선 속에 어떤 것도 놓치지 않고 관찰하는 분위기. 마치 엑스레이나 현미경, 그런 관찰 기계에 노출된 느낌이었다.

"이런, 그건 그렇네요. 그럼, 이야기를 하기에 걸맞은 장소로 데려가 주시겠죠, 선생님!"

그렇게 말하며 쿠도 선생님이 남성에게 방긋 미소를 지었다.

선생님이라고 불린 노년의 남성은 쓴웃음을 지었다.

"하하하. 정말 자네는 변하질 않는군……. 뭐 좋아. 차

정도는 사주겠어."

"아자!"

희색을 띠던 쿠도 선생님의 표정은 몇 분 뒤에 무너져 내렸다.

"너무해요. 이건 배신입니다, 모리 선생님."

"차를 마신다면 담화실이잖아."

"모처럼 오랜만에 선생님이 직접 내려주는 커피를 마실 수 있다고 기대하고 있었는데."

"공교롭게도 원두가 떨어져서 말이야. 어허, 그러니까, 자네, 데려와 버리고 나서 말하는 것도 뭣하지만, 시간은 괜찮은가? 무슨 예정이 있었나?"

"아아, 아뇨—."

나는 팸플릿에 적힌 안내로 눈길을 내리며 대답했다.

"—괜찮습니다. 꽤 일찍 왔고, 그게, 아직 어디를 볼지도 정하지 않아서……."

말하고 나서 나는 고개를 들었다.

어쩌다 보니 쿠도 선생님에게 휘말려서 이끌려온 곳은 건물 중 하나에 있는 휴식 공간이었다. 벽으로 둘러싸여 방처럼 되어 있기는 하지만, 자판기와 급탕기만 덜렁 있고 나머지는 테이블과 의자가 몇 개 놓여 있을 뿐인 장소였다. 왠지 우리 고등학교의 「휴게실」과 비슷한 느낌도 든다.

둥근 테이블에 앉은 것은 쿠도 선생님과 나, 그리고 앞장서서 안내해 준 몸집이 작은 노현자 풍의 남성이다. 그러고 보니 아직 소개도 받지 못했다.

"그런가. 그 팸플릿을 가지고 있는 걸 보니, 자네는 우리 대학을 지망하는 고등학생인가? 그러니까, 아사무라 유우타 군, 이었지. 스이세이 고등학교 3학년인가?"

"아, 네."

나는 솔직히 놀라고 있었다. 단 한 번 쿠도 선생님이 입에 담은 이름을 기억하고 있었을 뿐 아니라, 아마도 내가 입고 있는 교복으로 고등학교까지 맞춘 것이다.

"난 모리라는 사람이야."

"모리…… 선생님?"

"여기서 사회학을 연구하고 있지."

"사회학……."

당황해서 팸플릿으로 눈길을 내렸다. 그러니까…… 이치노세 대학에 있는 학부는 상업학부, 경제학부, 법학부…… 사회학부. 이건가.

사전에 한 번 조사는 해봤는데, 아무래도 대학 학부는 산더미처럼 많아서 전부 파악하진 못했다. 게다가 같은 학부 이름이 붙어 있어도 연구하는 내용은 대학마다 다르고. 하지만 「공부하고 있다」나 「가르치고 있다」가 아니라 「연구하고 있다」라고 아무렇지 않게 말하는 점도 대학답구나, 라고 느꼈다. 이곳은 배우는 장소가 아니라 최첨단의 지식을 더욱 앞으로 전진시키는 장소라는 것이다. 이런 사소한 말 하나로도 고등학교와의 차이를 느낀다.

"아사무라 군은, 모리 시게미치라는 이름을 들어본 적 있나?"

쿠도 선생님의 말을 듣고 나는 필사적으로 머릿속을 뒤져보았지만, 사회학부라는 이름조차 귀에 설은 나에게는 전혀 걸리는 게 없었다. 겸연쩍지만, 아는 체를 하는 것보다는 낫겠다 싶어 솔직하게 입을 열었다.

"아…… 그게, 죄송합니다. 저기……."

"으음. 모리 선생님, 더 분발하세요."

"하하하. 억지 부리지 말게, 쿠도 군. 세상에 연구자가 몇 명이나 있다고 생각하나. 항상 말하지 않나. 자기가 모르는 분야에 대해서 인간이 기억하고 있는 건 기껏해야 세 명까지라고."

"그건 너무 적지 않나요?"

"그럼, 쿠도 군은 물리학자의 이름을 몇 명 말할 수 있나?"

"갈릴레오, 뉴턴, 아인슈타인."

"그걸로 세 명이야. 그럼, 그 밖에는?"

"…………흐, 흥미가 없어서."

"거봐, 3명이지."

"윽……."

"아사무라 군, 자네는 어떤가?"

모리 선생님이 이쪽으로 화제를 던졌다. 쿠도 선생님이 요미우리 선배와 토론하던, 처음 봤던 카페 장면이 떠오른다. 대학 선생님들은 다 이런 걸까.

"물리학자, 말인가요……. 갈릴레오와 같은 시기에 케플러가 있네요. 라플라스라든가 맥스웰이나 로렌츠도 있고 슈뢰딩거, 하이젠베르크……."

"아, 하이젠베르크. 불확정성 원리! 알아요, 알고 있었어요, 모리 선생님!"

"자네는 어린애인가?"

시무룩해진 쿠도 선생님을 본 것은 당연하지만 처음이다. 이 선생님도 이런 표정을 짓는구나. 항상 자신만만하고 잘난 체하는 줄 알았는데…… 아니, 그게 아니고.

"뭐, 운동에 관한 물리학자라고 한다면, 쿠도 군이 말한 3명을 알고 있으면 물리 선생님은 기뻐할 거야. 아사무라 군은 물리에 해박한가?"

"아니요. 그런 건 아니고……."

SF를 읽고 물리학자의 이름을 외웠습니다— 라고, 말할 수는 없었다. 라플라스의 악마, 맥스웰의 악마, 슈뢰딩거의 고양이…… 전부 SF의 단골 소재이기도 하다.

"그럼, 아사무라 군. 사회학자의 이름은 말할 수 있나?"

말문이 턱 막히고 말았다.

애초에 「사회학」이라는 단어와 나는 친숙하지 않았다.

"후후후. 모리 선생님, 저는 말할 수 있어요. 3명은커녕 30명이라도 거뜬합니다."

자신 있게 뽐내는 쿠도 선생님에게 다시 모리 선생님은 기가 막힌다는 표정을 지었다.

"그렇지 않으면, 내 2년은 뭐였던 건가."

"저기……."

나는 여기서 끼어들지 않으면 계속 그 이야기가 진행되어 버릴 것 같아서 필사적으로 끼어들었다.

"두 분의 관계는……."

"이런, 미안하군. 자네를 따돌리고 말았네. 사실 이 학교는, 내 모교야. 그리고 여기 있는 모리 교수님, 모리 시게미치는 내 은사야."

교수였구나.

아니, 그것보다…… 은사?

"어, 쿠도 선생님은 윤리학을 배운 거 아닌가요?"

"그건 나중 일이란 말이지. 흠, 여기까지 왔으니, 자네는 대학 진학에 관해서 망설이고 있다는 거로군?"

정곡을 찔려서, 나는 말문이 막혀 버렸다.

"아, 그게. ……네."

"흐음. 대학은 골이 아니니까, 좀 더 가볍게 골라도 되는데 말이야."

대학은 골이 아니다.

그 말을 두 번째 들은 것이라, 나는 흠칫했다.

"그런 의미에서는 내 예가 참고가 될지도 모르겠군. 조금 이야기해 주지. 앗, 그전에…… 모리 선생님, 저는 아직 목이 마르니까, 더 사주셔도 되는데요?"

"알았네, 알았어. 나도 한 잔 더 마시려던 참이었으니. 어디……."

"아, 제가 다녀올게요."

"이야기를 할 거 아닌가? 됐으니까 그대로 이야기하고 있게. 내가 가져다주지. 아사무라 군, 자네는 어쩔 텐가?"

나는 눈앞의 컵에 시선을 떨궜다.

갈색 액체는 아직 반 이상 남아 있다. 솔직히 자신보다 훨씬 연상인 준교수와 교수 앞에 갑자기 앉게 되어, 커피를 좋아한다고 해도 조금씩 입만 축이는 정도밖에 마실 수 없었다. 애당초, 얻어 마셔도 괜찮았던 걸까.

"괘, 괜찮습니다."

그렇게 대답하자, 모리 교수는 영차 하고 자리에서 일어나 자판기 쪽으로 걸어갔다.

은사를 배웅하는 쿠도 선생님의 얼굴은 어색해 보였다.

"아차. 너무 응석을 부렸군."

장난치다 들켜서 혼나는 아이 같은 얼굴을 하고 있다.

계면쩍은 얼굴을 다음 순간 지워버리고 쿠도 선생님은 내 쪽으로 고쳐 앉았다.

"그래서, 아까 하던 이야기 말인데."

전환이 빠르네.

"참고가 될지는 모르겠지만—."

쿠도 선생님이 이야기하기 시작했다.

이치노세 대학 종합 인간과학부 사회학과.

어려운 한자가 잔뜩 늘어선 학부. 그곳이 쿠도 에이하의 출신 학과다.

애초에— 사회학이란 무엇인가.

사회를 연구하는 학문이다.

이렇게 말하면 선문답 같지만, 요약하면 그런 뜻이 된다. 그 주된 연구 대상은 「사회 그 자체」 및 「사회 현상」이다. 사회가 어떻게 발생하는지, 어떻게 변화하는지, 사회 현상의 실태나 현상이 일어나는 원인과 인과 관계를 해명해 나가는 것이 사회학에 부과된 사명이다— 라고 쿠도 선생님은 먼저 말했다.

올바른지 어떤지 나로서는 알 수 없었지만, 일단 그런 것이라고 받아들이기로 했다.

"그러니까, 사회학이란 사회에 관한 학문이지만, 그건 즉 인간에 관한 학문이라고도 할 수 있어. 사회라는 건 인간의 집합체니까 말이야. 사회 현상이란 요컨대 개개인의 행동이 집적된 결과겠지?"

쿠도 선생님은 거기서 한숨 돌렸다. 남은 커피를 꿀꺽 마시—려고 했지만 남은 게 아주 조금뿐이라, 혀끝으로 살짝 핥았다. 미련이 남은 듯 컵 바닥을 바라보고 나서 말을 잇는다.

"인간은 한 사람 한 사람이 자유 의지에 기초하여 자유롭게 행동해. 하지만, 사회 안에서 그 행동은 축적되어 사회 현상이 되지. 『붐』이나 『트렌드』라는 것이 있지?"

"아시모프의 심리역사학 같은 이야기인가요?"

"오오, SF의 거두가 술술 나오는 건 역시 독서가답군."

준교수에게 그런 말을 들으니 별말씀을요, 하며 겸손을 떨고 싶어진다. 여기서 말하는 심리역사학이란 SF 작가 아시모프가 제창한 가공의 학문이다. 아시모프는 기체 분자의 운동과 유사한 것으로 이것을 생각했다고 한다. 개개의 기체 분자는 제멋대로 움직이지만, 기체 전체를 보면 특정한 경향이 있는 움직임을 보일 때가 있다. 마찬가지로 개개인의 인간은 제멋대로 움직이지만, 사회 전체를 보면 특정한 행동을 할 때가 있다— 라는 건데.

"사회 전체에서 일어나는 현상의 성립 과정이나 원인을 추구하는 것이 사회학인데, 나는 그보다 그 근원이 되는 개개인의 행동이나 그것을 행하는 동기에 흥미가 생겨서 말이야."

그랬구나, 그래서…….

“따지고 보면 고등학교 시절에 알게 된 「봐선 안 된다의 금기」에 관한 책이 계기였지.”

“아~. ……신화에 나오는 거요?”

신화에는 어떤 문화권이든 비슷한 패턴이 보이는 경우가 있는데, 그중 하나가 「봐선 안 된다」라는 말을 들었는데도 보고 만 탓에 주인공이 비극에 빠진다, 라는 형태다. 이것을 「봐선 안 된다의 금기」라고 부른다.

“고등학교 시절…… 그러니까, 지금의 자네 정도 나이였을까. 그 무렵에 읽은 책에서 알게 된 지식이었는데, 그게 대학 시절에 떠올랐지. 그리고 나는, 어째서 금지되어 있는데도 보는 것일까, 하는 그 마음의 움직임 쪽에 흥미를 갖게 되어버렸어.”

“그리고 내가 가르쳐준 지식을 가지고 츠키노미야 대학원으로 가버린 거다, 쿠도 군은.”

자. 쿠도 선생님 앞에 타 온 커피를 놓으며 모리 교수가 아쉽다는 낌새로 말했다.

“모리 선생님한테는 감사하고 있어요.”

“정말이지, 아까워. 사회학에서도 자네는 뛰어난 인재였는데 말이야, 여러 가지 의미로.”

“그거 칭찬하는 거 아니죠?”

“칭찬받고 싶다면 얼른 다음 논문을 내게나. 연구자란 모름지기—.”

"Publish or perish."

쿠도 선생님이 무미건조한 목소리로 대꾸하자, 모리 교수가 방긋 깊은 미소를 지었다.

Publish or perish— 논문을 써라. 그렇지 않거든 파멸하라.

나는 다행히도, 읽었던 만화에 그 말이 나왔기 때문에 기억하고 있었다. 하지만, 그것을 눈앞에서 목격할 일이 있을 줄은 생각지 못했다.

쿠도 선생님은 하아, 하고 한숨을 내쉬더니 나를 향해 말한다.

"뭐, 그런 이유로, 나는 졸업 후에 츠키노미야 여자대학 대학원에 가서 윤리학 연구를 하기로 한 거야."

다만, 지금도 이치노세 대학 모리 연구실에서 쌓은 경험에는 감사하고 있으며, 연구가 막혔을 때는 상담을 받기도 한다고 했다.

그런 이유로 여기에 있었구나 하는 납득보다도, 쿠도 준교수도 막히는 일이 있구나, 하는 놀라움이 더 컸다.

"그러니까, 나는 인생의 진로를, 대학에서 크게 틀어버린 인간이라는 거지. 게다가, 그 원인이 고등학교까지 거슬러 올라가는 거다."

"그렇…… 군요."

"나중에 생각해보면, 고등학교 때부터 윤리학을 목표로

했어도 이상하지 않았을 것 같지만, 아마 그 무렵에는 아직 때가 무르익지 않았던 거겠지."

쿠도 선생님의 말을 들으니, 나는 깊은 생각에 잠기고 만다.

때가 무르익는다, 라…….

"그렇지만, 그것도 대학에서 배움이 있었기 때문 아닌가?"

모리 교수가 상냥한 눈동자와 온화한 목소리로 말했다.

좋은 사제 관계구나, 라고 생각했다.

"그러고 보니…… 어떻게 3학년인 줄 아셨나요?"

이름을 순식간에 외우고, 교복으로 학교를 알아차리신 건 그나마 알겠는데, 내가 3학년이라는 걸 안 이유는 모르겠다. 이 시기라면 오픈 캠퍼스에 오는 건 2학년이 많을 텐데. 9월이 되어서야 오는 3학년이 얼마나 있을지……. 그런데도 어째서 내가 3학년이라고 추측할 수 있었던 걸까.

"아니 그야, 쿠도 군이 1기생이 될 수 있다, 라고 말했으니까."

모리 교수의 말을 듣고, 나는 아까 전 쿠도 선생님의 말을 떠올렸다.

『여기에 흥미를 보이다니. 꽤 눈이 높군, 자네는. 지금이라면 1기생이 될 수 있어.』

—그건가. 확실히 그런 뉘앙스의 말을 했었지.

"그렇다면 자네는 내년에 우리 학교로 올지도 모르는 인재라는 뜻이지. 그렇다면 올해 3학년이어야 하지 않겠나? 뭐, 재수생일 가능성도 있었지만. 아마 정답이었던 모양이야."

모리 교수가 술술 추측의 근거를 해설했지만, 나는 무슨 소린가 싶어 고개를 갸웃했다.

1기생?

그런 나에게 쿠도 선생님이 말한다.

"그 표정을 보니, 정말로 모르고 여기에 왔다는 거구나. 하지만 이건 좋은 기회라고 생각한다, 아사무라 유우타 군. 여기에는 자네의 흥미를 끌 만한 학부가 내년도에 신설되니까."

"신설 학부, 말인가요……."

처음 듣는다. 아니 잠깐, 팸플릿에 적혀 있었나.

"……혹시, 이건가요. 『소셜 데이터 사이언스 학부』."

귀에 익지 않은 사회학부에 이어, 더욱 낯선 단어였다. 소셜 데이터 사이언스……?

그게, 뭐야?

"방금 자네의 발언을 듣고, 정말로 모르고 왔다는 것에 납득했네. 거기가 목적이었던 건 아니었군."

쿠도 선생님의 말을 듣고, 나는 순순히 고개를 끄덕였다.

"어떤 학부인가요?"

내가 쿠도 선생님을 향해 묻자, 그녀는 노골적으로 시선을 피했다.

"그건 나보다, 새로운 학부에 자리를 얻은 모리 선생님에게 듣는 편이 낫겠어."

"아니지, 아니야. 쿠도 군, 부디 자네 설명을 듣고 싶은데."

명백히 흠칫하며 쿠도 선생님이 몸을 움츠렸다. 은사가 체크할 수 있는 장소에서 설명하는 것은 쿠도 선생님이라도 긴장된다, 이건가.

"내 연구실에 있었던 자네라면 적임이지 않나? 가르친 범위 안에 있어."

"그게…… 제, 가요?"

싱글벙글한 표정인데 눈은 웃지 않았다. 이건 무섭다.

"알겠습니다. 네. 해보고말고요. 그러니까, 말이지."

"네."

내가 순순히 기다리자, 쿠도 선생님은 크흠 헛기침을 한 번 했다. 우선, 이라며 서두를 떼고 나서 이야기를 시작한다.

"『데이터 사이언스』라는 말에 대해 설명해야겠군. 단어를 듣고 아사무라 군은 어떤 것이 떠오르지?"

"수학이라든가…… 통계 같은 것일까요?"

쿠도 선생님이 안도한 미소를 짓는다.

"응. 좋아. 수학이나 통계학도 물론 들어가지. 기계 학습, 프로그래밍…… 뭐, 요컨대 데이터 분석이나 해석 방법인데……."

"알 것 같습니다."

자세하게는 모르지만 개념은 안다.

"그런 다양한 수단을 이용하여, 막대한 데이터에서 그 배후에 숨어 있는 규칙이나 패턴을 발견하는 학문이라고 생각하면 된다."

쿠도 선생님의 말을 나는 몇 번인가 머릿속에서 곱씹어 보고 수긍했다.

"여기까지는 이해했나?"

"네."

"그리고 그것의 소설판이다. 그러니까 『소설 데이터 사이언스 학부』지."

"네."

시선을 맞추자 왠지 고개를 돌려버렸다.

"저기, 그러니까."

"……."

"그것의 소설판, 이거든?"

왜 의문형이지?

"네?"

설마, 그걸로 끝?

"그러니까아……."

"아, 알겠어요. 그러니까, 사회학에 데이터 사이언스를 응용한 학문…… 이야요?"

"그렇지!"

거기서 의기양양한 표정을 지으시면 좀…….

어쩔 수 없다는 표정으로 어깨를 으쓱 올린 모리 교수가 커피를 꿀꺽 마셨다.

"자네는 나를 상대로 논전을 걸어올 때는 과감한데, 왜 그렇게까지 후배를 상대로는 꽁무니를 빼는 건가……."

"꼭 그런 건 아니……."

아니라고, 말하려 했던 거겠지.

하지만 말끝을 우물우물 흐렸다. 확실히 쿠도 선생님이 제자를 상대로 당당히 논리를 펼치는 것을 본 입장으로서는, 이렇게까지 혀가 꼬이는 것은 드문 게 아닐까 싶다. 선생님이 보고 있지만 않으면, 하며 중얼거리고 있다.

이해가 될 것도 같다.

모리 교수는 겉보기에는 산타클로스인가 싶은 느낌인데, 눈앞에 있는 상대의 하자를 1미크론도 놓치지 않겠다는 눈빛을 하고 있다.

"사회학이라는 건 말이지, 아사무라 군."

아무래도 제자에게 맡기기보다 직접 말하기로 한 모양이다.

"사회 전체의 존재 방식이나 흐름을 연구하는 역사적인 학문이네만. 거기에, 통계나 데이터를 중시하는 최신 학문인 데이터 사이언스를 융합시킨 거라네."

"……그런가요?"

"신설되는 이 학부에서는 말이지. 사회학의 지견을 살리면서도, 현실 사회에서 나날이 축적되는 방대한 데이터를 이용하고 해석함으로써, 정치나 비즈니스와 같은 사회의 현장에서 발생하고 있는 다양한 과제를 해결할 수 있지 않을까— 하는 연구야. 그리고 그것을 위한 교육을 하는 거지. 새로운 시대에 적응하기 위해 태어난, 문 · 이과가 융합되는 학부야."

설명이 조금 늘어난 덕에 모리 교수의 이야기가 나는 더 이해하기 쉬웠다.

"원래 사회학 연구에서는 데이터를 중시하거나, 통계에 기초한 연구를 하고 있는 사람도 많았지만 말이야. 그것을 보다 명확하게 했다고나 할까?"

"저기, 교수님께서도 그러셨나요?"

큰맘 먹고 물어본 나에게 모리 교수는 안경 너머의 눈을 가늘게 뜨고 수긍했다.

"나도, 사회학자 중에서는 데이터나 통계에 고집하는 편이었으니까 말이지. 자연스러운 배치 전환이었지."

그래서 신설되는 학부 소속이 되었다는 건가.

묵묵히 듣고 있던 쿠도 선생님이 씨익 미소를 지었다.

"거봐, 재미있을 것 같다고 생각했지?"

정곡이다. 조금 호기심이 생겨버렸다.

다만, 하고 나는 신중하게 생각한다.

대학의 연구를 통해「사회」라는 것을 알 수 있었다고 치자. 실제 사회에서 그게 무슨 도움이 되는 걸까? 물론 대학 자체는 연구 기관이니까, 연구 그 자체가 중요한 것은 안다. 하지만, 나는 아마도 연구자 체질의 성격은 아니다. 그래도 배울 의미가 있다면…….

비즈니스 과제를 극복한다고 했는데, 애초에 그 해결책으로「소셜 데이터 사이언스」가 유효하다는 건 어떤 이치일까? 그리고 비즈니스가 아닌 것에도 응용할 수 있는 걸까?

큰맘 먹고 나는 눈앞의 교수에게 질문해보기로 했다.

"저기……."

안경 너머의 눈동자가 나를 보았다.

등골이 조금 서늘해졌다. 교수의 표정은 미소를 짓고 있지만, 내가 뭔가 얕은꾀라도 부리려 들면 즉시 찔러올 것 같다.

"정치나 비즈니스 현장의 문제 해결이라고 방금 말씀하셨는데요……."

"그래, 그렇지. 일단은— 그것부터란 느낌일까? 장래에는 사회의 온갖 과제 해결에 응용할 수 있다고 나는 생각하고 있네만."

"온갖 사회 문제의 해결……이란 건, 구체적으로는 어떤 건가요?"

"흠. 예를 들어,『이혼』이라는 현상에 대해 사회적인 접근은 어떠해야 하는가?"

"어, 이혼……?"

이혼.

부부가 헤어지는 것.

아니, 단어의 뜻은 알고 있다. 하지만 그 말이 내 뇌에 도달하자마자, 나는 표정이 굳어지는 것을 자각했다. 무의식적으로 호흡이 가빠진다. 땀이 축축하게 이마와 겨드랑이에 배어 나오는 것을 느껴버린다.

모리 교수가 슬쩍 쿠도 선생님 쪽을 본 것 같은 기분이 들었다.

"흠. 민감한 이야기니까, 물론 흥미 위주의 질문 같은 게 아니라는 것을 먼저 말해두지."

"아, 네."

모리 교수는 내 눈을 응시하며 말을 고르면서 물었다.

"자네는 이혼이라는 현상이, 개인의 문제와 사회의 문제 중 어느 쪽으로 분류된다고 생각하나?"

질문의 의미를 곧장 이해할 수 없었다.

나는 머릿속에서 아마 세 번은 모리 교수의 말을 되뇌었다고 생각한다. 애초에, 「이혼은」이라고 하지 않고, 「이혼이라는 현상은」이라고 말을 덧붙인 데에도 의미가 있을 거야.

"확인하게 해주세요. 현상으로서 이혼을 포착한다는 것은 그러니까, 사회 현상으로서 이혼을 포착한다, 라는 의미가 맞는 건가요?"

질문에 질문으로 답했는데, 모리 교수의 입가에 살짝 작은 미소가 떠올랐다.

"그것이 맞네."

하지만 그건…….

"질문 자체가 이상하지 않나요?"

"어째서 그렇게 생각하나?"

"부부가 헤어지는 건 어디까지나 개인의 문제, 라고 생각합니다. 당사자끼리의 성격이나, 행동…… 그런 것이 엇갈린 결과로, 이혼에 이르는 것이 아닐까 하는데요."

"그럼, 조금 표현을 바꿔 볼까. 『이혼율의 증가』라는 것은 최근 데이터에도 나타나고 있는 일본 사회의 사회 문제 중 하나, 맞는가?"

"네. ……어? 아."

말하고 나서 깨달았다.

아, 하고 입이 동그랗게 벌어져 버린다. 모리 교수가 술술 말을 덧붙였다.

"그래. 방금 자네는 『사회의 문제』라고 주저 없이 받아들였지?"

말꼬리 잡기……는 아니다.

표현을 바꾸는 것으로 내 인식에 파고들어, 「이혼이라는 현상」은 사회 문제로도 포착될 수 있다는 것을 보여준 것이다.

"그런 식으로 말씀하시면…… 사회의 문제로, 생각됩니다."

쿠도 선생님이 호로록하며 커피를 홀짝이고 나서(이 사람이 소리 내는 거 처음 들었으니까, 이건 들어달라는 어필이겠지) 내가 고개를 돌리는 걸 기다려 입을 열었다.

"아시모프야, 아시모프."

아아.

그렇구나. 아까 말했었지.

인간 한 사람 한 사람은 자유 의지에 기초하여 자유롭게 행동한다. 하지만, 사회 안에서 그 행동이 집적되어 사회 현상이 된다.

하나하나의 이혼이 개인의 자유 의지에 기초한 것이라고 해도, 사회 안에서 축적된 그 행동은 하나의 사회 현상으로서 포착하는 것이 가능하다는 건가.

모리 교수가 힌트를 내는 제자를 보고 쓴웃음을 지으며 말한다.

"뭐 미디어에서 선정적으로 다루는, 결혼한 남녀의 30퍼센트가 이혼! 같은 이야기는 좀처럼 본질을 파악하지 못하고 있지만 말이야. 그것들은 최신 혼인 건수와 이혼 건수를 비교하고 있으니까. 새롭게 혼인한 부부가 그대로 이혼하고 있는 것이 아니야. 예를 들어 그 해의 이혼 건수가 제자리걸음이라도 혼인 건수가 줄어들면 이혼 비율은 높아지니까 말이지."

빠른 말이 쏟아져 나와서, 나는 다시 뇌를 전력으로 움직일 수밖에 없게 된다.

"자주 말하는 30퍼센트가 이혼이라는 건 그렇게 이상한 수치인가요?"

"그 수치는 매년 혼인 수와 이혼 수의 비율을 보고 있어. 그게 너무 단순해서 이상하다는 건 알겠나?"

"그게……."

모리 교수가 방금 전 말한 단어를 잘 떠올려보자.

새롭게 혼인한 부부가 그대로 이혼하고 있는 것이 아니야— 였던가.

그건 그럴지도 모른다.

사회가 부부의 혼인이나 이혼에 영향을 준다고 가정하고.

그 결과 혼인이나 이혼에 이끌려 간다 해도, 아마 일반적으로는 두 사람이 만나 결혼에 이르기까지의 시간이, 부부가 이혼에 이르기까지의 시간보다 짧다. 결혼 연령의 대다수가 인생의 앞쪽에 있는 것에 비해, 이혼은 결혼 직후부터 인생의 만년에 이르는 어느 시점일 수도 있는 것이다. 즉, 혼인의 원인과 이혼의 이유, 거기에 사회가 어떤 영향을 끼치고 있다 해도, 영향을 주는 시기는 어긋나 있을 것이다.

그렇다면 「올해는 30퍼센트가 이혼!」 같은 말에 얼마나 의미가 있을까? 어느 해의 혼인 건수와 이혼 건수를 비교하는 것만으로는 별 의미가 없다고, 말할 수 있다.

알기 쉽게 생각해보자. 예를 들어—.

전년도에는 10쌍이 결혼했습니다. 이혼한 것은 2쌍이었습니다. 이 경우, 이혼한 비율은 20퍼센트가 된다.

올해도 이혼한 수는 2쌍으로 제자리걸음이었습니다. 하지만 결혼한 것이 8쌍뿐이었습니다. 이런 경우는, 이혼한 것이 8분의 2니까 25퍼센트가 된다.

해마다 이혼한 수는 늘지 않았는데 혼인 건수가 줄어들면, 겉보기에는 이혼한 비율이 늘어난 것처럼 보인다.

그렇게 생각해보면 매년 혼인 건수와 이혼 건수의 비율을 보는 것만으로는, 이혼이 늘고 있는 건지 줄고 있는 건지 모른다. 하물며, 그 배후에 어떤 사회적인 이유가 있는가 따위를 고찰할 수 있을 리가 없다.

"하지만 그럼, 숫자를 잘 보려면 어떻게 해야 하나요?"

"그래서, 『이혼율』이라는 것이 정의되어 있네."

"이혼율…… 이혼의 비율인가요?"

"아닐세. 통계 데이터에서 이혼율이라고 불리는 것은 비율이 아니야. 그건 인구 1,000명당 이혼 건수를 말하지. 자세한 도출 방법을 말하자면, 연간 이혼 신고 건수를, 인구수로 나눈 숫자에 1,000을 곱한 것이야."

건수…… 인가.

아아, 그렇구나. 알겠다.

"사회 안에서 이혼이 늘어나고 있는지 아닌지 보기 위해서는, 혼인 수와 이혼 수의 비율이 아니라, 집단 속에서 늘었는지 아닌지, 더욱 직접적으로 보이는 수치를 사용할 필요가 있는 거군요."

사고의 결과를 제시하자, 교수는 기쁜 표정으로 고개를 끄덕였다.

"이 예에서도, 데이터를 볼 때 신중함이 요구된다는 것을 알 수 있겠지? 그게 데이터 분석이나 해석이야. 사회학에서도 데이터 사이언스를 배우는 것의 중요성은 느껴졌는가?"

"네."

이거 뭐지? 재미있는데. 숫자를 보는 것만으로도 재미있는데, 어떤 식으로 봐야 필요한 정보를 얻을 수 있는가? 그걸 오려내는 방법도 탐구할 수 있는 건가. 방대한 데이터를 보는 새로운 방식을 만드는 것도 연구라는 것이다.

"나는……. 아아, 저는—."

"하하. 아직 자네는 여기 학생이 아니야. 딱딱하게 말하지 않아도 상관없어. 편히 말을 하게."

"아뇨, 그건……."

환갑 전후의 교수를 앞에 두고 공손하지 못할 정도로 나는 뻔뻔하지 못했다.

"그게, 저는 이혼이 어디까지나 부부의 문제라고 생각했는데요. 그러니까 선생님 말씀대로면, 그건 개인의 성격이나 가치관에 국한된 이야기가 아니라, 사회의 구조나 특성상, 어쩔 수 없이 그렇게 되어버릴지도 모르는 원인이 있다는 말씀이시죠?"

이혼에 이르는 원인, 이라.

부모님의 이혼을 떠올리고, 나는 마음에 따끔하게 바늘로 찔린 듯한 통증을 느꼈다.

매일 밤의 싸움, 집안의 차가운 공기, 맛이 안 나는 식사, 봐주지 않은 채 식탁 위에 놓여 있던 수업 참관 프린트……. 그런 기억이 떠오를 것 같아져서, 필사적으로 뚜껑을 덮으며 나는 생각했다.

개인의 자유 의지가 만든 결과를 반영한 것이 사회의 경향.

이건 알겠다.

주먹밥 속 재료의 취향은 제각각이지만, 매출 데이터를 보면 참치마요가 가장 많으니까 인류는 참치마요를 선호하는 경향이 있다고 말할 수 있다— 그런 이야기다.

하지만, 그 반대로 사회 자체가 개인의 의사 결정에 영향을 준다, 라는 것은 구체적으로 어떤 것일까?

말하자면, 이혼이 늘어나는 사회는 『이혼하기 쉬운 사회』가 되어 있다, 라는 이야기가 되는 셈인데…….

거기서부터 모리 교수와 쿠도 선생님은 나에게 여러 가지 이야기를 해주었다.

이혼에 이르는 이유는 다양한 것이 고려된다.

예를 들어, 취업 시간. 언제 일하고 있는지. 얼마나 일하고 있는지. 그에 따른 생활 리듬의 차이로 이혼에 이르게 되는 일도 있다.

간병의 유무. 부모와의 동거 유무. 아이의 유무. 식사 횟수. 식사 내용. SNS 이용 시간. 오락 내용. 성행위의 빈도.

그런 다양한 요소가 얽혀 있을 것이다. 그러한 데이터에는 모으기 쉬운 것도 있고 모으기 어려운 것도 있다. 어쨌든 우선은 그런 기초적인 데이터를 모으고 더욱이 분류하는 것이 중요하다고 모리 교수가 말했다.

"분류, 인가요?"

"모든 과학은 박물학에서 시작되는 거야. 모으고, 나누고, 이름을 붙인다."

그렇게 분류가 끝나면, 배후에 숨겨진 규칙을 찾는다.

배경에, 뭔가 법률이 관계되어 있지 않은가? 뉴스가 관계되어 있지 않은가? 교육이 관계되어 있지 않은가? 종교가 관계되어 있지 않은가? 새로운 기술이 관계되어 있지 않은가?

생각할 수 있는 가설이 잔뜩 나온다.

"남녀의 임금 격차가 줄어들어 생활 기반을 남성에게 의

존하는 일이 줄고, 소득 저하를 두려워하는 일이 적어진 사회니까 이혼을 선택하는 장벽이 낮아지고 있다."

이런 것이나.

"변호사 사무소가 자유 경쟁을 한 결과, 이혼 상담을 부추기는 광고가 난립하고, 예전이라면 이혼 절차 그 자체가 귀찮아서 주저하던 사람도 변호사를 쓰게 되었다."

라든가.

"그리고 쿠도 군이 연구하고 있는 윤리도 그렇지."

"네, 뭐. 저는 사회학적인 데이터보다도, 개인의 사적인 사정을 보는 편이 즐겁습니다만. 그건 그렇다 치고 사회의 윤리관이란 시대에 따라 변화하는 법. 그리고 인간의 행동은 그 사회가 조성하는 윤리관에 어느 정도까지는 좌우되지."

그것은 딱히 자의적으로 사고 조작을 당하고 있다는 음모론이 아니라, 자연의 섭리, 현상 같은 것이라고 쿠도 선생님이 말했다.

"이혼을 기피하는 윤리 감각이 희미해지면 이혼은 늘어난다— 일지도 모르지."

"그렇, 군요."

"뭐 애초에, 이혼은 기피해야 하는 것인가, 라는 논의가 필요해지는데."

윤리관 자체를 찬반으로 포착하는 것은 쿠도 선생님답다.

어쨌거나, 모리 교수가 말했다.

데이터를 모으면서 상관관계를 찾고, 여러모로 파고 들어가면 원인 같은 것이 보이는 거다.

이렇게 데이터를 바탕으로 사회 문제의 근원을 풀어내어, 정부나 관공서에 제언하는 것도, 모리 교수의 역할 중 하나라고 한다.

"미리 말해두는데, 사회 문제가 해결되었다고 해서 개인의 문제가 동시에 사라지는 건 아니야. 이혼율이 저하되더라도, 자신이나 자신 주변의 이혼을 멈출 수 있는 건 아니지. 사회학은 사회를 다루는 학문이니까, 개인의 문제는 해결할 수 없어."

"그건…… 그렇겠죠."

"그래도, 나는 사회라고 하는 커다란 집단의 배후에 흐르고 있는 사회를 움직이는 규칙이 있을 거라고 생각하고 있고, 그것을 알고 싶다고 생각하고 있지. 그리고 그 지식이 사회의 사람들에게 도움이 되면 좋겠다고 바라고 있다네."

흰 수염의 노교수는 안경 안쪽의 눈을 가늘게 뜨며 그렇게 말했다.

"게다가, 모르는 것을 아는 것은 순수한 기쁨이야. 그렇게 생각지 않나?"

나는 무심코 고개를 끄덕이고 말았다.

호기심을 자극한다. 알고 싶다, 라고 생각했다.

부모님이 이혼했기 때문인지, 사람과 사람이 영원히 변

하지 않는 관계일 수 없고, 인연이 갈라져 버리는 것에 대해, 개인적인 측면에는 전부터 관심이 있었다. 사람의 변해가는 마음은, 소설에도 종종 표현되는 것이다.

그것과는 다른, 사회적인 측면은 그러고 보니 배운 적이 없었다.

알고 싶다. 게다가 거시적인 시점에서 인간의 경향을 알 수 있다는 것은, 장래에 어떤 직업을 갖더라도 플러스가 되지 않을까?

쿠도 선생님이 씨익 미소를 지었다.

"어때? 아사무라 유우타 군. 『소설 데이터 사이언스 학부』는 재미있는 학부가 될 것 같지?"

"네, 뭐."

"그래그래. 부디, 여기에 와서 배워주게나."

"어째서 다른 대학의 자네가 그렇게까지 열심히 권하는 건가……."

제자의 권유에 기가 막힌다는 어조로 말한 것은 모리 교수였다.

"그야, 모리 선생님의 제자로서 스승을 공경하는 건 당연하죠. 이치노세 대학이라면 대학 간판도 문제없고요. 취직의 폭도 넓어지고. 봐요, 나쁜 점이 하나도 없어."

"본심은?"

"그의 연인이 우리 대학에 올 것 같아서요. 그가 여기에 와주면, 커플을 세트로 4년간이나 관찰할 수 있죠."

"……여전히 윤리가 울상 지을 소리를 태연하게 하는군, 자네는."

미소가 쓴웃음으로 바뀌고, 모리 교수는 동정이 담긴 눈으로 나를 보았다.

뭐, 그래도, 배우는 내용에는 흥미가 생겼다.

이 정도로 흥미를 끈 학문은 처음이기도 하다. 애초에 난관 대학이니까 합격할지 어떨지는 별개지만, 신설된다고 하는 학부가 내 안에서는 꽤 매력이 느껴지는 장소가 되어 있었다. 무엇보다, 나는 눈앞의 교수에 대해서 이미 「이 사람의 이야기를 더 듣고 싶다」라고 생각해버리고 있다.

"재미있을 것 같다고, 저도 생각합니다."

"그래그래, 모리 교수님 밑에서 배우는 거구나. 그럼, 나는 자네의 사저가 되는 셈이네. 잘 부탁하지, 우리 사제."

합격하기도 전부터 무슨 소릴 하는 건지. 나까지 쓴웃음을 짓고 말았다. 하지만 만약 그렇게 되면, 요미우리 선배의 은사가 사저가 되니까 상관도가 꽤 복잡해지겠는걸.

돌아가는 발걸음은 가벼웠다.

전철에서 흔들리는 동안에도, 나는 모리 교수의 이야기를 다시 떠올리고는 이것저것 나름대로 생각해 버린다.

개인의 사적인 행동이, 사회에서 집적되어, 어느 하나의 경향— 사회 현상으로서 모습을 드러내는 일이 있으며, 그 사회 현상이 개인에게 피드백되어 개인의 행동에 영향을 준다.

들은 이야기는, 간단히 정리하면 그런 것이었다고 생각한다.

듣고 보면 당연한 일이지만, 나는 그런 시점에서 「결혼」이나 「이혼」이라는 개인적인 이벤트를 본 적이 없었다.

그건 내가 좋아하는 「사물을 보는 새로운 방식」이라는 녀석이기도 했다.

머릿속에 배선이 짜여서 새로운 회로가 완성된 것 같은 감각이 있다.

그 뒤에, 대학 구내를 여기저기 걸으며 오픈 캠퍼스에 참가했다.

각 학부 소개 영상도 둘러봤는데, 내 시점이 변한 건지 전보다 무엇이든 재미있게 느껴졌다. 지금의 내 시점으로 다시 한번 이전에 방문했던 대학도 다시 보고 싶긴 하다. 뭐 실제로는 아무래도 그 정도 시간이 없지만.

자료만이라도 다시 읽어볼까 생각했다.

그러고도 이 대학에 마음이 끌린다면, 여기를 제1지망으로 하고 싶다. 그런 식으로 느끼고 있는 자신이 있었다.

마루한테 감사해야겠군. 3일간의 오픈 캠퍼스 돌아보기는, 근본적으로 「머릿속의 내용물을 종이에 써 봐라 작전」

에서 흘러나와 생각난 행동이었다.

시부야 역에서 내렸을 때 개찰구에서 쏟아져 나오는 방대한 사람의 흐름을 보고, 나는 그 흐름에 떠밀리면서도 멍하니 생각했다. 정처 없이 엉터리로 흘러가는 것처럼 보이는 사람의 흐름. 하지만 상공에서 본다면, 그 흐름에도 규칙성 같은 것을 엿볼 수 있을 거야. 건물 안에 「동선」— 사람과 물건의 움직임에 가상의 선을 그을 수 있는 것처럼.

식사를 찾아 헤매는 사람들, 차분히 쉴 수 있는 집을 향해 발 빠르게 번화가를 빠져나가는 자, 놀기 위해 오락 시설을 배회하는 사람들.

그리고 그런 사람들을 유혹하기 위해, 건물 벽 가득히 펼쳐지는 수많은 디지털 광고판과 수많은 색색의 포스터들. 무시당하는 것도 있는가 하면, 마음이 이끌려 훌쩍 행선지를 바꾸는 사람도 있다. 유혹하는 목소리, 이끄는 소리, 마음을 들끓게 하는 음악— 다시 말해 환경에 의해 개인의 행동을 바꾸려고 하는 것이 광고이다.

작은 것으로는 서점 안의 팝업이나 표지가 보이게 진열한 디스플레이도 구매 의욕을 불러일으켜 지갑을 열게 하려는, 다시 말해서 개인의 행동에 영향을 주려고 하는 시책인 셈이다. 그렇게 변화된 구매 행동이 다음에 나올 책 기획에 영향을 준다.

자신의 행동이 자유 의지에 의한 것뿐만 아니라 외부 환경에 의해 영향을 받고 있을지도 모른다, 라는 생각은 일종의 두려움도 불러일으키지만.

—그런가. 나는 어쩌면 쿠도 준교수와 반대로 지금까지 개인의 행동은 개인에게만 달렸다고 생각했으니까, 신규성을 느껴서 사회 현상이라는 것에 흥미가 생기고 있는 건지도 모른다.

호기심이라는 것은 강한 모티베이션이 될 수 있다.

장래에까지 이어지는 것인지 어떤지는 제쳐두고, 지금의 나는 이런 개인과 사회의 상호 작용 같은 것을 알고 싶다고 강하게 생각하고 있는 것이다.

생각에 잠기며 맨션 입구를 통과했다. 우리 집 문에 걸린 아사무라의 문패를 보고, 사고의 바다에서 겨우 떠올라 현실이라는 섬에 상륙했다.

다녀왔습니다 하는 인사와 함께 문을 열었다. 어서 와라 하는 소리가 부엌에서 들려와 들여다보니, 웬일로 아버지가 저녁 준비를 하고 있었다.

"어라? 오늘, 내 당번인데."

"그렇긴 한데. 아키코 씨랑 장 보러 갔을 때 맛있어 보이는 생선을 발견했거든."

들여다보니, 키친의 테이블 끝에 지금 당장 구우려고 하는 길쭉한 생선이, 팩 비닐을 벗긴 상태로 놓여 있었다.

"지금이 제철이잖아. 요즘은 꽁치도 비싸지만, 오늘은

우연히 쌌거든. 생선 굽는 것 정도는 나도 할 수 있고. 둘 다 수험 공부 하느라 바쁠 것 같아서 말이다."

"생선을 굽는 것뿐이라면, 대단한 수고도 아닌데."

이 정도 말을 해버릴 만큼은 최근 나도 그럭저럭 요리를 하고 있었다.

"뭐, 나도 오늘은 쉬는 날이라 하루 종일 빈둥거리고 있었으니까. 이 정도라도 안 움직이면 몸이 둔해져 버린다. 괜찮아 괜찮아, 유우타도 저녁 시간 전까지 공부하고 와라."

유우타도, 라고 했으니 아야세 양도 방에서 공부 중이야.

"그건…… 고맙지만. 그래도 돼?"

"대학 돌아보는 걸로 지쳤을 거 아냐. 하지만, 표정을 보니, 조금은 성과가 있었구나."

내 얼굴을 보면서 말했다.

간파 당해 버릴 정도로는 수확이 있었다는 뜻이겠지. 문득 깨달았다.

"혹시 걱정 끼쳤어?"

"너무 무리하는 건 아닌가 생각하긴 했지만. 뭐, 기분 전환이 잘 된 것 같구나."

나는 수긍했다.

동시에 목표로 하려는 대학이 난관인 국립대학인 것도 떠올렸다.

"해야 할 공부 양도 늘어난 것 같지만."

"그건 안심이야."

응? 무슨 소리지?

내 얼굴에 떠오른 물음표를 재빨리 찾아냈는지 아버지가 말을 덧붙인다.

"멍하니 목표를 좁히지 못한 채 공부하고 있는 것처럼 보였으니까. 자신에게 무엇이 부족한지 자각했다면 몸에 익을 거라고 생각했지."

역시.

"배움에는 때가 있다고 나는 생각한다. 마른 모래에 물이 스며들듯이 흡수하기 위해서는 말라 있는지 어떤지 자각할 필요가 있어. 어디로 이어질지 모르는 채 막연하게 배우는 건 힘드니까."

"아버지도?"

"그야 그렇지. 사회인이 되면 공부가 필요 없게 되는 것도 아니다. 배움이란 건 성장하고 싶다면 평생 계속되는 거야. 학창 시절은 배우는 방법과 배우는 습관을 들이는 시기라고 나는 생각하고 있다. 무엇을 배웠는가보다도, 그건 중요한 일이야."

"평생이라아."

"학생 때보다 기분은 편하다. 필요해서 배우고 있다는 감각이 있으니까."

그런 걸까.

"밥은 8시쯤이면 되겠니?"

나는 반사적으로 벽시계를 보았다.

앞으로…… 2시간 정도군.

"딱 좋을 것 같네."

"시간 맞춰 준비할 테니까, 시간 되면 사키한테도 말을 걸어줘라."

알겠다며 고개를 끄덕이고, 나는 맡겨두고 부엌에서 물러났다.

내 방에 틀어박히기 직전, 그러고 보니 오늘은 아직 아야세 양의 얼굴을 보지 못했다는 게 생각났다. 얼굴을 보고 싶다. 그렇게 생각해서 방 앞까지 갔지만, 노크하기 전에 주저했다. 오늘은 알바가 있었지. 지쳐서 돌아와 자고 있을지도 모르고, 수험 공부를 하는 중일지도 모른다.

이제 2시간만 지나면 어차피 저녁 식사 때문에 부를 거고……. 게다가 매일 얼굴을 마주하고 있으니까, 그렇게까지 오랜만인 건 아닐 텐데, 말이지.

발길을 돌려 나는 내 방으로 돌아왔다. 어차피 금방 얼굴을 볼 수 있을 테니까.

참고로 아버지는 휴일이었지만 아키코 씨는 평범하게 일하는 날이다. 이미 가게에 나가 있다.

편한 옷으로 갈아입고 나서 알람을 세팅. 그러고 나는 곧장 오늘 분량 수험 공부를 재개했다. 지난 3일간은 오픈 캠퍼스를 도느라 꽤 시간을 써버렸다.

참고서와 노트를 펼치고 문제집을 풀기 시작했다. 시작하자 완전히 집중해 버려서, 문득 깨닫고 보니 뭔가 소리가 울리고 있었다.

문을 노크하는 소리인 걸 깨달았다.

"유우타 오빠."

조심스러운 목소리.

반사적으로 스마트폰의 시간을 확인한다. 집중하느라 타이머 소리를 못 들었나 싶어 당황했다. 19시 15분. 알람 시간은 되지 않았다. 안도하면서, 나는 대답과 함께 문을 열었다.

"미안. 부르는 걸 못 들었어."

"아, 미안해. 집중하고 있었어?"

"아니, 슬슬 잠깐 쉬려던 참이었어. 괜찮아. 무슨 일이야?"

게다가 얼굴 볼 수 있어서 기쁘다.

아야세 양은 저기, 하고 조금 말끝을 흐렸다.

말할까 말까 망설이는 표정이지만, 그건 주저하고 있다기보다는 소중한 비밀을 털어놓을 때 같은 표정이었다. 뭘까? 하고 생각하면서, 아야세 양도 이런 표정을 짓는구나 생각했다.

"그게, 저기…… 있지."

"혹시 뭔가 상담하고 싶은 거 있어?"

"으음~, 저기. 그게, 아사무라 군도 수험 공부로 바쁜 건 잘 아니까, 물론 얼마든지 거절해도 되는데."

집에서 오빠가 아니라 아사무라 군이라고 부르는 건 오랜만이다. 거리가 멀어지는 성으로 부르는 호칭인데도, 오빠라고 불리는 것보다 그녀를 가깝게 느낀다.

"말해주지 않으면 거절할지 어떨지도 모르겠는데."

"그게 말이야. 놀러 가자는 권유라서."

아하. 그러니까, 수험 공부에 지장이 될지도 모른다는 건가.

그렇긴 한데…….

"숨 돌리기도 중요하지."

그렇게 생각한다. 아무래도 나는 집중하면 내 몸의 한계를 무시해버리는 경향이 있는 것 같다는 걸 알게 되었다. 마루도 말했었지. 루틴 워크를 무너뜨리는 건 악수라고. 평상심을 유지 못하면 풀 수 있는 문제도 풀 수 없게 된다, 라고.

"그렇게 말해주면 말 꺼내기 쉬워지니까 어리광 부려 버릴게."

그리고 아야세 양이 꺼낸 놀러 가자는 권유의 내용이 뜻밖인 방향이었다.

아야세 양한테 그런 취미가 있을 줄은 생각지도 못했어.

아사무라 군은 말야. 그렇게 말하는 그녀의 눈에는, 아마 내가 여기서 거절해도 혼자서라도 갈 것이라고 생각하게 만드는 호기심으로 가득 찬 빛이 깃들어 있었다.

"라이브 하우스, 흥미 있어?"

●9월 20일 (월요일 · 공휴일) 아야세 사키

아직 9월, 벌써 9월.

어느 쪽이든 틀린 말은 아니지만, 나는 「아직 9월」이라고 생각하는 편이다. 조바심을 내봐야 어쩔 수 없다.

가을의 사흘 연휴 중에 사흘째였다. 이틀간을 수험 공부에 소비한 나는, 사흘째에만 서점 아르바이트를 하기로 했다.

수험을 앞두고 있고, 당장 생활비가 부족한 건 아니다. 그만둬도 된다고 하면 그 말대로다. 하지만 이건 내 나름의 규칙 같은 것이다. 대학에 진학하면 분명 엄마랑 새아버지는 기뻐하며 나와 아사무라 군의 학비를 부담해 줄 것이다. 공부나 하고 싶은 일에 집중하라는 따뜻한 말도 해줄 것이다. 적절하게 의지는 할 생각이다. 하지만, 응석 부리며 은혜를 입으려는 생각은 없다. 고등학생의 아르바이트비로 학비를 내기에는 턱도 없이 부족하지만, 단지 기대기만 할 생각은 없다는 의사 표시는 하고 싶었다.

그런 이유로, 점심부터 알바 근무에 들어갔다.

나들이 시즌이라 그런지 아르바이트 점원도 쉬는 사람이 많고, 게다가 오늘은 아사무라 군도 요미우리 선배도 없는 날이라, 점장님이 불안해하고 있었다. 그것도 쉴 수 없었던 이유 중 하나.

게다가 하필이면 이렇게 바쁠 때, 베스트셀러가 틀림없는 하드커버 신간이 노린 듯이 발매되는 법이다.

하드커버 신간을 구입해 가는 손님은 북커버를 씌워주길 바랄 확률이 높다. 익숙해진 나는 그렇다 쳐도 코조노 양은 아직 서투를 테니까, 선배인 내가 적절히 커버하게 되어 있었다.

코조노 양의 계산대 줄에서 대여섯 권 정도 책을 안고 있는 손님을 발견하고, 슬쩍 그녀와 아이콘택트를 취한다.

(바꿔줄까?)

(부탁합니다.)

시선의 교환. 그 손님이 계산대 앞으로 오기 직전 타이밍에, 자연스럽게 계산대를 교대한다.

그런 느낌으로 둘이서 열심히 하고 있었지만, 그래도 때때로 감당 못할 만큼 줄이 늘어나는 일이 있어서 점장님까지 계산대에 들어와 주는 일이 몇 번인가 있었다.

“3시부터 두 사람이 근무 들어오니까. 그 뒤엔 잠깐 휴식해도 돼.”

점장님이 그렇게 말해서, 나와 코조노 양은 3시까지 열심히 버텼다.

3시가 되었을 때는 무심코 주먹을 배 앞에서 쥐고 작게 파이팅 포즈를 취해버렸다.

“휴식, 들어갑니다~.”

코조노 양이 점장님에게 한마디 하고, 잽싸게 계산대를 나와 사무소 쪽으로 걸어갔다. 이쪽을 힐끔 보지도 않는다. 말도 안 건다.

나도 코조노 양보다 조금 늦게 사무소로 갔다. 그다지 오래 쉴 수는 없지만, 차를 느긋하게 마시는 것 정도는 괜찮겠지. 아니면 밖의 자판기나 편의점에서 뭐라도 사올까?

그런 생각을 하며 사무실 문을 노크하고 한 마디 하면서 들어갔다.

방에는 코조노 양 혼자다. 급탕기로 차를 타고 있는 중이다.

나는 일단 가까운 의자를 끌어당겨 앉았다. 하아. 매우 큰 한숨을 흘리며 나는 눈을 감고 미간 사이를 주물러 풀었다. 숨 돌릴 틈도 없었다. 솔직히 지쳤어.

달칵. 책상 위에서 작은 소리가 나서 눈을 떴다.

"드세요."

퉁명스럽게까지 느껴지는 말투로 코조노 양이 말하고, 책상을 돌아 건너편에 앉으려는 참이었다. 내 눈앞에는 갓 탄 차가 든 종이컵이 놓여 있었다.

"나 주는 거야?"

"말고 또 누가 있나요?"

"어어, 응. 고마워."

"기분 나쁘니까 인사 같은 건 됐거든요."

"아니, 이건 일반 상식적인 예의잖아."

"……그럼, 됐어요. 아니 차라리, 좀 더 감사해도 되는데요?"

좀 더, 감사라.

"아, 그렇지."

나는 자리에서 일어나, 그대로 탈의실로 갔다. 돌아온 내 손에는 작은 비닐 봉투가 있었다. 열어서 그 알맹이를 코조노 양에게 내밀었다.

"같이 먹자. 출출할 때를 위해 구워 왔어."

"뭔데요?"

"쿠키."

"이 시기까지 수험생이 알바 삼매경인 데다가, 게다가 설마 수제인가요?"

"그저께랑 어제는 수험 공부하느라 집에서 안 나갔으니까. 기분 전환도 겸해서 휴식 시간에 구웠어."

"여유가 있는 건가요? 아니면 바보인가요?"

그거 선배한테 할 말이야?

"글쎄. 쿠키 굽는 것 정도는 딱히 수고스럽지도 않아서."

"여기서 설마 했던 요리 실력 어필인가요. 하지만, 어째서 가을에 벚꽃잎 모양으로 만든 건가요?"

"그게. 그거 일단 하트 모양인데."

"하트는 좀 더 둥글둥글한 거잖아요. 이거, 너무 길쭉해요. 하트는 이렇다구요, 이렇게."

손바닥을 마주 대고, 엄지끼리와 그 외의 손가락끼리 붙여서 하트 모양을 만들어 보여준다. 아이돌이 자주 하는 포즈다. 아니, 요즘은 손가락 하트가 주류던가? 그리고 그거, 미소까지 곁들일 필요 있어? 뭐, 귀엽긴 하지만.

"그에 비해, 선배의 이 쿠키는 이래요!"

옆으로 부풀려 놨던 하트 형태를 힘껏 세로로 늘여 가늘게 만들었다.

"에이, 그 정도까진 아니잖아. 그래선, 자동차 초보 운전 마크야."

"그렇다니까요. 이건 벚꽃잎. 혹은 새싹 마크. 애당초, 여자한테 하트를 받아도 기쁘지 않아요."

딱히 코조노 양에게 선물을 하려고 만든 건 아닌데…….

"음, 이건 홍차맛……. 너무 달지도 너무 딱딱하지도 않고 밸런스가 잡힌 맛이야……."

아, 먹는구나.

"크윽……. 맛있어……. 분하다."

코조노 양은 양손에 하나씩 쿠키를 들고 빤히 쳐다보고 있었다. 그렇게까지 찬찬히 살펴보면, 미묘하게 거북하고, 불안해진다.

"뭐 이상한 점 있어?"

"아뇨……. 아야세 선배를 아내로 삼으면 이걸 매일 먹을 수 있겠구나 생각하니. 왠지 저는 도대체 누구를 질투하고 있는 건지 알 수 없게 돼서요……. 어쩌면 좋을까 싶어요."

그게 뭐야?

쿠키를 노려보고 으르렁거리며 먹고 있는 코조노 양은 내버려 두고, 나는 스마트폰을 꺼내 체크를 했다.

푸시 알림이 하나. 팔로우하고 있는 SNS 계정이 갱신되었다는 것을 깨달았다. 아이콘 쪽에도 동그라미 쳐진 「1」이라는 숫자가 붙어 있다.

나는 그다지 열성적인 SNS 이용자는 아니다. 그래도 몇 갠가 마음에 드는 계정은 있다.

앱을 켜고, 알림이 온 계정 이름을 봤다.

멜리사 우, 라고 적혀있었다.

멜리사와는, 수학여행으로 싱가포르를 방문했을 때 만났다.

현지에 거주하는 싱어다. 독특한 연애관을 가진 여성이다. 나하고는 꽤 다른 윤리관의 소유자였지만, 오히려 그렇기에 나의 굳어 있던 머리를 풀어준 사람이기도 하다.

짧은 시간이었지만 그녀와 이야기할 수 있어서, 나는 자신의 장래에 대해서도, 아사무라 군과의 교제 방식에 대해서도, 그때까지와는 다른 사고방식을 가질 수 있게 되었다.

뭐, 은인 같은 사람일까? 멋대로 그렇게 생각하고 있다.

멜리사는 자기가 부르는 노래를 스스로 만드는 타입의 가수였다. 만들고, 노래하고, 그런 자신의 음악 활동을 YouTube에 올리고 있다.

그래서 나는, 잘은 모르지만 나름대로 YouTuber의 방송 활동이라는 것에 대해서도 조사해 보았다.

아무래도, 좋아요 버튼을 누르고, 채널 구독을 하면 고마운 모양이다.

멜리사하고 이야기를 한 건 조금뿐이지만, 그래도 나에게 큰 영향을 준 사람인 건 틀림없어서 감사를 표하고 싶었다. 게다가 나는 그녀의 노랫소리에도 대단히 끌리고 있었다. 그런 이유로 나는 그녀의 계정을 팔로우했다. 가끔 업로드되는 신곡을 들으면서 기운을 얻고 있다.

그녀와 만났던 수학여행은 올해 2월의 일이었으니까, 벌써 반년 이상이 지났다. 그 당시는 아직 838명이었던 그녀의 계정 팔로워 수가, 현재는 3,200명까지 늘어 있었다. 4배 가까이 늘었어. 대단해. 내 일도 아닌데 어쩐지 자랑스러웠다.

"아, 신곡은 아니구나……."

알림을 따라가 보니, 커뮤니티 게시물이 새로 올라와 있었다. 시각은 내가 알림을 눈치채기 불과 5초 전. 사진이 첨부되어 있었다. 그것을 보고 깜짝 놀랐다. 어느 모로 보나 내가 지금 알바로 일하는 이곳 근처, 시부야의 스크램블 교차로로 보이는 장소에서 셀카를 찍고 있는 멜리사가 찍혀 있었다.

어? 이건…….

황급히 코멘트를 읽는다. 간결하고 명료한 영어로 자연스럽게 「일본에 왔어~!」라는 뜻의 말이 첨부되어 있었다. 못 들었어! 그런 말 했던가? 아니, 딱히 나한테 허락 받을 필요도 없거니와 연락해 올 이유도 없지만.

하지만, 어째서 일본에?

커뮤니티 게시물을 조금 거슬러 올라가 보니, 시부야의 라이브 하우스에서 라이브를 한다는 공지가 있었다.

이런 공지를 했었구나.

못 보고 지나쳤었다. 아마도, 라이브 공지라는 글자를 읽었을 때, 싱가포르에서 할 거라고 멋대로 단정하고 뇌가 흘려버린 게 틀림없다. 시부야라고 일본어로 쓰여 있으면 눈에 띄었겠지만, 그녀의 코멘트는 전부 영어였다.

만나고 싶다. 문득 생각했다.

나는 나 자신을 알 수 없는 상태였다. 얼마 전 마아야와 대화를 하면서 그것을 뼈저리게 느낀 참이다.

마아야에게 「변했네. 좋은 의미로 바보가 됐어!」라는 말을 들었을 때의 이야기다.

나는 자신에게 그 정도의 변화가 있었다는 기분이 들지 않는다. 그리고 나는 지금의 내가 남에게 어떻게 보이고 있는지 알 수 없게 되어 있다고 자각하게 됐다.

자신의 모습에 길을 잃은 나와 비교해, 멜리사는 명료하게 자신이라는 것을 가지고 있는 것 같아.

그도 그럴 것이 그녀는 이미, 단신으로 돈을 벌며 살고 있다. 그녀가 나아가는 길은 나와는 분명 동떨어진 것이라고 생각하지만, 그렇기 때문에 그녀와 나누는 대화는 자극으로 가득 찬 즐거운 것이 되리라는 예감이 있다.

그런 생각을 하다가, 문득 깨달았다. 일기가 「자신의 형태」를 비추어 주고 자신을 알기 위한 거울이 된다고 해도, 거울만 봐서는 알 수 없는 것이 있었다.

그것은 자신의 형태와 세상의 「어긋남」을 아는 것.

일기를 통해서 언어화하면, 마음속에 있는 것이 어떤 형태인지를 겉으로 드러낼 수는 있다. 하지만 그 형태는 자신에게 「보통」이니까, 타인이 가지고 있는 형태와 어긋나 있어도 눈치 못 챌 가능성이 있다.

방금 전에도 그 사실을 뼈저리게 느끼게 한 일이 있었다.

내가 가진 하트 모양의 이미지와, 코조노 양의 하트 모양이 달랐다.

둘 다 비슷한 특징을 가지고 있긴 하다. 둥그스름하고, 위쪽이 조금 갈라져 있다. 특징만 뽑아서 이야기하면 분명 대화는 성립할 것이다. 하지만 자신이 생각하는 하트 모양과 타인이 생각하는 형태는, 서로 보여주며 대조해 보기 전까지는 알 수 없다.

타인과 나누는 대화는— 자신과 다른 정신을 가진 인간과의 대화는, 자신이라는 것의 형태가 어긋나 있는지 알 수 있게 해준다. 그것은 일기만으로는 할 수 없는 일이다.

그렇구나. 나를 알기 위해서는 나를 밖으로 드러내기만 하는 걸로는 부족하구나.

멜리사와 이야기하고 싶어.

나는 스마트폰을 고쳐 쥐고, 손가락을 움직여 멜리사의 커뮤니티 게시글 댓글란에 글을 쓰기 시작했다.

역시 멜리사가 댓글란까지 꼼꼼히 읽어줄지는 모르겠다. 하지만 그녀가 일본에 와 있는(그것도 엄청나게 가까이에 있는) 이 기회를 놓치고 싶지 않다.

나와 멜리사는 서로 이름을 알려준 사이니까, 「아야세 사키입니다」라고 쓰면 떠올려줄 거라고 생각한다. 하지만 SNS에 본명을 쓰는 건 저항감이 있었다.

『오랜만이에요. 기억하실지 모르겠지만 Saki입니다』

다른 댓글란의 사람들 이름 중에 일본인 같은 이름이 거의 없으니, 이 Saki라는 표기로 전해질 가능성은 높다, 라고, 생각한다.

『실은 지금 근처에서 알바를 하고 있어요. 시간 있으시면 만나지 않을래요?』

……음. 이런 느낌일까.

그녀가 알아차려 줄지 어떨지도 모르고, 알아채더라도 실례라며 화를 낼지도 모른다고 생각한다.

그래도 나는 이런 기회는 두 번 다시 오지 않을 것 같다는 생각이 들었다.

안 하고 후회하는 것보다는 하고 후회하는 게 낫다는 거지.

"엄청 큰, 한숨이네요~."

코조노 양의 목소리에 고개를 들었다.

"어, 아. 나, 한숨 같은 거, 쉬었어?"

"완전 특대 사이즈였어요."

아니, 아마 그거 한숨이 아냐. 목적을 달성하고 해냈다 싶어서, 일을 하나 마쳤을 때 내쉬는 숨이었을 거야.

해냈다기보다는, 저질러 버렸다, 일지도 모르겠지만.

역시 멜리사는 내 댓글을 알아차려줄까?

"괜찮으세요? 쿠키 드실래요?"

"아, 응. 근데, 애초에 이거 내가 만든 거…… 아."

고개를 들어 코조노 양을 보고, 다시 시선을 손으로 돌린 그 짧은 순간에 벌써 내 댓글에 답글이 달려 있었다. 빨라! 게다가, 멜리사다.

"안 먹어요? 제가 먹어도 되죠?"

"응."

"어? 괜찮아요? 진짜 먹어요?"

"응."

코조노 양이 뭔가 말하고 있지만, 그럴 상황이 아니었다. 멜리사의 답장을 서둘러 훑어본다. 아무래도 Saki가 나라는 걸 알아챈 모양이다. 와오, 오랜만이야. 잘 지내? —그런 말이 적혀 있다. 아무래도 오픈된 댓글란에서 자세한 이야기를 하는 건 좀 그렇다며, 메일로 이야기하고 싶다고 했다.

나로서도 거절할 이유는 없다. 말해준 대로 채널 개요란을 확인해 보니 연락처가 있었다. 메일을 보내고, 그걸로 서로 이용하고 있는 메시지 앱의 ID를 교환했다. 메시지를 주고받으며 지금부터 만날 약속을 잡고, 다시 고개를 들었을 때는 이미 쿠키가 마지막 하나밖에 안 남아 있었다.

코조노 양이 제대로 남겨뒀어요라고 말하지만, 그 하나조차 먹고 싶다는 듯한 표정으로 말하면 좀 그렇네.

먹을래? 하고 내밀려는데, 사무소 문을 노크하는 소리가 들렸다.

점장님이 슬슬 다시 붐빌 것 같다고 말했다.

"지금, 나가요."

내 대답과 동시에 코조노 양도 「알겠습니다~」 하고 대답했다.

"그거, 어떻게 할래요?"

남은 마지막 하나를 코조노 양이 가리켰다.

"먹을래."

마지막 하나의 쿠키를 비닐봉지에서 꺼내, 서둘러 입안에 넣고 부지런히 씹어 삼켰다. 남아있던 차로 입안을 헹구고, 만약을 위해 쿠키의 단 냄새를 주머니에 넣어둔 민트 태블릿을 씹어 삼켜 지웠다.

내가 다 마신 종이컵을 코조노 양이 낚아채서 자신의 것과 함께 쓰레기통에 던져 넣었다.

"이것도 버려 줄래?"

알맹이를 다 먹은 봉지를 뭉쳐서 코조노 양에게 테이블 너머로 건네자, 받은 그녀는 그것도 한꺼번에 쓰레기통으로.

"고마워."

"먼저 나갈게요."

"응. 가 있어."

걸치고 있는 앞치마의 끈이나 명찰을 체크하고 정돈한 뒤 나도 매장으로 돌아간다. 일이 끝날 때까지 앞으로 1시간.

끝나면 멜리사를 만날 수 있다.

"수고하셨습니다. 그럼, 먼저 갈게요."

냉담하게 그 말만 남기고 코조노 양은 냉큼 탈의실을 나갔다.

그 이상의 대화를 나누지도 않는다. 아르바이트로 들어왔을 무렵의 그 붙임성은 어디 갔나 싶네. 아니, 다르구나. 여전히 점장님이나 요미우리 선배나 아사무라 군에게는 싹싹하니까, 저건 나한테만 그러는 거다.

아마도, 코조노 양은 스스로 말한 것처럼 「있는 그대로 타인 앞에 나서면 미움 받는다」라고 생각하는 거야. 그래서 붙임성 있게 행동한다. 뒤집어 말하면, 꾸밈없는 코조노 양은 그렇게까지 붙임성이 있는 건 아니고…… 저렇게 무뚝뚝한 것이 코조노 양 자신이란 거겠지.

그래도 이상하게 기분이 나쁘지는 않다. 오히려 어쩐지 그리움마저 느껴진다. 아, 그렇구나. 고1 때의 나랑 닮았으니까.

사무소 문을 열고 나갈 때 「먼저 갈게요」라고 말하며 뒤돌아본 코조노 양의 머리카락이 떠오르고, 인너 컬러가 눈에 들어왔다. 흑발인 자신을 자신이라고 생각할 수 없어서 넣었다는 붉은 기가 도는 색. 의외로 호전적이고, 기가 세다. 아마 그것이 「코조노 양의 형태」인 것이다.

마아야의 말을 떠올렸다.

『예전의 사키는 남을 가까이하지 않는, 좋게 말하면 쿨뷰티고 드라이해서 멋진 느낌이었는데』

『딱히 예전 그대로도 싫지는 않은걸. 그건 그거대로 좋아.』

그건 그거대로, 인가……. 응. 그렇네, 저런 코조노 양도 나쁘지 않아.

스마트폰이 진동하며 착신을 알렸다.

멜리사다.

서점이 입점한 빌딩 앞에 도착했다, 라는 알림이었다. 급하게 옷을 갈아입고 나도 약속 장소로 서둘렀다.

자동문을 열고 건물 밖으로 나간다. 좌우를 둘러보자 기둥에 등을 기대고 있는 금발에 갈색 피부를 가진 여성이 눈에 들어왔다. 멜리사다. 계절은 슬슬 가을인데도, 아직 따뜻해서인지 스포티하고 노출도가 높은 옷을 입고 있었다. 하얀 탱크톱에 위장 무늬 숏팬츠 차림. 데님 원단의 캡 모자를 조금 깊게 눌러쓰고 있었다.

그쪽을 향해 발을 내딛자, 동시에 그녀도 알아차리고 고개를 들었다. 나를 보고 미소를 지으며 손을 들었다.

"사키!"

"멜리사 씨, 오랜만이에요."

"사키도 잘 지냈어?"

그렇게 일본어로 말했다. 나는 웃으며 고개를 끄덕였다.

멜리사는 대만 출신 어머니와 일본인 아버지의 혼혈로, 일본에서 학창 시절을 보낸 적이 있어 일본어도 할 수 있다. 잘하지는 못한다고 겸손을 떨지만, 일상 회화에 불편함 없이 구사하니까 능숙하다고 해도 될 거야.

"그래서, 어디 갈까? 어디서 얘기할래?"

음……. 나는 스마트폰 지도를 보여주며 골라둔 카페의 위치를 가리켰다.

시부야역에서 그리 멀지 않은, 다이칸야마 쪽의 점포다.

진구 거리를 남하해서 타마가와 거리를 지나 사쿠라자카를 조금 내려간 곳.

"뭔가 맛있는 차나 디저트라도 있어?"

"그런 건 아니지만요."

나는 멜리사에게 통금 시간(그보다 늦어질 때는 연락을 하기로 되어 있는 시각이다)이 있다는 것을 알리고, 그 가게라면 집에서 가까우니 아슬아슬할 때까지 차를 마시며 길게 대화할 수 있다고 말했다.

길도 복잡하지 않아서, 멜리사가 역으로 돌아가는 것도 어렵지 않다.

멜리사는, 그럼 거기로 하자고 말해 주었다.

"게다가, 이 가게라면 그리 비싸지 않고."

나로서는 그 점도 중요한 것이다. 멜리사는 「내가 살 건데?」라고 말해 주었지만, 나는 그건 정중히 사양했다.

먼저 권한 건 나니까, 얻어먹을 수는 없다. 그건 더치페이로 하고 싶다. 비록 상대가 사회인이고 내가 학생이라 해도 말이다.

아르바이트하는 서점에서 10분 정도 걸어간 곳에 있는 그 카페는, 체인점이지만 분위기가 차분한 가게였다. 나무로 보이는 의자와 테이블이 억제된 조명 아래 줄을 맞춰 늘어서 있다. 티타임이라고 하기엔 늦고 저녁 식사라기엔 이른 시간. 평소에는 붐벼서 기다려야 하는데 오늘은 편하게 자리를 확보할 수 있었다. 좌석 간격이 넉넉하게 잡혀 있는 덕분에 다른 손님이 신경 쓰이지 않아 좋다.

나는 블렌드 커피, 멜리사는 크림소다를 주문. 그거, 메뉴에 점보라고 쓰여 있는데, 괜찮은 걸까?

"조금만 있으면 저녁 시간이니까. 이 정도로 해둬야지."

그러고서, 더 먹는구나. 그렇구나.

나는 내 식사량을 「보통」이라고 생각했는데, 어쩌면 소식이 아닐까 하는 생각이 들기 시작했다.

재회의 인사를 반복하고 나서, 우리는 서로의 근황을 보고했다.

입을 열자마자 멜리사가 말한다.

"그래서, 그 남자친구랑은 잘 지내?"

마시던 물을 뿜을 뻔했다.

처음부터 연애 이야기!!!

다들 왜 그렇게 남의 연애 이야기에 관심이 많지?

그렇지만 멜리사에게는 정말 신세를 졌으니, 솔직하게 전하지 않는 것도 페어하지 않은 것 같아.

"어, 그게. 뭐. 네."

"좋네!"

조금 수줍어하며 긍정하자 멜리사는 놀리는 기색 없이 진지한 표정으로 돌아와 미소 지었다.

이런 점은 주위 사람들과는 조금 다른 느낌이 들었다.

"그쪽은 어때요? 일본에서 라이브라니, 음악 활동, 순조롭나 보네요."

"아~. 음, 덕분에? 뭐, 그럭저럭일려나. 다들 내 노래를 생각보다 많이 들어줘서 기뻐."

들어보니, 일본에도 열성적인 팬이 있는지, 그런 사람들 중에 라이브로 보고 싶다는 목소리가 있었던 모양이다. 그것이 일본 방문으로 이어진 거겠지.

"언제 도착했어요?"

"어제!"

"그럼, 정말 도착한 지 얼마 안 됐네요."

멜리사가 고개를 끄덕였다. 어제 늦게 도착해서, 아직 도쿄를 많이 둘러보지 못했다고 한다. 하긴, 관광 목적이 아니라 일 때문에 온 거니까 그렇게 놀 시간을 낼 수도 없는 모양이었다.

"오랜만에 일본인데 말이야. 관광객으로 오니까 일본은 참 좋다 싶어서."

"네?"

"뜻밖인 모양이네."

실제로, 뜻밖이다.

멜리사는 일본 생활의 답답함에서 벗어나기 위해 싱가포르에 건너간 거라고 생각하고 있었는데.

아, 아니 잠깐. 방금, 『관광객으로 오니까』라는 단서가 붙어 있었다.

"나는 내가 좋다고 생각하는 삶을 살고 싶거든. 사는 나라를 바꾸거나, 어울리는 커뮤니티를 바꾸거나 여러 가지 해봤지만. 그래도 일본이 싫다는 건 아냐."

"그랬군요."

"그야, 밥 맛있지! 서비스 좋지!"

"서비스가 좋아요?"

"응. 지금의 일본은, 관광객 입장에서는 엄청 기쁜 곳이야. 이런저런 나라들을 가봤지만, 여기는 최강이네. 특히 도시는 말이야. 전철도 버스도 거의 제 시간에 오잖아. 거리는 깨끗하고, 좀처럼 쓰레기도 떨어져 있지 않아. 대중적인 저렴한 가게에 들어가도, 점원들이 웃는 얼굴로 친절하게 응대해 줘. 원 코인 숍 점원조차 싱글벙글 정중하게 어서 오세요. 기분 좋아~."

말하는 사이에, 점원이 주문한 음식을 가져왔다.

"블렌드 커피 나왔습니다."

내 앞에 따뜻한 커피가 놓였다.

"점보 크림소다입니다."

멜리사 앞에 두둥, 하고 커다란 유리잔이 놓였다. 나는 무심코 눈을 부릅뜨고 말았다.

이 가게, 물론 전에도 들어온 적이 있다. 있지만, 크림소다는 주문한 적이 없어서 처음 봤어. 확실히 이건 점보라는 이름이 부끄럽지 않을 크기다. 물을 따르는 컵의 두 배는커녕 그 이상일 것 같아. 거품이 톡톡 터지는 투명한 녹색 액체와 위에 얹힌 아이스크림이 맛있어 보인다.

"주문하신 메뉴가 맞으신가요?"

"네."

나와 멜리사는 둘이 동시에 고개를 끄덕였다.

편안한 시간 보내세요. 정중하게 고개를 숙이며 말을 남기고 떠나는 점원의 등을 바라보며, 멜리사가 거봐 라고 눈짓으로 말했다.

"그치? 친절하잖아."

"하지만…… 당연한 거 아닌가요?"

"지금의 일본에서는 그럴지도 모르지. 손님들도 다들 필요 이상으로 목소리를 높이지 않고 말이야. 전차 안도 조용하고, 거리도 조용해. 깨끗하고, 차분하고, 웃는 얼굴로 상냥하고 정중하게 가려운 곳을 긁어주듯이 친절하게 응대해 줘서— 기뻐."

자루가 긴 스푼으로 소다 위의 아이스크림을 떠냈다. 입안으로 옮기고 「음~, 맛있어」라고 말하며, 덧붙인다.

"—관광객으로서는 말이야."

나는 퍼뜩 깨달았다. 이걸로 두 번째다.

크림소다를 빨대로 쪼옥 빨았다. 녹색이 투명한 빨대를 타고 올라와 멜리사의 붉은 입술 너머로 사라졌다.

"맛있다~."

하아. 숨을 내쉬고 멜리사가 말을 이었다.

"여행자 신분으로 여기에 있을 때는 일본식 서비스가 기뻐. 뭐, 이만큼 잘해 준다면 돈을 더 받아도 될 거라고 생각하지만. 웃는 얼굴로 응대해 주고, 공짜로 물을 몇 잔이나 마실 수 있고, 요리는 꼬박꼬박 자리까지 가져다주고, 이 소다 한 잔에 원 코인 조금 넘는 가격이라니 너무 저렴해."

"고등학생에게는 그래도 꽤 부담이지만요."

"하지만 좋은 서비스에는 비용이 드는 게 보통이야. 호스피탈리티에 프리라이드할 생각도 없고."

호스피탈리티란 이른바 「접대」를 말한다. 프리라이드는 「무임승차」라는 뜻. 상대에게 접대를 받았는데 자신이 대가를 지불하지 않는 건 싫다. 멜리사는 그렇게 말하고 있는 것이다.

"방금, 여행자일 때는 이라고 했죠."

내 말에 멜리사는 고개를 끄덕였다.

"나는 일단 이래봬도 음악으로 밥 벌어 먹으려 하잖아. 그러니까 뭐, 음악을 만드는 사람인 셈인데. 음악을 만들고 있을 때는 평범하기가 지독하게 어려워."

"평범하기가…… 어렵다?"

"누가 보살펴줘도 돌려줄 수가 없어. 오히려 서비스가 반대로 스트레스가 돼. 생각해 봐, 조금만 더 있으면 좋은 프레이즈가 떠오를 것 같을 때 『뭐 곤란한 거 있으세요?』 하고 말을 걸어온다면?"

상상해 보려 했지만, 유감스럽게도 나는 그런 예술 방면에는 문외한이라 딱 알겠다고 말할 수 없었다. 그래서 공부로 바꿔서 생각해 보았다. 확실히 집중해서 공부하고 있을 때 말을 거는 건 싫지만…….

"하지만 그럴 때는 내버려 두지 않나요?"

적어도 내 주변 사람들은 내 수험 공부를 방해하지 않는다.

"응~. 사키가 상상하는 것보다 훨씬, 훨씬 더 나는 평범하지 않아."

"……훨씬?"

"응. 아니야. 곡을 만들 때, 도저히 생각이 안 나서 일주일 동안 방에서 안 나온 적이 있었어. 전화선은 뽑아 버리고, 스마트폰은 전원을 껐어. 빛이 들어오면 산만해지니까 창문을 전부 닫고 커튼을 쳤어. 불빛은 가장 어두운 취침등만 켜고. 사다 둔 컵라면을 먹으며 굶주림은 달랬지만, 다 먹은 용기를 버리는 것조차 할 수 없었어."

"할 수 없다, 인가요. ……안 한다, 가 아니라."

"그게 올 때는 말이야, 일어서기만 해도 사라져 버려. 소리가 하나 울리기만 해도 사라져. 그야말로 내가 낸 목소리 하나에도 사라져 버려. 멜로디도, 프레이즈도 그래. 찾아올 때까지는 어둠 속에서 꼼짝도 할 수 없어. 숨을 죽이고 기다려. 내 경우는 그래. 사냥감을 기다리는 사냥꾼 같은 거지."

비유가 헌터인 게 멜리사답다고 생각했다.

"그렇게 해서 간신히 어둠 속에 조그맣게 빛나는 도깨비불 같은 녀석이 다가와. 하지만 그건 무척 희미하고 물거품 같아서, 게다가 아주 잠깐밖에 존재해 주지 않아. 살금살금 다가가서 홱 낚아채야 하는데, 그 순간은 숨 쉬는 것조차 하고 싶지 않아져. 살며시 살며시, 다가가서, 눈앞까지 오면, 확 낚아챈다! 그게 사라지기 전에 잡아야 해."

"그런……건가요."

이해했다고는 말할 수 없다. 이때의 나로서는 창작자의 창조 순간이라는 것이 얼마나 섬세한 것인지 그려보기는 어려웠다.

그때 어째선가 뇌리에 떠오른 것은, 연구실 바닥에 남의 눈도 신경 쓰지 않고 뒹굴며 사색하고 있었다고 우기던 쿠도 준교수의 모습이었다. 그러고 보니 그 사람은 처음 만났을 때도 잔디밭에서 뒹굴다가 혼났었지. 아마 그때도 똑같이 누워서 사색하고 있었을 거야. 그 사람도 집중하면 다른 건 전부 아무래도 좋아지는 타입으로 보인다.

"음악을 만들 때의 나는 지독하게 제멋대로야. 어릴 때부터 그랬어. 훨씬 어릴 때는 그게 음악이 아니었지만 말이야. 초등학교 저학년 때, 집 수도꼭지가 망가진 적이 있어서—."

갑자기 이야기가 튄다 싶더니…….

"—수도꼭지에서 물이 멈추지 않게 된 거야. 똑, 똑 하고 물방울이 멈추지 않고 떨어져 내려왔어. 그게 아래쪽 싱크대에 부딪혀서 탕 탕 하고 리드미컬한 소리가 났지. 때때로, 한꺼번에 물방울이 떨어져서 타타탕! 하고 다른 음색이 되기도 해. 그게 재미있어서 계속 질리지 않고 듣고 있었던 적이 있어. 밥 먹으라고 해도 안 움직여. 이제 학교 가야 한다고 해도 안 움직여. 계속, 계속 듣고 있어서, 기가 막힌 아버지가 억지로 나를 떼어내서 차에 태워 학교까지 데려갔어."

"그건…… 대단하네요."

"그날 수업은 하나도 머리에 안 들어왔어. 머릿속에서 물방울 드럼이 계속 울렸어. 겨우 방과 후가 되어 집에 돌아오니, 이미 수도꼭지는 수리되어서 물방울은 떨어지지 않게 되어 있었어. 울었다니까~."

고작 물이 새는 소리에 그렇게까지 집착하는 건…… 보수적으로 말해도 드문 일이겠지.

"하지만 그런 자신을 딱히 좋다고는 생각 안 해. 왜냐하면 주변에서 신경 써주고 있는데, 거기에 전혀 호응하지 못하고 있다는 건 아니까."

아아, 그렇구나.

나는 겨우 조금 이해했다.

"멜리사 씨는, 돌려줄 수 없는 보살핌을 받는 게 스트레스, 군요."

그렇게 말하자, 크림소다를 마시고 기분 좋아 보이던 얼굴에서 표정이 한 순간 사라졌다.

"아……."

"틀렸나요?"

"틀리지 않아. 내가, 나를 적당히 내버려 두는 장소를 찾았던 데에는 그런 이유도 있다고 생각해. 음악을 그만둔다는 선택지는 없었어. 왜냐하면 그건 내가 살아 있다는 걸 그만두라는 거나 마찬가지니까. 하지만 내가 나로 있으려하면, 일본에서는 너무나도 모두에게 일방적으로 신경 쓰게 만들어 버려. 그건 페어하지 않으니까, 나는 24시간 내내 돌려줄 수 없는 보살핌에 계속 스트레스를 느끼게 돼. 응, 아마, 사키 말대로라고 생각해."

분방한 자유인이라는 인상을 주는 멜리사지만, 제멋대로라는 인상이 없는 것은 이 페어하게 있으려는 정신이 있기 때문일 거야.

"호스피탈리티만 받고, 자신은 아무것도 내놓지 않는 건 언페어. 그러니까 나는 이 나라에 여행자로서만 있을 수 있는 거야."

그렇게 달관한 듯 말하는 멜리사가 내게는 어른스러워

보였다.

"그래서 싱가포르로 건너갔군요."

"그런 거지……. 다만—."

거기서 멜리사는 조금 말을 머뭇거리며, 무언가 말하려다, 내 눈을 보고.

입을 다물어 버렸다.

그리고 갑자기 화제를 바꿨다.

"저기. 그런 사키 쪽은 뭔가 최근에 달라진 거 있어?"

마음의 움직임을 읽는 게 서툰 나라도, 역시 이 화제 전환은 너무 억지스러워서 알아차릴 수 있었다.

이 화제는 이걸로 끝, 이라는 것.

말을 듣고 나는 조금 생각했다. 뭔가, 있을까? 맞다.

"그러고 보니 이번에 우리 고등학교에서 문화제를 해요."

"와오! 문화제! 뭐 하는데?"

멜리사는 중학교 때까지의 문화제는 경험이 있지만, 고등학교 문화제에는 한 번도 참가해 본 적이 없는지, 눈빛을 반짝이며 물어본다.

"그게…… 우리 반은 흔히들 하는 이른바 찻집이라서요."

"가고 싶어! 저기, 그거 나처럼 관계없는 사람도 갈 수 있어?"

이렇게까지 달려들 줄은 몰랐다.

"일반 내방일이 있어요. 하지만……. 그게—."

스마트폰을 꺼내 일정을 확인했다. 날짜를 알려주자 멜리사도 자신의 스케줄을 확인. 그때까지 여유 있게 일본에 있어, 라고 했다.

"그럼, 초대할게요."

"멋져!"

"이쪽이 비는 시간에 오시면 안내도 해드릴게요."

그렇게 말하자, 멜리사는 갑자기 내 손을 양손으로 잡고 「고마워」를 반복했다.

에이 아뇨. 그렇게까지 인사를 받을 정도는 아닌데…….

"문화제라, 고등학교는 꽤 규모가 크지?"

"그건 뭐, 중학교랑 비교하면요……."

"기대된다~. 안내까지 받으면 미안할지도 몰라. 맞다!"

멜리사는 좋은 생각이 났다고 말했다.

"저기, 사키는 라이브에 관심 있어? 무료로 초대할게! 남자친구 데리고 보러 와!"

어……. 무료라니, 그렇게…… 괜찮은 걸까?

으음. 흥미가 있는지 없는지 물어보면 물론 있다. 나 자신도 멜리사 음악의 팬이기도 하니까.

다만, 라이브에 아사무라 군이라. 아사무라 군, 흥미 있을까?

"아사무라 군을 데려갈 수 있을지는 약속 못 하지만, 흥미는 있어요."

그렇게 대답하자, 멜리사는 해냈다는 표정을 지으며 손가락을 능숙하게 튕겼다. 뜻밖에 큰 소리가 나서 가게 안 손님 몇 명이 이쪽을 돌아봤을 정도다. 부른 걸로 착각한 점원이 달려와 버려서, 나와 멜리사는 고개 숙여 사과를 하게 됐다.

아니요, 저야말로. 착각을 사과하는 점원에게, 멜리사는 마침 잘됐다며 수플레 도리아와 샐러드와 커피와 식후 디저트라며 치즈 케이크를 주문했다. 어, 그거 전부 먹는 걸까? 나도 덩달아 커피를 리필했다. 단, 이번에는 우유를 듬뿍 넣었다. 역시 두 잔째는 위에 부담이 갈 것 같으니까.

운반되어 온 요리를 차례차례 위장으로 집어넣고 있는 멜리사를 보며, 나는 초대받은 라이브를 생각하고 있었다.

만약 아사무라 군이 거절하면……. 뭐, 그때는 혼자 가면 되지.

그래도 일단 권유는 해보자고 생각했다. 민폐일지도 모른다고 생각해서 겁을 먹는 건 이제 그만두자고 여름 축제 때 결심했으니까.

결국 멜리사와 2시간 정도 수다를 떨고 헤어졌다.

집으로 가는 길. 횡단보도 신호 대기 중에 LINE으로 출근 전인 엄마에게 연락을 했다. 냉장고 식재료 체크가 필요하니까. 그런데—.

"어. 타이치 새아버지가 저녁을."

무심코 소리를 내고 말았다.

황급히 좌우를 둘러봤지만, 귀갓길을 서두르는 사람들은 내 목소리 따위 안 들렸는지 부지런히 걷고 있었다. 신호가 파란 불로 바뀌자, 나는 스마트폰을 집어넣고 걷기 시작했다.

메시지에 따르면 부부 둘이서 식재료 장보기는 마쳤고, 게다가 우리는 수험 공부로 바쁠 테니 오늘 저녁 식사는 타이치 새아버지가 만들어 주겠다고 한다.

서서히 키가 커지며 보이는 맨션을 향해 발걸음을 서둘렀다.

걸으면서 생각한다. 그렇구나, 신경 써주는 걸 알면서 스스로 대가를 내놓지 않는 건 싫다, 인가. 멜리사의 말을 이해할 것 같았다. 생각해보면 나도 싫은 것 같아. 하지만 지금의 내가 돌려줄 수 있는 대가는 수험 공부를 열심히 하는 것 정도밖에 할 수 있는 것이 없다. 이건 집에 가면 열심히 해야지! 그렇게 생각하며 집까지 걸었다.

옷을 갈아입고 방에서 공부를 시작하려는 차에, 아사무라 군이 오픈 캠퍼스에서 돌아왔다. 다녀왔습니다 하는 목소리가 들렸다.

바로 라이브에 대한 얘기를 하고 싶었지만, 그래도 참고서를 한 페이지도 펴지 않은 채 놀러 가자는 말은 할 수 없다.

아마 저녁 식사는 8시쯤일 테니까 2시간은 있다.

조금 열심히 하고 나서 하자.

그렇게 생각하고 집중했더니 1시간이 순식간에 지나가 버렸다. 저녁을 먹고 나면 목욕도 해야 하니, 언제 아사무라 군과 이야기할 수 있을지 모른다. 과감하게 지금 상의해 버리는 편이 좋을 것 같아.

마음을 굳히고 아사무라 군의 방을 찾아갔다.

문득, 전에도 이렇게 문 앞까지 왔다가 용기가 나지 않아 노크도 하지 않고 방으로 도망쳐 버린 적이 있었던 걸 떠올렸다. 지금 생각해보면, 그건 꽤 자의식 과잉이었던 것 같기도 해. 고작 놀러 가자는 거 한 번 거절당했다고 세상이 끝나는 것도 아닌데.

하지만…… 그런 기분이 드는 법이다.

심호흡을 한 번 하고 문을 두드렸다.

"유우타 오빠."

작게 불렀다.

……대답이 없어.

없는 건가?

나는 다이닝 쪽을 살폈다. 새아버지가 요리를 하는 기척만 있었다. 그렇다면 방에 있을 텐데.

다시 노크를 하고 말을 걸자, 이번에는 반응이 있었다.

"미안. 부르는 걸 못 들었어."

혹시 공부를 방해해 버린 걸까?

"아, 미안해. 집중하고 있었어?"

"아니, 슬슬 잠깐 쉬려던 참이었어. 괜찮아. 무슨 일이야?"

그 질문을 들은 나는 어떻게 말을 꺼내야 할까 생각하려다 굳어 버렸다.

라이브 안 갈래?

간단한 그 한마디가 목에 걸려 나오지 않았다.

"그게, 저기…… 있지."

횡설수설하는 나에게 아사무라 군이 걱정스럽게 말한다.

"혹시 뭔가 상담하고 싶은 거 있어?"

"으음~, 저기. 그게, 아사무라 군도 수험 공부로 바쁜 건 잘 아니까, 물론 얼마든지 거절해도 되는데."

"말해주지 않으면 거절할지 어떨지도 모르겠는데."

"그게 말이야. 놀러 가자는 권유라서."

"숨 돌리기도 중요하지."

라고, 조금 익살을 부리며 말해 준 덕분에 마음이 가벼워졌다.

"그렇게 말해주면 말 꺼내기 쉬워지니까 어리광 부려 버릴게."

그리고 묻는다.

"라이브 하우스, 흥미 있어?"

아사무라 군도 멜리사와 안면은 있다. 다만, 나이트 사파리 뒤에 레스토랑에서 만났을 뿐이라 인상이 희미할지도 모른다. 개인적으로 신세를 졌다고 생각하는 사람이고, 그녀의 활동도 응원하고 싶다고 생각한다. 그러니까 가고 싶다. 그렇게 솔직하게 알렸다.

아사무라 군은 망설이는 것처럼 보였다.

그 표정에 내 마음에서는 또 겁쟁이가 고개를 내밀었다.

"아. 하지만 곧 문화제도 있고, 너무 놀고만 있을 수도 없지……."

쭈뼛쭈뼛 거절에 대한 변명도 준비했다.

거절하면 어쩔 수 없다. 나 혼자서라도 가자고 스스로를 위로했다.

하지만, 아사무라 군은 왠지 당황한 듯 바로 고개를 가로저었다.

"아니, 문화제는 문화제고."

"어?"

"멜리사 씨……였지? 사키가 응원하고 싶다는 사람이라면, 나도 만나보고 싶네. 게다가 정말로 숨 돌리는 것도 중요하다고 생각하니까."

여름에 혼쭐이 났거든, 하고 말했다. 잘은 모르겠지만.

아무래도 같이 가 줄 모양이다.

"나, 라이브 하우스 같은 데 가본 적 없으니까, 괜히 더 가고 싶어. 경험해 본 적 없는 걸, 사키랑 같이 잔뜩 해보고 싶다고 요즘 생각하거든."

"그, 그렇구나."

"고등학교 3학년은 보통 한 번밖에 없으니까. 그게 지금 내가 하고 싶은 일이고, 수험과 양립시켜야 비로소 의미가 있다고 생각해."

"알았어. 그럼, 같이 가 줄래?"

"응. 갈게. 아니, 데려가 주세요, 인가? 이 경우엔."

그렇구나. 이 경우는 내가 에스코트를 해야 되네.

"멜리사한테도 그렇게 말해 둘게. 아, 날짜는 말야……."

이렇게 해서, 9월 23일에 우리는 라이브 데이트를 하게 됐다.

●9월 23일 (목요일 · 공휴일) 아사무라 유우타

9월 23일, 추분의 날.

더위도 한풀 꺾이고, 드디어 여름의 끝도 보이기 시작한 가을의 어느 날.

아야세 양과 둘이서, 스마트폰 지도를 의지해 걸으며 라이브 하우스로 가고 있었다.

"가을 하늘이네."

아야세 양이 하늘을 올려다보며 말했다.

공연장은 시부야 스크램블 교차로에서 서쪽으로 10분 정도 걸어간 위치에 있는 라이브 하우스다. 입장은 18시부터니까, 아직 조금 여유가 있다.

뒤돌아보면 보이는 동쪽 하늘은 꽤 옅은 먹빛으로 물들어가고 있었다.

조금 바람이 불어와, 살갗을 어루만지고 지나간다.

"겉옷, 가져오길 잘했네."

"슬슬 밤에는 쌀쌀해질지도 모른다고 생각해서."

팔에 걸어둔 걸치기 위한 카디건을 약간 들어 올리며 아야세 양이 말했다.

부모님한테는 수학여행에서 알게 된 아티스트의 라이브에 간다고 말해 두었다.

아버지도 아키코 씨도, 설마 싱가포르에서 그런 만남이 있었냐며 놀라워했다. 무리도 아니다. 같이 여행을 갔던 나조차, 아야세 양과 멜리사 씨가 그렇게까지 친하게 지내고 있는 줄은 몰랐으니까.

아야세 양은 멜리사 씨와 둘이서만 만난 것 같고, 게다가 어느새 그녀의 유튜브 채널도 구독하고 있었다고 한다.

"공부, 잘 되고 있어?"

아야세 양이 문득 물었다.

"그럭저럭 이려나."

"지망교, 정했다며?"

"늦은 감이 있지만 말이야. 일단 목표로 정하고 노력해 볼까 해."

이치노세 대학은 난관이지만, 그래도 배우고 싶은 것이 있다고 생각하면 막연한 동기를 안고 공부하는 것보다 열의가 생기는 법이다.

"그렇구나. 응. 어쩐지 최근이 더 차분해진 것 같은 느낌이 들어."

"최근?"

"여름보다는, 이라는 거야."

아아. 수긍을 하면서도, 여름을 떠올리면 나 스스로도 부끄럽게 느껴진다. 뭣 때문에 노력하는지도 애매한 채, 그저 마음만 앞서 있었다.

지금은 이렇게 아야세 양과 잠깐의 데이트를 즐길 정도의 여유는 있다.

"아야세 양은?"

"나는 마이페이스로 하고 있으니까. 오늘도 오후에는 이걸로 공부 시간이 줄어들지 모른다고 생각해서 오전에 열심히 했어. 덕분에 시간이 없어서 이런 무난한 차림이 되어 버렸지만 말야."

이런, 이라고 말하며 어깨 부분을 집어 보였다.

"아니, 잘 어울려. 귀엽다고 생각해."

"그게…… 고마워."

그렇게 말하며 수줍어하는 아야세 양을 보고, 더욱 귀엽다고 생각하고 만다.

살짝 왼손을 들어봤다.

아야세 양은 그것을 알아차리고 오른손에 걸고 있던 겉옷을 왼쪽으로 고쳐 들더니, 손을 포갰다. 그대로 손을 잡으며 건물이 있는 쪽으로 언덕길을 걸어갔다.

"멜리사의 노래, 들어봤어?"

"일단, 나름대로. 별로 들어본 적 없는 장르기도 하고, 음악을 그렇게 열심히 듣는 편은 아니라서 좋고 나쁘고는 말할 수 없지만, 나는 재미있게 들었어."

"재미있다, 구나. 그러고 보니 아사무라 군은 평소에 어떤 거 들어?"

"마루가 추천해 준 곡을 듣는 경우가 많으려나. 유행하는 곡이나 애니메이션 주제가가 많아."

그렇게 말하고 나는 최근 추천 받은 곡을 몇 개 말했다.

내가 말한 타이틀을 듣고, 들어본 적 있는 것 같다고 그녀가 말했다. 니치하다고 생각했는데 의외로 알려진 곡이었던 모양이네.

"아야세 양은?"

나도 물어보자, 뜻밖의 대답이 돌아온다.

"나는 엄마가 가르쳐준 곡이 많으려나."

"아키코 씨?"

"그래. 게다가, 옛날 거. 엄마의 청춘 시대 음악이니까…… 2, 30년 전?"

2, 30년 전의 노래, 90년대 J-POP인가.

"CD……라는 거 알아?"

"그거야 알지. 아직 남아 있기도 하고. 나도 몇 장 가지고 있어. 뭐, 아버지의 낡은 컴퓨터를 빌리지 않으면 못 듣지만."

"그렇지. 나도 고등학교 들어오고 나서는 스마트폰이고. 하지만, 어릴 적 우리 집에는 CD 라디오 카세트라는 물건이 있었습니다. 알고 있어?"

"체육대회나 행사 때 CD 재생하는 그거 말이지."

"그거. 뭐 라디오 카세트는 이사할 때 버렸지만, CD는 가져왔어."

"그래서, 그걸 들었다, 라는 거구나."

아야세 양이 고개를 끄덕였다.

그러고 보니, 지금까지 딱히 「좋아하는 노래는?」 같은 이야기는 안 했구나, 하고 생각했다. 그만큼 서로 여유 없이 바쁜 매일을 보냈다는 뜻이겠지.

하지만 나는 알고 싶고, 내가 좋아하는 것을 알아주었으면 좋겠다고 지금은 생각한다.

상대가 좋아하는 것이 마음에 들지 아닐지는 또 별개라는 건 알고 있지만.

잘 생각해 보면 한집에 살고 있으니까, 모르면 상대가 싫어하는 것을 피할 수 없다, 라는 것도 확실하다.

일주일 동안의 세탁 횟수, 화장지 두께의 취향, 냉난방 온도 설정. 수 없는 간격 조정이, 새로운 가족 안에서 나날이 행해져 왔다.

가족이 되어 긴 세월이 지났다면 당연한 것처럼 되어 있는 것이, 실은 조금도 당연하지 않다는 것을 통감하게 된다.

손을 잡고 옆을 걷는 그녀를 보며 생각하게 되는 것은, 거리를 좁히면 좁힐수록 부딪치는 일은 늘어나고, 더 많은 간격 조정을 위해서 서로를 아는 것이 불가결해진다는 당연한 진실이다.

커뮤니케이션은 양과 질의 곱셈인 것이다.

내가 그냥 기분 전환이 아니라, 이 라이브 데이트를 받아들인 이유도 아마 그쯤에 있을 것 같다는 걸 받아들이고 나서 깨달았다. 수험 공부가 있다고 해서 커뮤니케이션을 게을리해도 되는 것이 아니다. 이건 그녀가 의붓 여동생인 채였더라도 마찬가지다. 하물며 아야세 야— 사키는 내가 사귀고 싶다고 스스로 생각하기 시작한 상대니까.

지도를 보고 왔을 텐데 목표 시설이 보이지 않아서 초조해진다.

"저거 아니야?"

눈썰미 좋게 간판을 찾아낸 것은 아야세 양이었다. 건물 그늘에 가려져 있어 내게는 보이지 않는 위치였다. 간판 아래, 지하철 입구처럼 내려가는 계단이 입을 벌리고 있다.

슬슬 개장 시간이라 그런지, 잘 둘러보니 그럴듯한 사람들이 여기저기 모여 있었다.

목에 표찰을 건 관계자 같은 사람이 나와서, 목청을 높인다.

"지금부터 개장합니다! 티켓을 소지하신 분은 입구에서 확인하오니, 티켓을 준비하신 후, 앞으로 가 주세요!"

내려가는 계단에 자연스럽게 생겨나는 사람들의 줄에 서자, 순조롭게 줄을 나아가 접수처에 도달했다. 아야세 양이 스마트폰을 꺼내, 멜리사에게 받은 관계자용 티켓을 보여준다. 요즘은 전자로 종이 티켓을 대신할 수 있구나.

접수를 하던 여성이, 이쪽 티켓 손님은—이라며 우리를 줄 서 있던 열에서 빼내 다른 열로 유도해 주었다.

"공연 후에 멜리사가 인사를 하러 올 테니, 시간이 허락하신다면 끝까지 남아주시면 감사하겠습니다."

알겠습니다, 하고 고개를 끄덕였지만, 라이브가 끝나는 시간이 꽤 늦으니까 남을 수 있을지는 모르겠다. 하지만 아야세 양은 직접 만나고 싶어 할지도 모르겠네.

"시간이 되면 남을까?"

"그렇네……. 무리가 되지 않는 범위에서. 하지만, 돌아가야 하는 시간이 되면, 그녀에게 메시지를 남겨둘 테니까 신경 쓰지 마."

"알았어."

관계자석 줄은 짧아서 얼마 안 가 안으로 들어갈 수 있었다.

나는 이런 종류의 라이브 하우스라는 장소에는 처음 와 보는지라 다른 곳과 비교할 수 없지만, 생각보다 내부는 꽤 넓다는 인상.

연극에 쓰는 사발 형태의 커다란 극장과 비교하면 그냥 플랫한 상자 모양인데, 넓이만 따지면 300명 정도는 들어갈 수 있을 것 같다.

조금 높게 되어 있는 무대 앞에 관객들이 앉는 자리가

마련되어 있고, 그보다 더 뒤쪽이 테라스처럼 한 단 더 높게 되어 있다. 거기에 의자가 줄을 맞춰 늘어서 있어 관계자용 좌석이 되어 있었다.

일체감을 느낄 수 있는 출연자와 가까운 자리는 아니지만, 음악을 차분히 듣기에는 이쪽이 더 좋을지도 모른다.

벌써 자리가 꽤 차 있었다.

관객층의 중심은 우리 같은 고등학생보다 조금 더 위, 20대 정도가 많아 보인다.

남녀 비율은 비슷한가?

만원까지는 아니더라도 7할 정도는 찰 법한 인원수의 관객이 들어오고 있다.

전에 마루가 영상으로 보여줬던 록 밴드나 아이돌의 라이브와는 또 다르네. 노래를 들려주는 것이 중심인 가수의 라이브라 스탠딩이 아니라 의자에 앉아 차분한 분위기에서 듣는 형식인 것 같다.

관계자석의 한가운데에서 약간 앞쪽(어째선지 뒤쪽부터 차례로 자리가 채워지고 있어서, 어쩔 수 없이 그렇게 되었다)에 나와 아야세 양은 나란히 앉았다.

자리를 잡고 앉아 둘 다 시골 촌놈처럼 두리번두리번 주위를 둘러보고 있다가, 아야세 양의 시선이 입구 근처를 뒤돌아본 곳에서 멈췄다.

얼어붙은 듯 한곳을 응시하고 있다.

나도 그녀의 시선을 추적했다.

들어온 문 옆에 큰 포스터가 붙어 있었다.

열대의…… 숲인가? 남미, 아니 아마 아시아겠지. 크게 펼쳐진 잎과 뒤엉킨 담쟁이덩굴 속에 이끼 낀 석조 건물이 희미하게 비치고 있다. 오래된, 유적이나 그런 걸까. 그 초록 풍경을 배경으로 멜리사의 바스트 샷이 대담하게 합성되어 있었다.

합성, 이겠지? 설마 이 촬영을 위해 정글까지 갔을까?

아시안 열대 우림 풍경을 배경으로, 포스터 속의 멜리사는 약간 비스듬한 자세로 눈만 이쪽을 보고 있다. 바람이 불어 흩날리는 머리카락이 눈가에 드문드문 걸려 있다. 입가는 미소를 띠고 있는데 머리카락 사이로 보이는 시선의 날카로움은, 마치 밀림에 숨어 먹이를 노리는 짐승과도 같았다.

"좋다, 저거."

조용히 아야세 양이 중얼거렸다.

포스터는 멜리사의 머리카락에 덮인 것처럼 마치 휘갈겨 쓴 듯한 서체의 영어로 무언가 적혀 있었다.

"뭐라고 쓰여 있어?"

"멜리사, 아닐까? 흘려 써서 알아보기 힘들지만, 맨 왼쪽, 저거 M이잖아."

그 말을 듣고서야 쓰여 있는 철자를 판독할 수 있게 되었다. 역시, 간신히 멜리사 우라고 읽을 수 있을 것 같아. 아, 제대로 그 아래에 블록 폰트로도 조그맣게 같은 말이 적혀 있다.

문득 깨닫고 나는 무릎 위에 올려두었던 팸플릿으로 시선을 떨구었다. 입구 접수처에서 받은 것이다. 관계자 티켓을 보여주니 무료로 받을 수 있었는데, 본래는 이거 티켓값에 포함되어 있는 거겠지.

"이거랑 같은 거네."

팸플릿 표지가 바로 포스터 그대로였다.

아야세 양도 팸플릿 표지가 포스터라는 걸 깨닫고 새삼 손에 집어 넘겨보았다.

"아, 안쪽도 멋져."

몇 페이지 안 되는 소박한 팸플릿이지만, 안쪽은 오늘의 세트 리스트와 멜리사가 쓴 라이너 노트, 밴드 멤버 등의 출연자 소개, 뒤쪽은 멜리사의 사진집처럼 되어 있다.

내용은 읽어봐야 알겠지만, 사진 배치나 문장 기사의 배치 하나하나에 정성이 들어 있었다. 그러면서도 보기가 편한 것도 잃지 않은 것 같다. 이런 센스는 서점 아르바이트의 POP 담당으로서 본받고 싶은 부분이다.

하지만, 역시—.

"이렇게까지 하이 센스로는 못 하겠네……."

내 혼잣말이 들렸는지 아야세 양이 물었다.

"이런 건 전문가가 만드는 거 아냐?"

"그럴 거라 생각하는데."

"스타일리시하고. 세련됐어. 참 좋네."

서로에게만 들릴 정도의 작은 목소리로 속삭이고 있었다. 그러니까 바로 뒤에서 고마워, 라는 목소리가 들렸을 때 깜짝 놀랐다.

바로 뒷자리에 20대 중반 정도의 여성이 다리를 꼬고 앉아 있었다.

동시에 뒤를 돌아본 나와 아야세 양을 보며 미소 짓고 있다.

"저기……."

"팸플릿이랑 포스터를 칭찬해줘서 기뻐."

아야세 양이 무심코 팸플릿과 그녀를 번갈아 봤다. 아니, 그걸 번갈아 본다고 알 수 있는 게 아니잖아?

"저기……?"

"그거 만든 거, 나야."

파란 메쉬가 들어간 울프컷 머리의 여성은, 귀에 달고 있는 가늘고 큰 피어스를 흔들며 즐거운 기색으로 웃었다. 가늘고 긴 눈매가 활처럼 휜다. 그 순간에만, 쿨 뷰티 같은 분위기가 무너지고 부드러운 인상의 표정이 되었다.

짧은 머리칼을 오른손으로 쓸어 넘기고 뒤통수를 긁적이며, 우리를 향해 장난꾸러기 같은 표정을 지었다. 오른쪽

눈 밑에 있는 눈물점이 연상의 여성다운 요염함을 풍기고 있었다.

눈을 맞추려고 하면 내 시선이 약간 위를 향하게 되니 틀림없이 장신이다.

어깨폭도 여성 치고는 큰 편. 정장 차림인 것도 더해져, 가슴의 굴곡을 보지 않으면 마른 남성이라고 생각했을지도 모른다.

"처음 뵙겠습니다. 맞지?"

"아, 네. 저기…… 처음 뵙겠습니다."

"저기……. 당신은—. 아, 처음 뵙겠습니다."

나와 아야세 양은 쭈뼛쭈뼛 차례대로 인사를 했다. 아야세 양이 한 순간 말문이 막힌 것을 놓치지 않고, 여성은 자기 자신을 가리키며 명랑하고 여유가 넘치는 미소를 지었다.

"아키히로 루카. 루리의 유(瑠)에 가인의 가(佳)를 써서 루카. 루카, 라고 불러도 돼."

"아름다운 파랑, 인가요."

"오. 학식이 있네."

그렇게 말하며 씨익 미소를 지었다.

아야세 양이 내 쪽으로 시선을 던졌다.

"루리(瑠璃)?"

"보석 이름이야. 루리라는 건 일본에서 쓰는 명칭이고, 라피스라줄리를 말하는 거지. 하지만 크리소베릴을 가리키기도 한다거나, 좀 더 일반적으로 파란 보석을 뜻한다는 이야기도 있어."

"헤에……."

"라피스라줄리도 크리소베릴도 예쁜 보석이고, 『가인』도 미인을 뜻하니까. 둘 다 아름답다는 의미로 받아들일 수 있지."

내가 그렇게 설명하자, 약간 수줍은 표정을 지으며 루카 씨가 말했다.

"부모님의 바람이야. 루리처럼 아름다운 아이로 자라 주었으면 하는 느낌. 뭐, 유감스럽게도 가인이라 부르기에는 좀 괄괄하게 자라 버렸지만 말이야."

아니 그건, 충분히 미인, 이라기보다 미형이라는 말이 어울린다고 생각한다. 어라? 혹시 머리에 파란 메쉬를 넣은 건 명찰 대신인 걸까?

"그래서, 너희들은?"

"아사무라 유우타입니다."

"아야세 사키, 입니다."

이쪽이 이름을 대자, 루카 씨는 쑥 한 손을 내밀었다. 휩쓸리듯 그대로 핸드셰이크. 루카 씨가 내민 손의 손가락에는 은색 반지. 팔에도 가느다란 링을 여러 개 끼고 있었다. 악수하자 위아래의 움직임에 맞춰 살짝 링이 춤춘다. 천장의 조명을 받아 반짝 빛났다.

자기소개를 마치자, 아야세 양이 약간 말이 빨라지며 묻는다.

"저기, 방금 그게…… 만들었다고."

"말 그대로. 그거 만든 거, 나야."

"이런 걸 만드는 직업이신가요?"

"뭐, 그렇지. 디자이너야, 일단. 아직 신출내기지만."

"디자이너……."

아야세 양이 팸플릿과 루카 씨를 번갈아 보며 중얼거렸다. 즉 그녀는 아까 아야세 양이 말한 「팸플릿을 만드는 전문가」인 셈이다. ……아마도.

"디자이너라는 건, 이런 걸 만드는 일도 하는군요."

"응? 으음. 아사무라 군, 이었지? 디자이너란 어떤 직업이라고 생각해?"

그 말을 듣고 나는 머릿속의 정보를 뒤져봤다.

"옷을 만드는 사람?"

"그건 패션 디자이너네. 엄밀히 말하면 디자이너가 실제로 옷을 만드는 건 아니지만. 그걸 하는 사람은 또 따로 존재해. 뭐, 디자이너라는 건 디자인하는 걸 업으로 하는 사람이야."

"디자인……."

알 것 같으면서도, 모르겠다. 디자인이란 이런 거라고 말할 수 있을 것 같으면서, 그게 무엇인지를 확정하려고 하면 갑자기 흐릿하게 상이 애매해져 버린다.

"이 세상의 모든 제작물에는, 필요로 하는 기능이나 특성이 있어. 그 기능이나 특성을 검토해서 어떻게 그걸 충족시킬지를 생각하는 게 디자인이야. 그러니까, 물건을 만드는 현장이라면 어디에나 디자이너가 있다고 생각하면 돼. 그중에서 나는 이벤트 그 자체의 공간을 디자인하거나, 간판이나 로고, 팸플릿도 한꺼번에 디자인하는 일을 하고 있어. 아직 신출내기라, 이 일은 친구 연줄로 받은 거지만 말이야."

루카 씨의 말에, 아야세 양이 걸려들었다.

"친구라면, 혹시."

"멜리사는 내 오랜 친구거든."

어, 하고 나는 놀랐다. 아야세 양은 왠지 납득이 갔다는 표정이다.

"이쪽 자리에 있다는 건, 너희들도 그렇지? 보아하니 고등학생 같은데."

우리는 동시에 고개를 끄덕였다.

"일본의 고등학생 지인이 있다니. 게다가, 이쪽 자리에 초대하다니. 희한한 일도 다 있네."

"그런가요?"

"그야, 그 녀석 싹싹한 듯하면서 까다로운 타입이니까."

"까다롭……나요?"

아야세 양이 진지한 표정으로 고개를 갸웃하자, 루카 씨가 웃음을 터뜨렸다. 물론 주위를 배려해서 소리는 내지 않고.

"하하하……. 너…… 아니지, 사키 양한테는 그런 면을 안 보여준 모양이네. 역시 그러셨다. 아무래도 꽤 그 녀석 마음에 든 모양이구나."

"그런…… 걸까요."

아야세 양이 생각에 잠기는 듯한 표정이 됐다.

잠시 고개를 숙이고 생각에 잠겨 있던 아야세 양이었지만, 무언가 결심한 표정이 되어 시선을 들었다.

"저기……."

아야세 양이 루카 씨에게 말을 걸려고 했다.

하지만 루카 씨는 딱 그 타이밍에 라이브 관계자인 듯한 사람이 불러서 일어서버렸다. 네~에, 하는 가벼운 어조로 대답하며 가 버린다. 싹싹한 사람이구나. 생각하며 아야세 양 쪽을 돌아보니, 아쉬운 표정. 조금 더 이야기하고 싶었다. 그런 표정을 짓고 있었다.

잠시 루카 씨가 돌아올까 해서 기다리고 있었지만, 이제 라이브가 시작될 모양이라 우리는 앞을 향하지 않을 수 없었다.

영화가 시작되기 전과 마찬가지 주의사항(동영상을 찍지 말아주세요, 스마트폰 전원은 꺼주세요)이 흐르고 나서 무대가 암전되고.

라이브가 시작되었다.

통틀어서 2시간 정도의 라이브였다.

별로 토크를 섞지도 않고, 노래를 중심으로 담담하게 들려주는 타입의 스테이지다.

화려한 마이크 퍼포먼스 같은 게 있는 것도 아니고, 예전에 들었던 민속 음악과 록을 조합한 듯한 곡이 중심이다. 귀로 들어와 마음 깊은 곳으로 슥 떨어지는 노래가 많았다.

다만, 샤우팅 같은 걸 하지 않아도 분위기가 고조되는 부분에 접어들면 멜리사의 감정이 담긴 노랫소리가 듣는 사람의 마음에 휘감기듯 다가와 무심코 끌려들어 가고 만다. 자신의 체온이 0.2도 정도는 오르지 않았나 느껴질 정도로.

그건, 옆에 있는 아야세 양도 마찬가지였다고 생각한다. 홀린 듯이 무대를 바라보고 있던 아야세 양의 옆모습을 나는 때때로 몰래 살피고 있었는데, 뺨은 약간 물들어 있고 눈동자도 평소보다 촉촉해 보였다. 곡과 곡 사이에는 만족스런 한숨도 새어 나왔다.

그러다 깨달았는데, 때때로 그녀의 몸 쪽에서 피어오른 좋은 향기가 내 코끝을 스쳤다. 향수나 뭐 그런 걸까. 향수라는 건 체온을 통해 휘발하여 향기가 난다던데……. 그녀의 열도 오르고 있다는 걸까 생각했다.

너무 쳐다보고 있으면 기척을 눈치챌 것 같아서, 무대로 시선을 돌리려 했다. 그 순간 박수를 치려고 들어 올린 그녀의 손과 내 손이 부딪히고 말았다. 황급히 손을 거둔다.

"미……."

미안, 이라고 말하려 했지만, 그녀는 나보다 무대 위의 멜리사에게 시선을 쏟고 있어서 손이 부딪힌 것도 눈치채지 못한 것 같았다. 나는 어떤가 하면, 맨손과 손이 닿았을 때, 어째서일까? 평소보다 심장이 커다랗게 한 번 두근, 하고 고동쳐 버렸다. 그때만큼은, 제대로 들으려고 했던 라이브도 머리에서 빠져나가고, 멜리사의 목소리조차 들리지 않게 되었을 정도다.

두근두근 고동치는 심장을 억누르는 게 더 힘들었다.

거기서부터는 스테이지에 집중하는 사이 순식간에 2시간이 지났다.

앙코르를 조르는 박수 소리.

그에 화답하여 무대 옆에서 다시 등장한 멜리사가 부른 것은, 그날 유일하다고 할 수 있는 차분한 곡조의 노래였다.

전부 영어였지만, 드물게 아는 곡이라 가사를 대충 이해할 수 있다. 영어도 그리 어렵지 않았다.

오리지널 곡이 아니라, 재즈의 명곡이었다.

옆에 앉은 아야세 양의 얼굴을 살짝 엿보니, 눈가가 희미하게 반짝이는 게 보였다.

큰 박수와 함께 멜리사의 라이브는 막을 내렸다.

실내가 밝아진다. 꿈같은 시간의 끝.

공연의 끝을 알리는 안내 방송과 함께 관객들이 우르르 들어왔던 문으로 나갔다.

돌아가는 손님들의 표정을 나는 넌지시 관찰했는데, 만족스런 표정이 많았다고 생각한다.

담당자 같은 사람 몇 명이 우리가 앉은 자리 쪽으로 와서 이 뒤에 멜리사가 인사를 하러 옵니다, 하고 알리며 다녔다.

나와 아야세 양은 얼굴을 마주 보고 스마트폰으로 시각을 확인한 뒤, 금방 온다면 인사라도 하고 가자며 남기로 했다.

기다리기를 몇 분. 무대 의상 위에 가볍게 겉옷을 걸친 차림의 멜리사가 나타났다.

"와 줘서 고마워~! 다들 사랑해!"

그 말을 일본어, 영어, 중국어 순서에 따라 다국어로 말하면서 손을 흔들며 나타난다. 음악 관계자 같은 사람들이, 곧장 멜리사 쪽으로 몰려들어 말을 걸고 있다. 작은 꽃다발을 직접 건네는 사람도 있었다. 그러고 보니 입구 쪽에 일반 관객용 선물 넣는 상자가 있었지. 그걸 보고, 나도 뭔가 선물 가져오는 편이 좋았으려나 하고 아야세 양이 말했었다. 직접은 아니더라도, 메시지 카드라도 넣어서 축하해주고 싶었다고.

문득 보니, 어쩐지 관계자석 사람들이 줄을 서 있다. 한 사람 한 사람에게 가기 전에 악수를 해준다고 한다.

늦게 나선 것도 있고, 역시 사양하게 되어서 우리는 줄의 맨 뒤에 서 있었다. 그러자, 마침 루카 씨의 뒤였다. 눈치 못 챘는데, 시작 전에는 관계자석 어딘가에 앉아 있었던 모양이다.

이미 스테이지 위에서는 정리가 시작되고 있었다. 보면대를 회수하고 다니거나, 임시로 설치된 의자를 치우거나, 포스터를 떼기도 한다. 다들 바쁜 것 같았고, 방해가 되지 않도록 줄의 끝부분은 방의 구석으로 몰리게 되었다. 남은 것은 친구들뿐인지, 악수만으로 끝나지 않고 한 마디 두 마디 이야기를 나누고 있다. 하지만 거의 영어라서 아야세 양은 몰라도, 나는 무슨 말을 하는지 모르겠다.

스테이지 위의 긴장감 넘치는 표정과는 달리, 멜리사는 표정을 풀고 있었다.

안도한 표정, 이라는 게 옳을지도 모른다.

우리 바로 앞은 루카 씨여서, 마치 늘 있는 일이라는 듯 하이파이브만 하고 끝내더니 일부러 우리를 앞으로 밀어

주었다.

"자. 마음에 들어 하는 애들이잖아. 제대로 인사해야지."

등을 떠밀린 아야세 양은 멜리사 앞에 나서자, 마치 낯선 집에 온 고양이처럼 수줍어하는 목소리를 낸다.

"저기…… 좋았어요."

"응. 고마워."

멜리사의 대답도 일본어다. 그때가 되어서야 나는 멜리사가 의외로 유창하게 일본어를 구사한다는 걸 새삼 깨달았다. 무대 위에서는 영어가 기본이고 일본어는 인사 때뿐이었다. 지금도「와 줘서 고마워」대목은 거기만 외운 거겠거니 생각했었는데.

그렇구나, 말할 수 있는 건가.

아야세 양은 그때부터 라이브의 감상을 쥐어짜듯 이야기했다.

멜리사는 그걸 잠자코 듣고 있었다.

"응. 응. 그렇게까지 말해주니 쑥스럽네, 역시."

"아니 그게, 정말로 좋았으니까요."

"뭐, 나름대로 연습했으니까~."

그렇게 겸손을 떠는 멜리사 옆에서 루카 씨가「말은 그래도, 이 녀석, 본방 전에 엄청 긴장해서 파랗게 질려 있었거든!」하고 놀리자, 멜리사는 퍽 하고 팔꿈치로 찔러 입을 다물게 했다.

"아파!"

"시끄러워, 루카."

"사실이잖아. 부끄러워하지 마."

장난치는 두 사람을 보고 나는, 좋은 친구 사이구나 하고 생각했다.

"그나저나, 루카는 어느새 둘이랑 알게 된 거야? 원래 아는 사이?"

"설마. 아까 전이야. 이쪽 아가씨…… 사키 양, 이었지? 그녀가, 내 팸플릿을 칭찬해 줘서 말이야."

"오우. 그거. 응, 그건 잘 만들었지."

"네. 좋았어요. 저거, 녹음 속의 건물 같은 건 어딘가의 유적 같은 건가요?"

"어디야, 저거?"

아야세 양의 물음에 멜리사도 편승해서 루카 씨에게 물었다. 그러자, 루카 씨는 반대로 아야세 양에게 「어디라고 생각해?」 하고 되물어 왔다.

아야세 양은 잠시 생각하고—.

"처음엔 정글이라 아마존이나 그런 건가 하고 단순하게 생각했는, 데요. 하지만, 조금 생각해 보고 아니다 싶었어요. 아마, 아시아 어딘가— 유라시아 대륙 남쪽의 풍경이라고 생각해요."

"왜 그렇게 생각했어?"

"그야, 멜리사 씨의 또 하나의 고향은 대만이잖아요. 지금 살고 있는 곳도 싱가포르고. 둘 다 남아시아의 풍토. 그래서 아시아 민속 음악 같은 요소도 받아들이고 있으니까…… 자연 풍경 속에 낡은 건물을 넣은 사진을 쓴 것도, 그런 전통? 같은 것…… 그러니까, 멜리사 씨의 음악에는 자신에게 흐르는 피…… 뿌리, 같은 것이 베이스에 있다고, 저 포스터는 그런 걸 말하고 있는 기분이 들었어요. 그래서…… 일까?"

생각하며 이야기하는 아야세 양의 말을 듣고, 루카 씨가 몇 번 끄덕이고 있었다. 그 만족스러운 표정을 보니, 아야세 양의 해석은 대체로 정곡을 찌른 모양이다. 나는 뭐랄까, 그냥 예쁜 포스터구나 라는 것만 생각했으니까, 감탄해 버렸다.

새삼 루카 씨가 디자인에 대해 했던 말을 떠올렸다.

『제작물에는, 필요로 하는 기능이나 특성이 있어. 그 기능이나 특성을 검토해서 어떻게 그걸 충족시킬지를 생각하는 게 디자인이야』

라이브 포스터라면, 어떤 라이브인지를 전하는 것이어야 할 거다.

즉, 멜리사의 라이브를 들으러 가면 관객이 무엇을 얻을 수 있는지 알 수 있어야 하는 것이다. 그것이 포스터에 요구되는 「기능」이라는 것이겠지. 그 기능을 위해 그런 식으로 사진이나 로고를 배치하는 것이 「디자인」이라는 건가.

열심히 말하는 아야세 양과 고개를 끄덕이는 루카 씨를 번갈아 보며, 멜리사가 「헤에, 그랬어?」 같은 말을 하고 있었다. 본인은 몰랐던 모양이다.

멜리사의 가벼운 말투에 쓴웃음을 지으며 루카 씨가 말한다.

"뭐, 유적은 아니고 저건 수십 년 정도 된 폐허지만 말이야. 그건 대용할 수밖에 없었어. 소재 때문에 고생했거든. 사진은 저작권이 있으니까 남의 것은 못 쓰고. 쓸 수 있는 무료 소재에는 딱 와 닿는 게 없어서 말이지~. 어쩔 수 없이 옛날에, 여행하며 찍은 사진을 꺼내 합성했어. 뭐, 이 녀석 데리고 로케 갈 시간도 돈도 없었고 말이야."

돈과 시간이 있었다면, 멜리사 씨를 끌고 다니며 사진을 찍으러 현지까지 갔다는 걸까. ……힘들겠네 그거.

"바스트 샷은 새로 찍는 거 협력했잖아. 그것도 고생했지~."

멜리사가 말했다.

"바람을 쏴도, 머리카락이 잘 안 날려서 말이야! 네 얼굴, 부스스해서 무슨 요괴 같아 졌었지. 퇴짜 놓은 사진이 몇 장이나 되는지……."

루카 씨의 말을 듣고 있던 나는 그만 호기심에 물어보고 말았다.

"사진도 직접 찍는 건가요?"

"응? 음~, 직접 찍는 사람도 있겠지만, 인물 사진은 전문 카메라맨. 촬영 현장에는 가지만 말야, 나는."

그렇구나 싶었다. 아마 디자이너라고 해도 여러 타입이 있는 모양이다.

"찍히는 쪽도 힘들었지만 말야~. 하지만, 마지막엔 좋은 게 나왔어. 루카한테는 감사하고 있지."

멜리사가 그때만큼은 진지한 목소리로 말했기에, 루카 씨는 뒤통수를 긁적이며 받은 돈만큼은 일을 해야지, 라고만 말했다.

아야세 양이 손에 든 팸플릿으로 시선을 떨구며 말한다.

"저는 저 포스터를 보고, 이것저것 멜리사 씨의 음악에 대해 생각했어요. 그래서 그런지, 멜리사 씨의 라이브를 들으면서—."

"사키, 『씨』는 필요 없어. 나도 안 쓰니까."

멜리사가 옆에 있는 루카 씨에게 「괜찮지?」 하는 시선을 보내자, 루카 씨도 「괜찮아」라는 듯이 고개를 끄덕였다.

"알았어요. 그게— 멜리사의 음악도, 포스터를 보고 이것저것 상상한 만큼, 더 깊게 받아들일 수 있었던 기분이 들어요. 노래랑 연주랑……. 전부, 전부 멋졌어요. 응, 감동했어요."

"사키. 루카의 포스터 마음에 들었어?"

솔직하게 끄덕인 아야세 양을 보고 멜리사가 루카 씨에게 시선을 보내자, 루카 씨가 주머니에서 명함 지갑을 꺼내 아야세 양에게 한 장 건넸다. 아무래도 디자이너로서 루카 씨의 명함인가 보군.

"가끔 인스타에 취미 아트를 올리니까. 마음 내키면 봐 줘."

"팔로우할게요."

"잘 부탁해! 좋았어, 미래의 고객을 한 명 확보했네."

그렇게 말하며 루카 씨는 알통을 만들어 보이고, 그러고 나서 불쑥 내 쪽으로 시선을 돌렸다.

"이런. 남자친구를 팽개쳐뒀네. 그게, 너는……."

"유우타 군이지. 그치?"

멜리사의 말에 나는, 이름 알려줬던가 하고 고개를 갸웃했다.

"네 이야기는, 사키한테서 잔뜩 들었어~."

"자, 잔뜩은 안 했어, ……요?"

나를 보면서 그런 말씀을 하셔도 말이죠.

"아사무라 유우타입니다."

분명히 싱가포르의 가게에서는 별로 인사도 못 했었다. 아야세 양하고는 어느새 친해져 있던 모양이지만, 내가 제대로 대화를 하는 건 이게 처음이었다. 그때 멜리사는 영어였고. 일본어가 능통한 것 같아 다행이라고 가슴을 쓸어내렸다.

"네가, 사키의 연인이지?"

"아."

"그렇게 들었어."

멜리사의 단언에, 아야세 양이 얼굴 앞에서 손을 파닥거리고 있었다. 입도 뻐끔거리고 있지만, 말이 되지 않는다.

"그렇, 습니다."

이건 부정하면 안 되는군. 그렇게 감지하고 나는 고개를 끄덕였다. 호오, 하고 루카 씨가 턱에 손을 대고 납득한 듯 고개를 끄덕였다. 무슨 납득일까, 방금 그건.

멜리사가 아야세 양에게 묻는다.

"꽤 늦었지만, 저녁 식사 같이 어때? 아, 아니면, 이대로 유우타 군이랑 데이트 계속할 거야?"

"네? 아니요, 이제 집에 가는데요."

아야세 양의 대답을 듣고 멜리사는 왠지 놀란 표정을 지었다.

"연인끼리 데이트하는데? 모처럼 같이 나왔는데, 할 거 안 하고 돌아간다고? 으음~, 이상하지 않아?"

멜리사의 의문을 담은 시선이 옆에 있는 루카 씨에게 향한다.

"왜 이쪽을 봐?"

"있지! 이 두 사람, 식사도 섹스도 안 하고 돌아간다고 하는데?"

"의문형으로 날 보지 마! 모른다고! 그게, 야, 그러니까—."

"저기, 사키. 어. 정말로 섹스 안 해?"

"묻지 말라니까!"

찰싹. 물 흐르듯 루카 씨가 멜리사의 뒤통수를 때리며 태클을 건다. 하지만 그런 두 사람의 만담을 웃어넘길 여유가 아야세 양에게는, 그리고 물론 나에게도 없었다. 아야세 양은 벌리고 있던 입을 더욱 크게 벌린 채 할 말을 잃었고, 나도 들은 말이 뇌에 스며들지 않아 한 순간 사고가 셧다운 되어 버렸다.

어? 무슨 말을 들은 거지, 지금?

아야세 양이 간신히 말한다.

"아아, 안 해요."

나는 아야세 양보다 큰 소리로 부정할 뻔했다가, 아슬아슬하게 이곳이 주위에 다른 사람이 있는 실내라는 것을 떠올렸다.

둘러보니 다들 바쁘게 정리하고 있어서, 아무도 우리 대화를 듣고 있는 기색은 없었다. 살았다……. 설마 이렇게 천연덕스레 성행위에 대해 물어볼 줄은 몰랐으니까. 아니면, 이거 해외에서는 평범한 건가?

루카 씨가 기가 막힌 표정으로 말한다.

"이것 봐 멜리사, 곤란해하잖아. 우리 식대로 하지 마. 애들은 고등학생이니까."

"아니 그래도 말야. 사귀고 있으면 보통이잖아."

"그렇다고 일일이 묻지 마!"

"으음~. 그치만 숨길 정도의 일도 아니잖아. 누구나 하는 거고. 내가 얘들을 만난 게 올해 그게…… 2월이었던가. 그때는 이 둘 이미 사이좋았어. 여행지에서 싹트는 사랑이라는 거 있을 법하잖아."

"그랬어?"

왜 루카 씨까지, 그걸 아야세 양한테 묻는 겁니까?

"아뇨, 딱히 거기서 뭔가 있었던 건……."

아야세 양의 말을 들은 멜리사가 역시 그렇지 하듯이 말한다.

"그럼 그전부터 사귀고 있었던 거네! 그럼 벌써 몇 십 번이나 했겠네!"

아야세 양이 고개를 좌우로 붕붕 흔든다. 물론 나도 똑같았다.

"말도 안 돼애. 고등학생이 참을 수 있는 거야? 나 같았으면 고백하면 그날에 당장……."

"야!"

"일본 고등학생, 그렇게 퓨어해? 내가 얘들 나이 때는, 식욕이랑 성욕은 끝을 몰랐는데 말야~."

"누구나 너 같다고 생각하지 마. 육식 짐승 같으니."

"루카도 격렬한 편이잖아."

"……뭐, 나름대로?"

"그럼 신기해도 되잖아. 저기 저기, 사키. 아무리 그래도 페팅 정도는—."

"그러니까 우리 상식을 강요하지 말라니까."

"으……."

"일본은 성교육도 뒤처져 있단 말이야. 폭주하게 해서 어쩌자는 건데. 너희도 이 녀석이 하는 말 곧이곧대로 들을 필요는 없다?"

"맞아 맞아. 제대로 된 피임은 필요해."

"아직도 말하네."

루카 씨가 멜리사의 머리 양쪽에 주먹을 대고 돌리면서 짓누른다. 이른바 우메보시라는 체벌이다— 의외로 아프다고 하던데 당해본 적이 없어서 모르겠다.

"아, 알았어. 살려줘!"

"좋~아. 일본에서는, 그런 건 성희롱이니까 조심해라?"

"알았어, 알았어."

멜리사는 항복이라는 듯 양손을 들고 나서 툭 던지듯 말한다.

"하지만 말야, 서로 사랑한다는 건, 행복한 행위잖아. 켕기는 걸로 생각 안 해도 된다고 생각하는데~."

어쩐지 불만스럽게도 들리는 말에 나는 허를 찔리고 말았다.

행복한 행위. 확실히 아야세 양과 처음 끌어안았을 때, 안도했고, 서로의 체온을 느끼는 것에 평온함을 느꼈다.

키스를 했을 때도 행복한 감정을 맛보긴 했는데.

연애에서의 다양한 행위(포옹이라든가 키스라든가 그 이상이라든가)에 의해, 뇌내 물질인 엔돌핀이나 세로토닌—이른바 행복 호르몬이 나오는 것은 잘 알려진 사실이긴 하다. 만화에도 있었고. 그러니까 쾌감이 동반되는 것은 과학적으로도— 아니, 그런 이야기가 아니군.

우리가, 키스 이상의 일을?

그렇게 생각하기만 해도, 죄책감이 싹튼다. 왜 안 되냐고 물으면 대답할 수 없는 막연한, 해서는 안 되는 행위라는 인식이 있었다.

그러니까, 그런 식으로 생각한 적이 없었던 거겠지.

여름 끄트머리의 불꽃놀이 축제에서도, 서로 마주 본 채 손을 잡는 정도였다.

옆에 있는 아야세 양이 어떻게 느끼고 있는지는 모르겠지만, 아마, 아야세 양도…… 라고 생각하며 새빨개진 아야세 양을 바라보며 생각했다.

나랑 똑같이 생각하고 있을…… 거야.

퍼뜩 정신이 들었다.

—아니, 나 혼자 일방적으로 안 된다고 단정하는 건 이상한, 건가?

나는 또 혼자서 멋대로 정해 버릴 뻔했던 게 아닐까?

실제로, 아야세 양 자신은 사실 어떻게 생각하고 있을까. 간격 조정을 해야 할까? 하지만 이건 조정하려고 하는 순간 그야말로 성희롱처럼 되지 않을까?

사고가 빙글빙글 맴돌아서 수습이 안 될 것 같다.

그때 공연장 담당자가 와서, 시간이…… 라고 말을 걸었다.

인사의 마지막이라서 그만 대화가 길어졌지만, 역시 이 이상은 민폐가 될 것 같다.

내가 말을 걸자, 아야세 양도 퍼뜩 깨닫고 당황했다. 그런 아야세 양을 멜리사도 루카 씨도, 마치 여동생이나 후배를 지켜보는 듯한 눈으로 미소를 지으며 보고 있었다.

"저기, 그럼, 우리는 돌아가겠습니다."

"또 라이브 있으면 와줘. YouTube도 잘 부탁해!"

아야세 양이 고개를 끄덕이고 나서 「볼게요」라고 말했다.

우리는 멜리사와 루카 씨와 악수를 하고 나서 공연장을 떠났다.

해가 져서 하늘은 이미 완전히 깜깜했고 바람이 약간 차가워져 있었다. 준비해 온 겉옷을 아야세 양이 걸쳤다.

귀가하는 길, 아야세 양—사키와 걸으면서도, 멜리사가 떨어뜨린 폭탄 탓에 우리는 제대로 대화도 할 수 없었다.

입을 열면, 엉뚱한 소리를 지껄여 버릴 것 같아서.

서로 사랑한다는 건, 행복한 행위잖아—.

멜리사의 말이 귓속에 남아서 떠나질 않았다.

●9월 23일 (목요일 · 공휴일) 아야세 사키

멜리사의 라이브는 물론 기대하고 있었다.

하지만 그것과 같은 만큼, 이렇게 아사무라 군과 함께 놀러 나가는 것이 기대됐다.

올려다보니 일몰이 가까워도 아직 파랑이 남은 하늘.

맑아서 다행이다. 마음이 들뜬 채 라이브 하우스로 향했다. 주위를 둘러보면 시부야의 거리는 한발 앞서 가을 옷차림이 되어 있고, 쇼윈도의 마네킹들은 올해의 유행색으로 몸을 감싸며 거리를 걷는 사람들의 주목을 끌고자 포즈를 취하고 있었다.

그러고 보니, 옆을 보았다. 오늘 아사무라 군의 패션은 그답다고 생각했다. 지극히 평범한 옅은 청색 재킷에 슬랙스의 코디. 나였다면 좀 더 악센트 컬러를 넣었겠지만, 아사무라 군은 언제나 색의 수가 적은 편이다.

하지만, 이건 연인의 시선이기 때문일지도 모르지만. 그 무심한 옷차림이 꽤 멋진 게 아닐까 생각하기도 한다. 아사무라 군다워서 좋네 하고.

느긋하게 별 것 아닌 수다를 즐기며 거리를 걸었다. 스쳐 지나가는 사람들 속에도 남녀 커플이 몇 쌍이나 있다. 손을 잡거나 팔짱을 끼거나, 저마다 제각각의 거리를 유지

하며 걷고 있었다. 완전히 똑같은 거리감의 커플은 없네. 몸이 붙어버리지 않을까 싶을 정도로 서로 바짝 붙어 걷는 스무 살 정도의 남녀도 있는가 하면, 이미 일흔을 넘겼을 법한 노부부는 두 분 다 지팡이를 짚으며 느릿느릿 — 가끔 멈춰 서서 톡톡 허리를 두드리기도 하며 — 걷고 있기도 하다.

저마다 제각각의 적당한 거리로 걷고 있는 것이다.

아사무라 군이 가볍게 손을 들어 내 쪽으로 내밀었다. 나는 그걸 눈치채고 안고 있던 짐을 반대쪽으로 고쳐 들고 손을 잡았다.

"저거 아냐?"

둘이 걷는 사이에 이어진 손이 앞뒤로 흔들흔들 흔들린다. 이게 지금 우리의 거리감이라는 거겠지.

개장 시간 10분 정도 전에는 라이브 하우스가 있는 건물 앞에 도착해 있었다.

입구를 찾느라 헤맸지만, 내가 운 좋게 간판을 찾을 수 있었다.

아무래도 눈앞 건물의 지하층에 있는 모양이야.

잠시 후 개장 대기 줄이 생겼다. 뒤에 서자, 얼마 지나지 않아 안으로 들어갈 수 있었다. 입구에서 받은 팸플릿을 손에 들고 자리로 향했다.

처음 와보는 라이브 하우스라, 신기한 것투성이야.

부채꼴 모양으로 되어 있는 계단식 음악 홀 같은 곳을 상상하고 있었는데, 평범한 사각형 방이었다. 출연자와 관객의 거리가 꽤 가까워.

이미 악기가 준비되어 있었다. 밴드 사람들이 부지런히 악기를 연주하며 음향을 테스트하고 있다. 중앙에는 마이크 스탠드. 아마 저기서 멜리사가 노래하겠지.

객석 쪽으로 눈을 돌리니 일반석과 그 뒤로 관계자석이 있다.

지정된 구역의 앞쪽에 빈자리를 찾아 아사무라 군과 함께 앉는다. 자리에 앉고 나서도, 두리번두리번 주위를 둘러보고 말았다.

들어왔던 문 근처가 시야에 들어왔을 때 문득 발견했다.

방금 통과한 세로로 긴 사각형 문 옆에 큰 포스터가 붙어 있었다. 그게 오늘 라이브 포스터라는 걸 깨달았다. 입구에서 받은 팸플릿 표지와 똑같은 거였으니까.

가장 먼저 눈길을 끈 것은 바스트 샷으로 찍힌 멜리사의 강렬한 눈빛이었다. 바람에 흩날리는 벌꿀색 머리카락 너머로 보이는 한쪽 눈동자가, 이쪽을 잡아먹을 듯이 노려보고 있다. 시선의 압력에 무심코 압도당하고 만다. 드러낸 어깨. 갈색으로 반짝이는 가슴팍으로 목에서 늘어뜨린 가느다란 은색 사슬이 비스듬히 흔들리고 있었다.

배경은 아마 합성이야. 울창하게 우거진 숲이었다. 녹음이 짙고 열대의 힘찬 생명력이 넘치도록 느껴진다. 색이 짙은 자연을 배경으로 합성을 했는데도, 멜리사의 표정은 주위의 녹음에 매몰되지 않고 생생하게 살아 있어 내 눈길을 빼앗았다. 자세히 보니, 시간에 잊혀진 듯 서 있는 낡은 유적이 숲의 풍경 속, 구석 쪽에 조용히 비치고 있었다.

"좋다, 저거."

무심코 중얼거리고 말았다.

옆에 앉아 있는 아사무라 군도 내가 보고 있는 것과 같은 곳으로 고개를 돌리고 있었다. 그도 입구에서 받은 팸플릿과 같은 사진이라는 걸 눈치챈 모양이다.

새삼 무릎 위에 올려두었던 팸플릿을 폈다.

어두컴컴한 실내라 자잘한 글자를 읽는 건 뒤로 미루고, 표지부터 차례로 훑어봤다.

내용물도 멋졌다.

네모난 틀에 둘러싸인 기사는 깔끔해서 보기 쉽고, 읽는 이에 대한 배려가 느껴진다.

그것이 거칠어 보이는 표지의 멜리사와 무척 대조적인데, 박스 기사와 기사를 연결하듯 초록 담쟁이덩굴 무늬가 얽히도록 배치되어 있어서, 표지와 통일감을 잃지 않고 있었다. 우연일지도 모르지만, 어쩌면 야성미 넘치는 멜리사의 내면에는 이런 섬세함이 있을지도 모르겠구나, 하는 생각 등을 해버렸다.

팸플릿의 후반은 멜리사의 일상을 잘라낸 스냅샷 모음처럼 되어 있었다. 예쁜 사진들을 바라보다가, 문득, 어라? 하고 생각했다.

웃고 있는 사진이 없어.

왜일까 생각하면서도 넘기자 거기가 마지막 페이지다. 마이크 스탠드에 매달리듯이 열창하고 있는 멜리사가 위쪽 절반을 차지하고, 아래에는 스태프들과 어깨동무를 하고 있는 단체 사진이 있었다. 그 사진의 멜리사만 톡톡 터지는 미소를 보여주고 있다. 거기서 꽉 내 마음이 붙들렸다.

아아, 그런 거구나.

멜리사는, 그 독특한 감성 탓에 일본 사회에서는 받아들여지지 못하고, 이국의 땅에서 자신의 보금자리를 찾았다.

『자신이 제멋대로 살아가도 불평 듣지 않는 커뮤니티를 발견해두는 거야.』

언젠가 들은 멜리사의 말이 되살아난다.

그녀가 찾아낸 것이 그들과 함께 노래하고 있는 이 장소인 거겠지.

손에 든 팸플릿에는, 멜리사라는 인물이 콤팩트하게 봉인되어 있는 것처럼 느껴졌다. 이걸 만든 사람은 멜리사를 무척 잘 이해하고 있는 게 틀림없어. 게다가 그녀가 걸어온 역사를 되돌아보는데 과거의 사진 따위 쓰지 않고, 지금 촬영할 수 있는 사진만으로 내면까지 표현해 내고 있다—는 느낌이 들었다.

사진……이라.

나는 나 자신을 찍은 사진이 거의 없었다. 눈매가 사나워서 사진이 잘 안 나오니까. 주위에는 그렇게 말하고 있다. 그리고 나 자신도 지금 이때까지 내가 한 말을 믿고 있었다.

하지만, 이렇게 멜리사라는 인물이 현재의 사진만으로 표현되어 버리니, 나는 사실 사진이라는 것이 무서웠던 게 아닐까 하는 생각이 들어버렸다. 좀 더 자세히 말하자면, 한 순간의 진실을 오려내는 게 무서웠다, 그게 아닐까?

역설적이지만, 그렇게 한 순간이 고정화되면 그것이 영원이 아니라는 것이 증명되어 버리는 기분이 들어서…….

하아, 한숨을 쉬고 말았다.

설마 내가 라이브에서 배포된 팸플릿 하나로 이 정도까지 생각하게 될 줄은 몰랐어. 이게 전부 다, 이 팸플릿이—.

"스타일리시하고. 세련됐어. 참 좋네."

솔직한 감상을 혼잣말로 말한 거였는데, 고마워, 하고 답례 같은 말을 들어서 깜짝 놀랐다. 목소리 쪽으로 황급히 돌아봤다. 바로 뒷자리에 앉아 있던 여성이 수줍은 미소를 보이며 말한다.

"그거 만든 거, 나야."

그녀는 「아키히로 루카」라고 이름을 밝히고, 자신이 멜리사의 친구이자 디자이너라고 말했다.

즉, 이 사람이 이 얇은 팸플릿 안에 멜리사를 봉인한 장본인인 셈이다.

그렇게 생각하자, 역시 팸플릿을 보고 느낀 내 감각이 얼마나 옳은 건지를 알고 싶어져서, 조금만이라도 이야기를 나누고 싶었다.

하지만 뜻을 굳히고 말을 걸려고 했더니, 누군가 루카 씨를 불러 자리에서 일어나 가버리고 말았다. 게다가, 이제 멜리사의 무대가 시작될 시각이었다.

미련을 남긴 채, 나는 무대로 시선을 돌렸다.

라이브가 시작되었다.

스테이지 중앙으로 나온 멜리사는 첫 곡을 조용히 시작했다.

싱가포르의 레스토랑에서 봤을 때와 똑같이 기타를 들고 있다. 준비된 스툴에 얕게 걸터앉아, 기타를 치며 노래하는 멜리사는, 어딘가 먼 곳을 바라보는 것처럼 보였다.

쭉 뻗는 목소리가 퍼지자, 자연스레 객석의 집중력도 올라가서 모두 숨을 죽이듯이 귀를 기울이게 됐다.

민속 음악과 록을 섞은 듯하다— 그 인상은 처음 들었을 때 그대로다. 나 같은 음악 문외한의 감상이 어디까지 올바른지는 모르겠지만.

시작하는 곡은 그나마 얌전한 편이었지만, 다음부터 서서히 업 템포의 시끌벅적한 곡도 부르기 시작한다. 이야기하고 있을 때 그녀의 이미지에 가까운 건 그런 곡 쪽이었다.

멜리사가 만든 노래 대부분은 YouTube에서 들을 수 있다. 가사는 전부 영어지만, 여러 번 들었으니까 인트로가 흘러나오는 부분에서 아 이거구나 하고 떠올릴 수 있었다.

토크는 적은 편이었다. 처음에 인사가 있었고, 중반에 연주 멤버 소개가 있었고…… 하지만 그 정도일까? 이건 멜리사의 회화가 거의 영어이고, 관객 대부분이 일본인인 것도 원인이겠지. 그녀의 어학 실력이라면 일본어로 말을 해도 통할 거라고 생각하지만, 영어만큼 자신을 표현할 수 있다고 생각하지 않는 걸지도 모른다.

귀에 편안한 노랫소리에 취해가다 보니, 눈 깜짝할 새에 시간이 지났다.

2시간의 라이브가 클라이맥스에 접어든다.

멜리사가 객석 쪽으로 고쳐 앉고, 다음 곡이 마지막이라고 영어로 알렸다. 연주가 흘러나온다.

—아, 이거. 좋아하는 거.

인트로만 듣고도 알았다. 업로드 된 곡 중에서 재생 횟수가 가장 많은 녀석이다. 내가 가장 많이 들었던 곡이었다. 『But I was free born』. 멜리사가 타이틀로 한 그 말의 원래 소재는 어딘가에 있는 유명한 문장인 모양이다. 말의 일부가 영화 제목이 되기도 했다. 영화 제목은 『Born Free』였던가.

—나는 태어나면서부터 자유로웠어요.

기타를 내려놓고 멜리사는 마이크에 매달리듯이 노래하기 시작했다. 팸플릿에서 본 표정이다, 그걸 깨달았다.

조금, YouTube에서 듣던 것보다 템포가 빠르다.

아니, 점점 빨라지고 있네? 노래 시작 때보다, 조금씩 빨라지고 있는 것처럼 느껴진다. 연주하고 있는 사람들이, 조금 놀란 표정을 지었다. 하지만, 당황하지는 않았다. 멜리사의 템포에 맞춰 계속 연주하고 있다.

자유를 빼앗긴 상태에서 도망쳤다. 그런 가사라서, 재촉하는 듯 노래하는 방식과 어우러져, 마치 무언가에서 도망치고 있는 것 같다.

질주감이 늘어남에 따라 멜리사는 스탠드에서 마이크를 뺐다. 양손으로 쥐고, 마치 소중한 보물을 꽉 쥐고 있는 것처럼 노래하고 있다.

간주에 들어가자, 연주하던 사람들이 곡을 원래 템포로 진정시켜 간다.

노래 시작 때의 템포가 돌아오자, 가사에 맞춰 멜리사가 도망의 질주감을 드러내기 위해 그렇게 하고 있었고, 밴드 멤버들이 맞춰주었던 걸까, 하고 새삼 느꼈다.

간주가 나오는 동안 내내, 멜리사는 양팔을 늘어뜨리고 고개를 숙이고 있었다. 배터리가 떨어진 인형 같다. 고개를 떨군 멜리사를 보고 있자니, 도망치지 못하고 쓰러진 건지, 기어이 도망쳐서 안심하고 쉬고 있는 건지— 어느 쪽일까 하고 두근거려 버린다.

가사를 알고 있을 텐데, 멜리사의 신체 표현에 이끌려서 나는 지켜볼 수밖에 없다.

스르륵 멜리사가 몸을 일으킨다.

간주가 끝나고, 다시 노래가 시작된다.

멜리사는 고개를 들고, 마이크를 고쳐 쥐고, 마지막 후렴구를 부른다.

스포트라이트를 받으며 빛나고 있는 멜리사는 손을 높이 높이 치켜들어서—.

팔을 다 뻗은 참에, 무언가를 움켜쥔 것처럼 꽉 주먹을 쥐고 가슴팍으로 끌어당겼다.

노래의 마지막을 소리 높여 부른다. 얼굴에는 환희의 표정이다.

노래를 마치자, 크게 숨을 내쉬고 나서, 객석을 향해 인사를 했다.

내 몸 안의 열이 확 하고 오르는 느낌이었다.

왜인지는 모르겠지만, 눈시울이 뜨겁다. 왠지 울 것 같아.

박수를 치려고 팔을 들었을 때 누군가의 손에 부딪혔지

만, 그대로 몇 번이고 양손으로 박수를 쳤다. 공연장 안에서도 큰 박수와 함성이 날아들고 있었다.

멜리사는 달아오르는 객석을 향해 양손을 들어 화답했다.

해냈다는 표정의 멜리사를 향해서.

"메엘리이사아!"

마치 교사가 학생을 꾸짖는 것처럼, 연주하고 있던 배후의 남성 중 한 명이 외쳤다. 응? 뭔가, 혼나고 있어? 다른 연주 멤버들은 쓴웃음 같은 표정을 짓고 있었다. 멜리사가 목소리의 주인을 향해 혀를 쏙 내밀고, 양손을 마주 대는 시늉을 하며 사과했다. 마치 장난꾸러기 같은 얼굴을 한 채.

그리고 나서 객석 쪽으로 다시 돌아 인사. 무대 옆으로 퇴장한다.

박수는 그치지 않는다. 앙코르를 외치고 있다.

그에 화답하여 무대 옆에서 멜리사가 재등장했다.

마지막 한 곡은 조용한 노래. 왠지 고풍스러운 데다, 들어본 적이 없다. 오리지널 신작인가, 했더니…… 뜻밖에도 뜻밖인 사람이 곡을 알고 있었다.

"『Fly Me To The Moon』이네……."

옆에 있는 아사무라 군이 작은 목소리로 중얼거렸다. 무심코 「알고 있어?」라고 묻고 말았다.

주위 사람에게 방해가 되지 않도록 신경 써서, 아사무라 군은 내 귓가에 입을 대고 속삭이는 목소리로 가르쳐 주었다. 재즈의 명곡이야, 라고.

Fly Me To The Moon— 나를 달에 데려가 줘.

원래 제목은 『In Other Words』. 제작 연대는 반세기 이상 전. 아사무라 군이 짤막한 지식을 가르쳐 준다. 이건 말이지—.

인류와 함께 중력의 족쇄에서 벗어나 달까지 도달한 최초의 곡이야.

아사무라 군의 입술이 자아내는 말이 얼굴 바로 가까이에서 내 안으로 흘러 들어왔다. 그 순간에, 나는 내가 아까 부딪혔던 손이 그의 것임을 이제서야 깨달았다. 말과 함께 내 뺨에 그의 숨결이 닿았다.

무대 위에서는 멜리사가 갈라지는 듯한 목소리로 애달프게 노래하고 있었다.

후렴구의 마지막은 누구라도 알아들을 수 있는 영어였다. 그야 「I love you」인걸.

어느새 아사무라 군의 얼굴은 다시 앞으로 돌아서 스테이지의 멜리사를 바라보고 있었지만, 반대로 내가 멜리사의 노래를 들을 수 있는 상태가 아니게 되어 버렸다. 「I love you」는 가사 쪽이고, 아사무라 군이 이야기하고 있던 건 지식이고, 딱히 그가 내 귓가에 사랑을 속삭였던 건 아니지만, 멜리사, 미안. 내 머릿속에서 그런 게 전부 섞여 버려서, 아아, 그렇지. 생각해 보면, 꽤, 다부졌어. 남자

손인걸. 여자랑은 다르게……. 그게 아니고. 그러니까아. 에잇, 물러가라, 번뇌여.

정신을 차려보니 멜리사는 관객석을 향해 인사를 하고 있었고, 객석에서는 우레와 같은 박수. 나는 황급히 양손으로 박수를 쳤다.

이렇게 해서 2시간의 라이브가 끝났다.

남몰래 심호흡을 반복하여 겨우 고동이 진정되었을 무렵, 관계자석으로 돌아온 담당자가 「이 뒤에 멜리사가 인사를 하러 옵니다」라고 알렸다.

"어어……. 어떡할까?"

아사무라 군과 상담했다.

"많이 늦어지지 않을 것 같으면 남아 보자. 모처럼 왔는데, 인사하고 싶지?"

"고마워."

오래 기다리지 않고 멜리사가 온다. 무대 위와는 다르게 완전히 릴랙스한 표정을 하고 있었다.

악수와 인사를 위해 줄을 서자, 우리 앞에 마침 루카 씨가 있었다.

그 루카 씨에게 등을 떠밀려, 멜리사와 마주 보았다. 곧장 스테이지를 본 감정이 되살아나서, 나는 대단한 말도 못 하고 그저 이렇게 중얼거린다.

"저기…… 좋았어요."

"응. 고마워."

첫 말이 나오자, 다음부터는 물 흐르듯 스테이지를 본 내 마음이 넘쳐 나왔다.

친한 친구와 스태프밖에 없어서인지, 우리가 줄의 마지막이었기 때문인지, 멜리사는 열에 들떠서 마구 지껄이는 내 감상을 묵묵히 들어주었다.

내 뜨거운 감상을 듣고서 쑥스러워하는 멜리사를 루카 씨가 놀렸다.

이야기의 흐름에서, 내가 루카 씨가 만든 팸플릿과 포스터를 칭찬했던 것이 화제로 나왔다. 맞아, 나는 아까 그 이야기를 하고 싶었어. 초록 밀림 속에 낡은 석조 건물이 조용히 찍혀 있었다. 루카 씨에게 물었다. 저건 어디고 무슨 유적이냐고. 루카 씨는 질문에 질문을 되돌려줬다.

"어디라고 생각해?"

나는 팸플릿을 보고 신경 쓰였던 것을 머릿속으로 정리해서 이야기해 보았다.

멜리사의 감상을 뜨겁게 말해서인지, 여느 때보다 머리는 빙글빙글 잘 회전해 주었다. 저 팸플릿은, 멜리사의 음악성이 무엇에 유래하고 있는지를 표현하고 있다.

멜리사에게 일본은 살기 힘든 땅이었다. 그러니까, 자신이 마음대로 살아도 불평 듣지 않는 장소를 찾아 여행을 했다. 지금 도달한 장소는, 적어도 일본보다는 그녀가 편하게 있을 수 있는 장소인 거겠지.

그녀는 자신을 내버려 두는 장소에서, 드디어 사슬을 끊고 해방되었다. 그때의 해방감 같은 감정이 멜리사의 가사나 곡에 반영되어 있다— 그렇게 생각했다.

남아시아의 민속 악기 소리도 거기에 어느 정도 공헌했을지 모른다.

거기서 그녀의 음악이 시작된 것이다.

BORN FREE. 사람은 모두 자유로운 존재로 태어난다. 하지만, 그것을 옭아매는 것이 있다.

멜리사의 음악은 그것을 끊어내는 것에서 시작되고 있다.

손에 쥔 팸플릿으로 살짝 시선을 내렸다. 맞아, 그녀의 음악은 이 남아시아의 땅에서 시작되고 있다.

하지만 그건 어디까지나 배경이고, 그녀의 눈빛은 이쪽을 보고 있다.

나는 여기에서 왔다. 그리고 지금부터 거기로 갈 거야. 기다려라—. 도전하는 듯한 눈매로, 혹은, 빈틈을 보이면 잡아먹어 주마 라는 기백을 가지고.

"저 포스터는 그런 걸 말하고 있는 기분이 들었어요. 그래서……일까? 장소는, 남아시아 어딘가의 유적 같은 걸까 해서."

내 대답은 절반은 맞고 절반은 틀렸다.

장소는 맞았다. 예전에 루카 씨가 여행한 적 있는 남아시아의 정글이라고 한다. 다만, 유적이 아니라 기껏해야 수십 년 된 폐허였다. 즉 그렇게 오래된 것은 아니란 거다.

"이 녀석 데리고 로케 갈 시간도 돈도 없었고 말이야."

아무렇지도 않게 가벼운 어조로 말한다.

그리고 루카 씨는 포스터 사진을 찍을 때 고생한 이야기를 해 주었다. 우스갯소리로 말은 했지만, 정말로 고생했겠구나.

멜리사의 배려로, 나는 루카 씨에게 명함을 받을 수 있었다.

인스타에 몇 개인가 취미 아트를 올리고 있는 모양이다. 나중에 봐야지. 마음의 메모에 써둔다.

그때 퍼뜩 깨달았다. 멜리사의 라이브가 외출의 주목적인 건 확실하지만, 이건 라이브 데이트이기도 했다. 아사무라 군을 팽개치고 있었어.

루카 씨도 눈치채고 커버해 줬다.

그런데 멜리사는, 요전에 만났을 때 나한테는 통금 시간이 있다고 말을 했었는데, 이대로 돌아간다는 우리 말을 믿어주지 않았다.

"저기, 사키. 어. 정말로 섹스 안 해?"

"묻지 말라니까!"

찰싹. 마치 만담의 태클처럼 루카 씨가 멜리사의 뒤통수를 때렸지만, 그걸 보고 웃을 여유는 내게 없었다.

"아아, 안 해요."

이 사람은 무슨 소릴 하는 거야?

나는 심장 고동이 두 배의 속도로 뛰기 시작하는 걸 느꼈다. 멜리사의 노랫소리에 최고로 텐션이 올랐다고 생각했는데, 오늘 최고로 가슴이 뛴 건 지금 이 순간이다. 세상에. 게다가 라이브를 듣고 있을 때, 아사무라 군의 손과 내 손이 부딪혔던 것까지 떠올리고 말았다.

그리고 멜리사의 앙코르 때, 숨결과 섞이며 귓가에 들린 아사무라 군의 목소리. 마치 힐링 음악 같아. ASMR이라는 장르의 소리에 대해 마아야가 가르쳐준 것이 문득 떠올랐다. 아사무라 유우타 ASMR이 현장감 넘치게 머릿속에서 재현되어 버렸다.

마침 그 타이밍에 멜리사가 말한다.

"하지만 말야, 서로 사랑한다는 건, 행복한 행위잖아. 켕기는 걸로 생각 안 해도 된다고 생각하는데~."

일상생활 영위의 연장선상에 있는, 당연한 행위라고 멜리사가 단언해 버려서, 다시 말해 연애 생활 속에는 아사무라 유우타 힐링 보이스 ASMR을 귓가에 재생하는 행복한 행위를 하는 것이 당연한 일이며—.

"아야세 양?"

"녜에?!"

귓가에서 이름을 부르자, 내 심장이 펄쩍 뛰었다.

"아, 미안. 왠지 멍하니 있었는데…… 그게, 슬슬 돌아가야지."

"그, 그렇지!"

간신히 말했다.

"저기, 그럼, 우리는 돌아가겠습니다."

"또 라이브 있으면 와 줘. YouTube도 잘 부탁해!"

아무리 그래도 그 말에는 냉정해졌다.

"볼게요."

그렇게, 확실히 대답했다.

집으로 돌아가는 길.

나도, 아사무라 군도, 대화도 없이 묵묵히 걷고 있었다.

손을 잡는 것조차 잊고 있었다. 굳이 따져보면 손을 잡지 않아서 다행이란 생각조차 나는 하고 있었다.

손을 잡다니. 그런 짓을 했다간, 나는, 분명히 멜리사의 말과 함께 아사무라 군과 부딪혔을 때 손의 감촉을 떠올리고 만다.

귓가에 속삭이는 목소리가 재현되어 버린다.

어쩌지, 옆을 걷는 아사무라 군의 기척만으로 나는 왠지 안절부절못하고 있는데. 심장이 울리는 걸 멈추지 않아. 이건 이상해.

번뇌가 머릿속에서 빙글빙글, 빙글빙글.

나는 흐트러지는 마음을 스스로 관찰하며, 아야세 사키가 이런 애였나? 하고 혼자 당황하고 있었다. 이런— 이런…….

활짝 미소 짓는 마아야의 얼굴이 뇌리에 떠올랐다.

『좋은 의미로 바보가 됐어!』

아, 아냐! 나는 그런…… 바보 아냐…… 아마.

냉정해질 필요가 있다. 객관적으로 자신을 다시 바라볼 필요가.

어쩌면 일기를 그만두고 나서 나는 나 자신을 객관시할 수 없게 된 건지도 모른다.

재개해야 할까? 이제, 아사무라 군에게는 내 속마음을 들켜도 되는 거고.

내 머릿속에서 꼬마 아야세 사키가 번뇌의 호수에서 백조의 춤을 추고 있다는 걸 들킨다고 해도, 아사무라 군이라면.

……아니, 다른 의미로, 안 될지도 모르지만.

●9월 24일 (금요일) 아사무라 유우타

어디까지나 이어지는 새하얀 방이었다.

방 한가운데 놓인 새하얀 침대에, 마찬가지로 새하얀 네글리제를 걸친 아야세 양이 누워 있다. 네글리제에서 뻗어 나온 늘씬한 팔과 다리의 살색과 퍼지는 금발이 하얀 공간 속에서 그곳만 떠오른 것처럼 보이고 있었다. 그 옆에 나도 누워 있다.

시트는 두 사람의 무게로 주름을 만들고 있었다.

아야세 양의 가느다란 손가락 끝이 살며시 뻗어와 내 가슴팍에 닿았다.

"유우타……."

섞인 숨결과 함께 이름을 부르며 조심스럽게 더듬는다. 둥실둥실 꿈결 같아서 이게 도저히 현실의 일이라고는 생각되지 않았다. 서로 얼굴이 가까워진다. 아야세 양의 뺨은 희미하게 상기되어 있고, 부드러워 보인다. 촉촉한 눈동자와 붉은 입술이 다가온다. 그에 응하듯이 내 팔도 그녀의 몸으로 뻗어서, 그녀가 걸친 하얀 네글리제에 주름이 질 정도로 강하게—.

"—허억!"

나는 벌떡 일어났다.

자면서 흘린 축축한 땀이 무겁다. 심장이 소리를 내며 맥동하고 있었다.

꿈이었다. 분명하게 꿈이었다. 현실의 내 방은 어디까지나 이어지거나 하지 않는다. 유한하다. 조금 생각해 보면 알 수 있는 일이지.

하지만, 그런가.

"꿈인가."

아깝—지 않아. 아냐. 무슨 꿈을 꾸는 거야 나는.

꿈에서 깨어나니, 곧장 마음 깊은 곳에 납을 들이부은 듯한 기분이 들었다.

확실히 나와 아야세 양은 연인 사이다. 그리고 나에게도 고등학생 남자로서 남들만큼의 욕구가 있다. 그러니까 저런 꿈을 꿔버리는 건 지극히 평범한 흔해 빠진—.

이러면서 넘길 수 없는 게 내 성격이지. 나는 아야세 양을 성적인 측면만 잘라낸 대상으로 보고 마는 것에 죄책감이 있었다. 켕긴다는 표현도 좋을지 모른다.

실제로 심한 짓을 하고 있는 건 아니다, 그러니까 신경 쓸 필요 없다. 그렇게 생각하고 싶기도 하다. 하지만, 현실의 내 내면은 오히려 반대였다.

꿈이라는 게 또 좋지 않다. 현실의 커뮤니케이션과는 달라서 일방적일 수밖에 없다. 꿈속에서는 간격 조정을 할 방법이 없다. 더욱이 이렇게 잠에서 깬 나는, 꿈속의 아야세 양이 아야세 양답지 않다는 걸 깨달아버린다.

그건 내 소망이 구현화된 아야세 양인 것이다.

물론 내심에 자유가 있는 건 알고 있지만, 역시 아야세 양에게 일방적으로 성적인 감정을 쏟아내는 것 같아서. 그녀의 인격을 무시해 버린 것 같아서. 아니야, 나는 결코 아야세 양을 소홀히 하려는 게 아니고.

현실이라면 제안을 해서 간격 조정을 할 수 있겠지만. 그렇지만 제안이라고 해도 말이지…….

그것도 참 어렵다.

"그보다. 애초에 그럴 시기가 아니잖아……."

혼잣말을 하고 말았다.

현실적인 이야기를 하자면, 겨우 진로를 정하게 되어 수험 공부에 기합이 들어가기 시작한 참이다.

오픈 캠퍼스 이후, 나는 제1지망을 이치노세 대학으로 좁혔다. 아야세 양도 내 진로를 듣고 응원해 주고 있다.

서로 절차탁마해서 수험 공부를 하자. 그렇게 맹세한 것이다. 아니 그 정도로 거창하지는 않았나. 「정했어」, 「힘내」 그 정도다.

그렇다고는 해도 서로 희망 대학이 난관이고, 나는 그녀가 면학에 집중하는 걸 방해하고 싶지 않다.

게다가, 애초에 성적인 커뮤니케이션 같은 건 어떻게 제안하면 좋을지 모르겠다.

얼마 전에 나와 아야세 양 사이에서 정한 신호는 있다.

상대의 정강이를 가볍게 두드리는 행위로, 허그하고 싶다는 마음을 전하자고.

그럼 그 다음은?

허그보다 다음으로 나아가려면, 뭐라고 말하면 되지?

정강이 두드리는 횟수를 늘리면 되는 건가? 3번이면 포옹, 4번이면 키스, 5번이라면…… 아니아니, 암호가 뭐야. 스파이 소설도 아니고. 현실적이지 않은 것 같아…….

제안하기 어렵다는 것만 문제가 아니다.

아야세 양은 이혼한 친부에 대한 불신감 때문인지 남성 불신에 빠질 뻔했었다. 그런 그녀에게, 남성 쪽에서 보다 농밀한 접촉을 하고 싶다고 전하면 어떻게 될까?

지금 생각해보면, 여동생으로서가 아니라 이성으로서 좋아하게 되었다고 전했을 무렵부터 어렴풋이 그 일은 생각하고 있었던 것 같다. 그러니까 더욱더 사귄 지 1년이나 되는데도 그런 제안을 못 했다고 할까? 무의식적으로 피하고 있었던 것 같다.

너와 키스 이상의 일을 하고 싶어.

만약 그렇게 고한다면— 아야세 사키는 어떻게 느낄까?

1년 이상을 함께 지내오면서 내린 결론은—「모르겠다」였다.

어떻게 하면 그녀를 상처 입히지 않고 내 마음을 전할 수 있을지도 모르겠다.

나에게는 남녀 간의 성에 관한 커뮤니케이션 경험치가 압도적으로 부족하다. 아야세 양이 첫 여자친구니까 당연하다면 당연하지만.

애초에 내가 아니더라도, 성에 대한 감각의 차이라는 녀석은 연인 사이에서 일어나기 쉬운 불일치라고 한다. 특히 일본에서는 성에 대해 은닉하려는 경향이 있고, 그렇기에 파트너와의 성행위라는 것은 어려운 문제인 것이다.

라고, 책에도 쓰여 있었다.

세상에서도 일반적으로 그런 상태인데, 경험이 부족한 내가 아야세 양에게 허그나 키스보다 앞으로 나아가고 싶다고 전하고, 둘이서 간격 조정을 진행해서, 실제로 그런 행위에 이르기까지에는 도대체 어느 정도의 장애물이 있는 것일까.

지금의 나로서는 상상도 할 수 없다.

그렇게 생각하면 어제 라이브에서 만난 그 멜리사라는 여성은 대단하다. 그렇게 터놓고 성을 이야기하는 여성을 나는 만난 적이 없다. 터놓고 야한 농담을 하는 여성이라면 알고 있지만, 그것과는 많이 다르다.

―어, 아아 그런가. 어째서 이런 꿈을 꿨나 싶었는데, 어제 그녀가 했던 말이 방아쇠가 됐구나.

『하지만 말야, 서로 사랑한다는 건, 행복한 행위잖아. 켕기는 걸로 생각 안 해도 된다고 생각하는데~.』

행복—이라.

멜리사가 말한 것이 성욕을 채울 수 있으니까 만족—이라는 것 이상의 뉘앙스를 포함하고 있었던 건 틀림없다고 생각하지만, 유감스럽게도 나에게는 그것도 상상의 범위일 뿐이다.

하지만 그 말이 방아쇠가 되어, 아야세 양과 보다 밀접하게 어루만지는 망상이 머릿속 깊은 곳에 자리잡아 버린 거겠지.

깊게 숨을 들이마신다.

머릿속에 넘친 말을 전부 감싸 안을 정도로, 확실하게 공기를 받아들인다. 그리고 천천히 내뱉는다. 어지럽게 흩어져 있던 사고가 전부 텅 비어 버릴 정도로.

자고 일어난 머리로 이런 것만 하염없이 생각하고 있어봐야 소용없다.

힘을 쭉 빼자, 꼬르륵, 하고 배가 울렸다.

"……아침밥, 먹을까."

방을 나와 복도를 걷고 있자니, 키친에서 나온 아야세 양과 딱 마주쳤다.

교복 위에 앞치마를 입고 있었다.

한 순간, 서로의 움직임이 멈췄다.

나로 말할 것 같으면, 꿈에서 본 새하얀 네글리제를 입은 아야세 양의 모습을 떠올리고 말았다. 실제로는 평소대로, 단정하게 몸가짐을 정돈하고 있지만.

"안녕? 사키."

"응. 안녕? 유우타 오빠. 지금 깨우러 가려던 참이었어. 슬슬 안 먹으면 학교 지각할 테니까."

"아아, 미안."

아침부터 너무 생각에 잠겨 있었나.

다이닝에 아버지 모습은 이미 없었다. 식기도 치운 걸 보니, 이미 출근한 모양이다.

"오늘도 만들어 주고 가셨어."

"어. 아버지가 만들고 갔어?"

메뉴는 계란프라이와 비엔나소시지, 된장국과 밥이었다. 확실히 아버지라도 못 만들 것은 없는 메뉴지만.

"계란프라이만 내가 했어. 식을까 봐 아슬아슬하게 만들었어."

아마 아야세 양도 어제 라이브의 피로가 있었는지, 일어나 보니 이미 완성되어 있었다고 한다.

식탁에 마주 보고 앉아 손을 모았다.

"잘 먹겠, 습니다."

어색한 말투가 되어버리는 건 어쩔 수 없다, 고, 생각한다. 방금 전 꿈속에서 그런 짓을 했던 상대와 얼굴을 맞대고 식사를 하는 거니까.

하지만 이렇게 새삼 가까이서 보니, 역시 꿈속의 아야세 양보다는 단정하게 몸가짐을 정돈한 교복 차림의 아야세 양이 친숙하다. 평상복은 원숄더 탑스 같은 걸 입기도 하지만. 네글리제 어깨 노출은 역시 자극이 강했—.

에잇, 물러가라, 번뇌.

“안 먹으면 지각한다니까.”

“아아, 미안.”

젓가락으로 집으려는데, 비엔나소시지가 미끄러져 접시에 떨어졌다.

“아.”

내면의 동요가 드러난 모양이다. 하지만 그걸 들키고 싶지 않아서, 나는 아무렇지도 않은 표정으로 다시 젓가락을 뻗어.

미끌.

비엔나소시지는 다시 접시에 떨어졌다.

“…….”

나는 젓가락을 푹 꽂고 싶은 충동을 억누르고, 신중하게, 평상심을 되찾으며 천천히 비엔나소시지를 집어 입으로 옮겼다.

그러고 보니 나는 한나절이 지나도 이렇게 동요하고 있

는데, 아야세 양은 아무렇지도 않은 걸까.

비엔나소시지를 베어 무는 김에 슬쩍 훔쳐봤다.

미끌.

아야세 양의 젓가락에서 비엔나소시지가 도망쳤다.

베어 물고 있던 비엔나소시지를 뿜을 뻔했다. 혹시 아야세 양, 나랑 똑같은 건가.

그녀가 다시 젓가락을 뻗지만.

미끌. 미끌.

의욕은 헛돌고, 비엔나소시지는 몇 번이고 탈주한다.

"……아니, 아니야. 유우타 오빠. 이건 딱히 동요하고 있는 게 아니라."

"뭐, 기름에 구운 거잖아, 집기 어려운—."

미끌.

"아니……. 나도 아니야."

"으, 응."

어색하다.

마음을 진정시키기 위해 된장국에 손을 댔다.

국그릇에 젓가락을 찔러 넣었다. 두부를 집어 들어 올리자, 바닥에 고여 있던 된장이 연기처럼 형태를 바꾸며 흔들린다. 아야세 양이 만드는 두부 된장국은 두부 크기가 딱 좋은데, 아버지가 만든 건 조금 컸다. 두부라는 건 맛이 연하다. 그러니까 전골에는 어울리지만, 된장국에 2센티

크기로 큼직하게 넣어 놓으면, 씹을 때 입안이 두부만으로 가득 차 버린다. 된장 맛, 어디 갔어.

역시, 두부 크기는 중요하군—. 나는 마음의 요리 메모에 적어두었다.

괜히 내 요리 스킬 향상에 대해 생각하고 있는데 불쑥 아야세 양이 입을 열었다.

"올해 문화제는 어떻게 할까?"

어떻게, 라니? 나는 의도를 짐작 못해 눈으로 물었다.

"그게, 작년에는 계단에서 잠깐 얼굴만 마주쳤을 뿐이지 같이 구경 다니거나 하지는 않았잖아."

"그렇지. 그것도 벌써 1년 전인가."

주위 시선을 신경 쓴 우리는, 마치 하면 안 되는 짓이라도 하는 것처럼 남의 눈을 피해 만났었지.

"올해는 숨을 필요 없다고 생각하지만…… 그게, 엄마가."

"아~. ……그러고 보니."

말을 꺼낸 건 아키코 씨였다.

이번 달 들어서 문화제 개최일을 전했다. 그러자, 아키코 씨는 올해야말로 딸의 멋진 모습을 보고 싶다며 문화제에 가기 위해 휴가를 신청했다.

"우리 반 출품물이 『메이드 & 집사 카페 카지노』라는 걸 알고 나서 특히 그렇단 말이지."

"그 사람, 직업상, 내 접객을 보고 싶은 모양이야."

그렇다고 해도 딸의 메이드복이 멋진 모습인지는 수상하다고 생각하는데.

"그리고 『유우타랑 둘이 나란히 사이좋게 모의점 하고 있는 거 봐두고 싶어』래."

"접객하고 있는 거라면, 알바할 때 보러 오면 되는데."

"그건 일에 방해가 되니까 싫대."

그것도 그런가?

어쨌든 그런 이유로, 아키코 씨는 문화제를 위해 유급 휴가를 신청한 것이다.

그랬더니 『나도 가고 싶어』라며 아버지가 말을 꺼내서, 결국 둘이서 같이 오게 되었다. 여전히 사이좋은 부부다.

"작년도 재작년도 안 왔으면서, 아키코 씨가 간다니까 온단 말이지, 그 아버지는……."

"그건, 뭐, 에이. 타이치 새아버지도 신경은 쓰고 있었을 거야. 딱 좋은 기회라고 생각한 거 아닐까?"

"그런 걸까?"

아들과 딸을 핑계로 아키코 씨랑 데이트하고 싶을 뿐인 거 아닐까, 그 아버지.

"그래서, 토요일이었지?"

"응. 그 주는 그때가 쉬기 편하대."

아버지는 원래 토요일에 쉬니까, 아키코 씨만 쉴 수 있으면 둘이서 문제없이 올 수 있다.

“이제 와서지만, 나나 아야세 양 중 한 명이 토요일 접객 담당에 있는 편이 좋겠네. 두 사람도 모처럼 왔는데 우리랑 못 만나면 실망할 테고.”

“그보다, 『둘이 사이좋게』를 보고 싶다면, 우리 둘 다 접객하고 있을 때 와 주는 편이 좋지 않아?”

“그럼, 우리 둘 다 토요일 근무로 해달라고 하는 편이 좋은 건가.”

“그렇지. 아사무라 군, 언제 담당으로 신청했어?”

“나는 귀찮아서 토요일 전반이랑 후반에 하는 걸로 했어. 그러면 다음날이 통째로 비니까.”

문화제는 이틀간이고, 더욱이 오전과 오후가 있으니까, 도합 네 번의 근무 시간이 있는 셈이다.

그 네 타임 중, 접객 팀은 두 타임을 담당해야 한다.

“나는 토요일이랑 일요일 전반에 넣었는데……. 바꿔줄 수 있는지 반장한테 상담해 볼게. 그게 되면 나도 일요일은 하루 비게 되고.”

“그렇네. 아버지가 아침에 일어날 수 있을지 모르니까 말이야.”

그렇다면, 언제 와도 괜찮도록 오전과 오후를 잡아두는 편이 좋다.

문화제 스케줄을 머리에 새겨 넣으면서, 아야세 양의 말투를 보니 미리 이 부분은 생각하고 있었던 건가 싶었다.

술술 대책이 나오니까.

그리고 아야세 양은 한 번 눈을 내리깔았다가 고개를 들었다.

"그래서, 그렇게 되면 말야."

나는 이미 어렴풋이 알고 있었다.

"응. 아버지와 아키코 씨가 왔을 때 우리가 둘이서 마중을 나가면, 아무래도 우리 관계는 들키겠네."

일단 반 친구들에게는 들킨다. 이건 틀림없다.

그렇게 꽁냥꽁냥대는 아버지와 아키코 씨가 꽁냥꽁냥대며 나와 아야세 양에게 친근하게 말을 걸어오는 것이다. 상상만 해도, 크게 주목을 받을 것은 틀림없다고 확신할 수 있다.

단순한 지인이라고 납득해 줄 리가 없어.

"반 친구들에게 일일이 설명하고 다닐 생각은 없지만, 그래도, 아마, 왠지 모르게 알아버릴 거라고 생각해. 우리가 의붓 남매라는 거."

"그렇지."

거기서 끝나면 좋겠지만, 역시 고등학생인 피가 이어지지 않은 남녀가 한집에 살고 있다는 걸 알게 되면, 이것저것 상상하는 녀석이 나오는 것은 피할 수 없다. 뭐라 해도, 의붓오빠와 여동생은 법률적으로는 결혼이 가능한 것이다. 가족으로 받아들인 입장으로서는, 가능한 한 생각하지 않으려고 해 온 일이었지만.

"그래서, 그…… 소문이 나기 전에 말해두고 싶은 사람이 있구나 싶어서."

아아, 하고 나는 고개를 끄덕였다.

억측이 섞여서 입에 오르내릴 바에는, 스스로 확실하게 이야기해 두고 싶은 프라이빗이라는 게 있지.

"우리가 의붓 남매라는 거, 물론 마아야는 알고 있지만. 반장과 사토 양한테는 아직 말 안 했어. 그게 조금…… 마음에 걸려서."

"직접 말하고 싶어?"

아야세 양이 고개를 끄덕였다.

"알았어. 그런 거라면, 나도…… 그렇네, 요시다한테는 말해둘까."

"문화제 전에 말해두는 편이 좋겠지?"

나는 고개를 끄덕였다.

"그게 좋겠지. 다만, 이런 건 타이밍이라고 생각하니까 말이야. 너무 말해야 한다고 자신을 몰아붙이지 않아도 된다고 생각해."

1년 가까이 입 다물고 있던 것을 술술 말할 수 있는 성격이라면 이렇게까지 고민하지도 않았겠지.

"그 두 사람이라면 말 안 했다고 화낼 사람들로는 보이지 않고."

"알고 있어. 그건…… 알고 있지만."

더 이상은 말해봐야 압박이 될 뿐이겠구나 싶어서, 나는 화제를 바꾸기로 했다.

"문제는, 말이야. 또 있거든."

자신의 생각에 몰두해 있던 아야세 양이 고개를 들었다.

"스이세이 고교 마지막 문화제고, 일단 말을 걸어두지 않으면 대대손손 잊지 않고 구시렁거릴 인물이 한 명 짐작 가거든……."

"아~. ……요미우리 씨?"

정답. 역시 인식은 똑같은가 보다.

"『우리 후배도 참, 나를 초대해 주지 않다니 박정하잖아. 있지, 우리 인연은 그 정도의 얕은 거였으려나~. 너무해, 너무해, 너무해! 이렇게 된 이상, 내년 문화제를 노리고 우리 후배가 유급하는 수밖에 없을지도 몰라. 저주해주마아!』라고 말할 것 같아서."

내 흉내에 아야세 양이 쓴웃음을 지었다.

"서, 설마 그런 말까지는 안 할 거라고 생각하지만……. 그럼, 마침 오늘 같이 근무하니까, 그때라도 말해 둘래?"

"그게 낫겠어."

"아, 하지만…… 그렇게 되면, 요미우리 씨도 우리가 같이 있는 걸 보게 될 가능성이 있구나."

"그건 이제 포기하자. 어차피, 이미 들켰고."

요미우리 선배는 나와 아야세 양이 의붓 남매라는 건 처음 무렵부터 알고 있었고, 사귀고 있는 것조차 말했다.

뭐 그래도, 그 밖에는 딱히 초대할 사람도 없고. 이걸로 문화제 간격 조정은 끝인가— 했는데, 중요한 것을 잊고 있었다.

아야세 양이 중얼거린다.

“그리고 그렇게 되면, 우리 둘 다 일요일이 비게 되지.”

그때 겨우 깨달았다. 아야세 양은 처음부터 이걸 상의할 생각이었던 거다.

나는 된장국을 후루룩 마셨다. 침착하게 생각하자. 이건 중요한 부분이다.

올해는 고교 생활 마지막 문화제다. 즉 이번을 놓치면, 아야세 양과 함께 동급생으로서 문화제를 돌아볼 기회는 영원히 잃어버리고 만다.

두부를 베어 문다. 커다란 두부는 여전히 된장 맛이 배어 있지도 않아 맛이 싱거웠다.

아야세 양과의 문화제 데이트를 포기한다……. 그건 정말 아깝다는 기분이 들었다.

“나는, 돌아보고 싶네. 같이.”

있는 그대로의 말이 튀어나와 버리고 나서, 내가 뱉은 말이라는 걸 깨달았다. 말하고 나서 참 서투른 제안이라고 후회해 버렸다.

"아, 아니, 그게."

조금 더 잘 말을 꺼내고 싶었다. 간격 조정의 첫걸음은 아무래도 어느 한쪽이 자신의 의견을 전해야만 한다. 하지만, 그냥 부딪치면 된다는 것도 아니다.

상대에게 전하기 위해 말투나 어조를 생각하는 것이 중요한 법인데…….

"나도—."

아야세 양이 입에 담은 말에 한 순간, 당황했다.

"—똑같아."

"어?"

"같이 돌아보고 싶어. 문화제를."

"괜찮아?"

"좋아."

작게 고개를 끄덕였다.

이건 아야세 양에게 있어서는 큰 결단이었을 거야.

아야세 양과 아키코 씨가 우리 집에 오고 나서 얼마 안 됐을 때 일을 떠올리게 된다.

가능한 학교에서는 남인 척하자고 제안한 나에게, 그녀는「딱히 나는 아무렇지도 않아」라고 말했다. 그건 즉 그녀가 타인에게 어떻게 보이든 신경 쓰지 않는다, 라는 스탠스임을 의미하고 있었다.

그런데 그런 한편으로「이상한 소문이 돌면 안 되니까 당분간은 남인 걸로 하자」라며 아침에 냉큼 혼자서 집을 나갔었지.

즉 어떻게 보이는지는 신경 쓰지 않지만, 소문이 나는 것은 싫은 것이다.

모순되어 있다— 그렇게 보였다.

하지만, 지금 와서 생각해 보면 알 수 있다. 아야세 양은 나처럼 타인에 대해 흥미가 옅은 것이 아니라, 사실은 타인에게서 들려오는 속닥거리는 소리에 민감한 것이다. 그렇기에 무장하는 것이고, 친구로서 받아들이는 인간을 좁혀 버렸다. 상처받으니까.

“그럼 같이 돌자. 나도 마음은 똑같으니까.”

“다행이다, 기뻐.”

아야세 양은, 훗 하고 힘을 빼며 웃었다. 팽팽하게 당겨져 있던 현이 느슨해진 것 같다. 그만큼 긴장하고 있었던 거겠지.

“어차피, 반 친구들에게는 의붓 남매라는 거 들킬 거고.”

들킨 뒤에 둘이서 교내를 돌아다녀서 뭔가 소문이 난다고 해도, 새삼스럽고.

그것보다 하루 느긋하게 문화제 데이트를 할 수 있는 편이…….

“기대되네.”

“응. 기대된다.”

아침 식사를 다 먹고, 식기를 치우면서 아야세 양이 툭 하고 말했다.

고작 그 정도의 대화에, 내 마음은 이상하게도 충족되어 있었다. 기다려지는 미래가 있다는 것을 좋아하는 상대와 서로 확인한다는 것은 의외로 나쁘지 않았다.

오후의 교실은 들떠 있었다.

수험생인 반 친구들의 표정도 다소 부드럽다. 그도 그럴 것이, 오늘 수업은 오전으로 끝. 오후 전체를 사용해서 다음 달로 다가온 문화제를 위한 회의 시간이 확보되어 있었다.

접객반, 의상반, 내장반, 음식반 등등, 각 담당별로 각각 책상을 둘러싼 모습은 비일상을 알기 쉽게 나타내고 있었다. 나와 아야세 양이 있는 접객반은 남자 8명 여자 7명 총 15명으로, 반장이 지휘를 하고 있었다.

"자자, 당일 근무표야~, 갓 만든 따끈따끈한 거야~."

받은 프린트를 받아 자신의 이름을 찾았다. 아사무라, 아사무라, 아사무…… 찾았다, 첫날인 토요일의 오전과 오후. 신청한 시간이다.

나머지는 아야세 양이 같은 날에 있으면—.

있다.

그녀의 이름도 근무표의 같은 날에 적혀 있었다.

안심한 참에 고개를 드니 아야세 양과 눈이 마주쳤다.

저쪽도 같은 생각을 하고 있었는지 작게 안도의 한숨을 내쉬고 있었다.

반장이 또 다른 프린트를 나눠주기 시작했다. 아까와는 다르게 글자가 빽빽하게 적혀 있다.

"이쪽은 당일의 순서와 접객 매뉴얼이야. 조~금 세세하게 되어버렸을지도 모르지만, 뭐, 너희라면 괜찮겠지?"

접객반 애들은 딱히 주눅 드는 것 없이 가벼운 대답을 했다. 얕보고 있는 게 아니다. 접객반은 모두, 아르바이트로 접객 경험이 있었다.

"특히 현역으로 알바하고 있는 멤버— 그대들을 의지하고 있노라."

반장이 옆의 아야세 양에게 윙크를 던졌다. 익살스런 몸짓에 아야세 양은 어머나 하며 한숨을 쉬었다.

"너무 기대는 하지 마."

"에이~ 또 그런다, 사키 선생. 이번엔 잘 부탁드립니다요~."

"선생 아냐. 게다가 나는 아직 1년 조금밖에 일 안 했고. 알바 경력이 더 긴 사람도……."

아야세 양이 말을 흐린 참에 반장의 시선이 휙 하고 이쪽을 향했다.

"흠. 그러고 보니 아사무라 씨는 비고란에 서점 알바가 3년째라고 신고하셨더랬지요."

—왜 아야세 양은 「선생」이고 나는 「씨」인 거지?

접객반의 시선이 내게 모였다. 아야세 양만이 「아차」 하는 표정을 짓고 있었다. 응, 방금 건 어쩔 수 없어.

"뭐, 그 정도네."

"음허허. 그럼, 아사무라 님에게는 전폭적인 신뢰를 두기로 하고."

—「씨」가 「님」이 되었다.

"그럼, 남은 건 손님의 동선 확인 정도네. 앗, 그전에에. 헤~이."

반장이 소리치며 손짓을 하자, 교실 구석에서 여학생이 한 명 다가왔다. 사토 양이다. 다들 머리 위에 물음표가 떠올랐다. 그녀는 접객반이 아니다. 그렇다면 뭔가 용건이 있는 걸까. 도대체 무슨—

"여, 여러분을 측정합니다!"

그 손에 옷의 치수를 재는 줄자를 쥐고 있었다. 한 순간, 모두가 갸우뚱했다. 그 반응에, 이번에는 사토 양이 난처함을 보였다.

"저기, 저는 의상반이라, 그게, 당일 의상을 위한 치수를 잰다고, 반장한테 듣고 왔는데요……."

모두의 시선이 쭈욱 하고 반장에게 모였다.

"음. 료찡, 재버리세요."

무슨 암행어사처럼 태연하게 내뱉는 반장.

여자들에게서 비명이 터져 나온다.

"으오오 반장, 속였구나!"

"지, 지금은 싫어! 점심 먹은 지 얼마 안 됐어!"

"적어도 다음 주…… 아니 다음 달이면 돼! 그때까지는 어떻게든 할 테니까!"

울며 매달리기까지 시작하며 여자들이 반장에게 다가섰다.

반장이 검지와 엄지로 미간을 주물렀다.

"있잖아. 이런 건 평소의 수치가 중요한 거야. 당일까지 요요 현상이 오면 누가 창피해지겠니?"

"윽, 이럴 때만 정론을!"

"이 소녀의 마음이 안 보이는 거냐……!"

"저기…… 반장."

나는 보다 못해 말참견을 했다.

"치수 잰다는 거, 설마 의상을 처음부터 만드는 거야?"

의상반의 일은 의상을 만드는 게 아니라, 빌려 오는 거였을 텐데.

"처음부터 만들 수야 없지. 가능한 프리사이즈로 할 생각이지만, 그래도 최소한의 사이즈 파악은 해두고 싶어. 클립 같은 걸로 기장을 줄일 때도 필요하니까."

"그렇……구나."

"거기서 정론에 지지 마, 아사무라 군!"

"그럼, 맞아. 반장의 독재정치 반대~!"

"저기, 사키. 사키도 그렇게 생각하지? 싫지?"

"뭐 그래도, 의상 수가 적으니까, 누가 어느 걸 쓸지 사이즈를 재서 정해둬야 하잖아."

아야세 양이 냉정하게 지적했다.

"윽! 이 여자까지 정론을."

"사키는 모델 체형이라 모르는 거야."

"어차피, 우리들은 중력에 패배한 여자……."

"패배는 식욕한테 했지만 말야~."

시끌시끌시끌.

"남자 앞에서 재라는 거 아니지? 얼른 탈의실 가서 재고 오는 편이 빠르지 않을까? 그래도 되지? 반장."

"남자한테 쓰리사이즈를 어필하고 싶다면 안 말리는데?"

"그건 나도 싫어."

딱 잘라 아야세 양이 말했다.

"저, 저기……."

사토 양이 줄자를 만지작거리며 쭈뼛쭈뼛 입을 열었다.

"준비한 메이드복은 어느 거든 엄청 귀여우니까 그게…… 다, 다들, 분명 귀여울 거라고 생각하니까! 괜찮아! 그~럼!"

말하고 나서 쑥스러워진 건지, 사토 양은 측정용 줄자를 방패처럼 들고서 「아무것도 아니에요……」라며 작아졌다.

두근, 하고 여자애들의 심장이 설레는 소리가 들린 것 같았다.

그토록 싫어하며 시끄러웠던 여자애들이, 차례차례 사토 양을 껴안고 순서대로 머리를 쓰다듬었다.

"어머 그래. 료찡은 귀엽네~."

"있잖아, 지금부터 접객반 안 할래? 료찡이라면, 손님이 두 배로 늘 거야!"

"아, 응. 하지만…… 나, 작아서 맞는 옷이 없고 그게…… 다른 애들 챙기는 것만으로도 괜찮으니까. 다들 귀여워지는 게 엄청 기쁘고."

사토 양 주위에 있던 여자애들은 현기증이 났는지 비틀대며 몸을 가누지 못했다.

"아아……."

"존귀하다는 게 이런 감정이구나……."

"알았어. 탈의실 가자. 다들 얼른 재고 돌아오는 거야!"

우르르 교실을 나가는 여자애들 뒤를 따라가는 아야세 양이 몰래 한숨을 쉬고 있었다.

그걸 멀리서 바라보는 반장이 씨익 웃은 것처럼 보인 건 기분 탓이겠지.

기분 탓이라고 생각하고 싶다.

반장이 손뼉을 치며 소리친다.

"자~, 여자들 돌아오면 다음은 남자다~."

"어. 우리도 료찡이 치수 재는 거야?!"

"그럴 리가 있냐!"

들고 있던 접객 매뉴얼을 말아서 반장이 요시다의 등을 팡팡 때렸다.

"요시다아, 너, 마킷치한테 이른다!"

"그, 그건 봐 줘"

양손을 모으고 반장에게 빌기 시작한 요시다를 보고 남은 남자들은 웃음이 터지고 말았다.

오후의 햇볕은 꽤 기울어, 창문을 통과해 교실 뒤편 벽을 노을빛으로 비추고 있었다.

창 밖을 보니 여름 하늘은 이미 그곳에 없고, 권적운이 레이스 커튼처럼 서쪽 하늘에 펼쳐져 있다.

교실 안의 비일상적인 풍경을 어쩐지 부감하듯이 나는 바라봤다.

공통된 목적을 향해 작업하는 반 친구들. 때때로 터지는 웃음소리. 묵묵히 벽에 장식할 종이꽃을 만드는 녀석도 있고, 장 볼 때 받은 영수증을 정리해 노트에 붙이고 있는 회계 담당이 있다. 가끔 스마트폰을 만지작거리는 건, 앱 계산기를 두드리고 있는 거겠지. 왠지 끙끙거리고 있었다.

암막을 들고 복도를 우당탕 달리고 있는 학생들. 그걸 꾸짖는 교사의 목소리. 어디선가 들려오는 음악은 취주악부인가? 아니면 밴드의 연습일까?

문화제와는 관계없다고 운동부 녀석들은 오늘도 교정을 달리고 있었다. 구호가 들린다. 스이세이, 파이팅! 이라고 하는 것처럼 들렸다.

"어이, 아사무라. 슬슬 간다~."

요시다의 목소리에 돌아섰다. 아무래도 남자들 측정 시간인 모양이다.

"아아, 미안. ……요시다가 하는 거야?"

요시다의 손에 아까 사토 양이 들고 있던 줄자가 들려 있었다.

"그래. 자, 후딱 해치우자고!"

"그래요 그래."

"『그래』는 한 번만 해. 그보다 뭐야, 뭘 웃고 있어."

"아니 아무것도 아냐."

그저, 작년까지의 나였다면 문화제 준비에 이렇게까지 참여하진 않았을 거라고, 그렇게 생각했거든.

아무래도 나는 이 반에서 맞이하는 마지막 문화제를 꽤 기대하고 있는 모양이다.

방과 후. 나와 아야세 양은 함께 아르바이트에 출근했다.

학교 교복에서 서점 유니폼으로 갈아입고 매장으로 나갔다. 아야세 양과 코조노 양이 계산대를 맡고, 나와 요미우리 선배는 잡지 재고 정리를 하게 되었다.

문화제 준비라는 비일상적인 활동 뒤에, 아르바이트라는 일상적인 행위로 발길을 돌리는 건 어쩐지 신기한 느낌이 들었다. 뱃속이 들끓고 있다고 할까? 아직 몸 안쪽에 축제 기분이 남아 있는 것 같다.

여성용 잡지를 진열하고 있는데, 틴에이저 패션 잡지의 표지 문구가 눈에 들어왔다.

『식욕의 가을 군것질 데이트 특집! 신오쿠보 VS 하라주쿠 디저트 대결!』

헤에, 군것질 데이트라.

나와 아야세 양 사이에서는 실현되지 않을 것 같은 울림이었다. 걸으면서 먹을 바에는 가게에 들어가는 편이 차분해져서 좋다, 가 될 것 같은 게 우리들다운 느낌이 든다.

애초에 남들 눈길이 있는 장소에서 꽁냥거리는 건, 아무래도 성미에 맞지 않는다. 집 밖에서는 연인답게 행동하기로 마음먹고 있지만, 내가 사람들 보는 앞에서 도가 지나친 스킨십을 하고 있는 모습을 상상하면 묘한 부끄러움이 치밀어 오른다.

하지만…… 하고 생각했다.

아버지는 가족의 공용 공간인데 거실이든 다이닝이든 꽁냥댄단 말이지. 여름에 본 하치 동상 앞의 커플은 역 앞의 공공장소에서 찰싹 달라붙어 있었다. 그리고 더 말하면 싱가포르 레스토랑에서 멜리사를 봤을 때, 노래가 끝난 뒤에 연인과 키스를 했었지.

그런 오픈된 행위야말로 연인끼리의 스탠다드이며, 부끄

럽게 생각하는 쪽이 어긋난 것일지도 몰라서.

이런 감각에 역시 일반적인 정의라는 게 있는 걸까?

등등 공공의 공간과 프라이버시에 대해 깊이 고찰하면서도, 내 손은 평상에 잡지를 보충하고 있었다. 점심때 손님이 많았는지, 매대 위의 잡지 타워는 꽤 낮아져 있었다.

하이틴을 겨냥한 바이탈리티 넘치는 표지와 딴판으로, 차분한 색감의 표지를 한 서른 전후를 위한 여성 잡지로 옮겨간다. 평소에는 표지 문구 따위 일일이 눈으로 따르지 않는데, 그때는 우연히 눈에 들어왔다.

표지 사진은, 색감은 차분하지만 꽤 과격한 스냅이었다. 누드, 인 걸까? 한 쌍의 남녀가 살을 드러내며 서로 껴안고 있다. 물론 성인용 잡지가 아니니까 결정적인 부분은 보이지 않는다. 시트 같은 걸로 교묘하게 가려져 있다. 하지만, 그렇다 쳐도 꽤 자극적인 스냅이다.

그리고 대문짝만하게 적힌 문자.

『성인 여성 필독! 가을과 성생활. 스마트하게 유혹하는 법 · 유혹하게 하는 법』

……어?

뇌가 프리즈하고, 정보를 처리하기 시작할 때까지 시간이 걸리고, 그러고 나서 내용을 이해하는 데에도 시간이 필요했다.

뇌에 보존되어 있던 오늘 아침 꿈의 기억— 하얀 네글리제 차림이었던 아야세 양의 모습과 연결되어, 더욱 표지에서 눈을 뗄 수 없게 된다. 『스마트하게 유혹하는 법 · 유혹하게 하는 법』이라니, 그게 뭐야? 유혹하는 것만 해도 나는 상상이 안 가는데, 유혹하게 하는 법이라니. 도대체 어떤 의문의 기술인 걸까.

"우리 후배, 너무 보네, 너무 봐."

헉. 뒤를 돌아보니 등 뒤에 요미우리 선배가 서 있었다. 어느 틈에.

그게, 맞다. 나는 지금 알바 중이고, 재고 정리 중이고, 그래서.

『가을과 성생활』을 들고 멍하니 서 있던 거였다.

재빨리 평상에 다시 쌓아 올렸지만 이미 늦었다.

"우리 후배. 일단 근무 중이거든."

"……나, 그렇게 보고 있었어요?"

"보고 있었지. 뚫어져라. 지금 아사무라 군께선 시간은 순간이지만 의식은 은하 저편으로 렛츠 고 하고 있었어. 신경 쓰이면 사갈래? 부끄러우면 내가 직접 계산해 줄까?"

요미우리 선배는 완전히 장난감을 발견한 장난꾸러기 같은 얼굴이었다.

불찰이다. 일생일대의 불찰일지도 모른다. 설마 이 사람 앞에서, 하필이면 야한 얘기가 얽힌 걸로 약점을 잡히고 말다니. 아니, 아니. 딱히 나는 과격한 표지에 흠칫한 것뿐이지 딴마음은…… 없, 다고도 단언할 수 없다. 지금의 나는.

“선배, 슬슬 계산대 교대 부탁하고 싶은데요~.”

“아아, 에리나 양. 응. 바꿀게, 바꿀게. 하지만, 잠깐 우리 후배의 후배가 진정될 때까지 기다려 줘~.”

“저기…… 아사무라 선배한테 무슨 일 있어요?”

“무슨 일이 있다고 해야 하나. 무슨 일을 하고 싶다고 해야 하나. 하고 싶은 나이인 거야.”

“음? 무슨 일이요?”

“무슨 일이 무슨 일인지는 우리 후배한테 물어보면 돼.”

“네에?”

아니 그건 봐주세요.

“선배……. 그러니까 말이죠. 숨 쉬듯이 자연스럽게 야한 얘기로 끌고 가는 거 그만둬 주지 않겠습니까?”

코조노 양이 「어, 무슨 뜻인가요?」라며 진지한 얼굴로 물어봤다.

진지한 눈동자로 바라보면 더 부끄러워지니까, 코조노 양도 그 기대에 찬 눈은 그만둬 주시면 고맙겠는데요.

그건 그렇고 나도 나에게 놀랐다. 평소처럼 야한 농담을 가볍게 흘려 넘기지 못했어. 원인은 알고 있다. 오늘 아침 꿈을 떠올려버렸기 때문이다. 여성지의 과격한 표지를 봐 버린 것도 좋지 않았다.

모처럼 낮에는 문화제 생각을 하느라 남사스런 꿈에 대한 건 잊고 있었는데, 생각나게 하는 표지가 있다니…… 이건, 트집이야. 하지만 한번 꿈에서 본 아야세 양의 요염한 인상을 되새겨 버리니까, 요미우리 선배가 평소부터 하던 야한 농담이 평소보다 훅하고 생생하게 느껴져 버린 건 진실이었다.

"흐~음. 사춘기의 병이네."

아닙니다. 이건 하필이면 지금만 그런 소재에 민감할 뿐이라서.

"그럼 에리나 양, 5분만 기다리라고, 사키 양한테 전해줘."

"네~에."

어쩐지 미련을 남기면서, 사뿐사뿐 계산대로 돌아가는 코조노 양.

"뭐, 일단 얼른 재고 정리 끝내고 계산대 교대하자."

"……네."

민망함 때문인지, 작업은 재빨리 끝낼 수 있었다. 계산대로 돌아오니 마침 손님이 없어서 돌아와 있던 코조노 양과, 그리고 아야세 양이 맞이해 줬다.

교대할 때 코조노 양이 왜요 왜요 모드로 들어가려는 걸 회피하려던 나는, 그러고 보니, 하며 고육지책으로 문화제 이야기를 꺼내 버렸다.

일반 참가도 가능한 것 같으니 흥미 있으면 놀러 오세

요, 라고 말했다. 그 자리에 있던 아야세 양도(나의 궁지 따위 모르니까) 맞장구를 쳐주었다.

“헤에, 집사 & 메이드 카페! 우와아, 힘을 꽤 줬네.”

“유우타 선배, 저도 가고 싶어요!”

“아, ……응. 괜찮아.”

아무래도 켕기는 것도 있어서 거절할 수 없었다. 즉…… 이 두 사람도 오는 거구나.

“오. 에리나 양, 드디어 우리 후배를 이름으로 부르네.”

듣고 보니 그랬다.

그걸 바로 눈치채는 게 요미우리 선배답다 싶으면서, 그러고 보니 아까 계산대 교대를 알리러 왔을 때는 『아사무라 선배』였지 하고 떠올렸다.

“저 깨달아버렸거든요. 뒤에 『선배』를 붙이면, 제 의식 속에서 이름보다 선배 쪽에 의식이 끌려간단 말이죠. 이걸로, 완벽해요. 저랑 유우타 선배의 거리는 좁혀졌어요!”

의기양양한 표정으로 말했지만, 어차피 선배로서 의식하고 있다면 딱히 거리는 좁혀지지 않은 기분도 든다.

아야세 양이 새침한 얼굴로 「잘됐네~」라고 말했다.

혹시 조언을 해줬나…….

요미우리 선배와 나란히 서서 계산대 업무를 하고 그 뒤의 근무는 끝냈는데.

“왠지, 돌아왔을 때 얼굴, 빨갛지 않았어?”

끝나갈 즈음 아야세 양이 물어봤을 때 얼버무리는 게, 오늘 알바에서 가장 어려운 미션이었던 건 틀림없었다.

완전히 어두워진 귀갓길을 아야세 양과 나란히 걸었다.

손을 잡고 나누는 대화는 일상의 이런저런 사소한 내용이 많지만, 오늘은 역시 문화제 이야기가 많았다.

설마 부모님뿐만 아니라, 요미우리 선배에다 코조노 양까지 오게 될 줄이야. 그리고 우리는 아무래도 방문하는 그들을 접대해야 할 것 같다.

"멜리사도 올 수 있을 것 같대."

"아아. 스케줄, 괜찮았구나."

아야세 양이 초대했을 때는 체류 기간 안이니까 갈 수 있을지도 모른다 정도까지밖에 몰랐던 모양이지만, 다른 예정이 안 들어온다고 확정된 모양이었다.

맞이해야 할 사람이 늘었네. 이거 문화제 때 바쁘겠는걸, 따위로 생각하고 있는데 스마트폰이 착신을 알리는 소리를 냈다.

거의 동시에 아야세 양의 스마트폰도 소리를 냈다.

가족 그룹 LINE에 메시지가 와 있었다. 아버지다.

【오늘은 잔업으로 꽤 늦어질 테니까 먼저 밥 먹고, 문단속 잘 하고 자렴】

그게, 다시 말해서 이건…….

아야세 양이 스마트폰을 들어서 보여주며 말했다.

"타이치 새아버지한테 왔어."

"나도 방금 봤어. 이걸 보면 귀가는 한밤중 가까이 되려나."

"그렇네."

"돌아가면, 오늘은 단둘뿐이라는 건가."

"응……."

새삼 깨닫고 말았다.

아키코 씨는 바텐더 일로 이미 출근했고, 아버지는 잔업으로 늦어진다.

물론, 지금까지도 이런 일은 있었다. 그야말로 작년 이맘때는 아버지도 바쁜 게 피크여서, 종종 단둘이 밤을 보내곤 했다. 그러니까, 아버지도 평소처럼 메시지 하나로 때워버린 거겠고.

다만, 작년과 다른 점은―.

나와 아야세 양의 관계였다.

그 뒤의 귀갓길은, 둘 다 아마 긴장하고 있었다. 손을 잡고 있는데도 서로 한 번도 눈을 마주치지 않은 채 현관문을 열고, 최소한의 대화만 나누며 저녁 식사를 만들었다.

이런 때에도 손은 움직인다. 양배추를 채 썰고, 양파를 슬라이스해서 드레싱을 뿌린다. 아야세 양은 남은 재료를 건더기로 된장국을 만든다. 밥은 새로 짓기도 귀찮으니 냉동해 둔 것을 해동해서 밥그릇에 담았다.

잘 먹겠습니다 하며 손을 모으고, 둘이 동시에 젓가락을 댔다.

문득 시선을 들자, 아야세 양의 등 너머로 시부야의 밤하늘이 보였다. 낮은 구름이 도시의 불빛을 반사해서 빛나고 있다.

창문에 비친 아야세 양의 등을 바라보며, 나는 살며시 발끝을 책상 밑으로 미끄러뜨리다가.

그 직전에, 툭, 하고 다리에 무언가 닿았다. 정강이 언저리를 가볍게 건드리는 부드러운 감촉. 아야세 양의 발끝이 닿은 걸 깨달았다.

리드미컬하게 그대로 툭툭 건드린다.

아야세 양은 시치미 뚝 뗀 표정으로 전갱이 구이를 젓가락으로 건드리고 있었다. 하지만, 이건 틀림없이, 둘이서 정한 신호였다.

그리고 신호에 대해 답을 보내려다 겨우 나는 깨달았다. 세상에. 그전까지는 **그런 의도**를 담아서 해온 게 아닌, 키스나 포옹이라는 행위. 그건 단순한 애정 확인일 뿐이었다. 하지만 지금, 그걸 하는 건, 그것 — 멜리사의 말 — 을 의식하지 않을 수 없는 게 아닐까, 하고.

나는 슬쩍 아야세 양을 살폈다.

무슨 생각을 하고 있는 걸까. 하지만, 여기까지 와서도 아야세 양의 포커페이스는 무너지지 않았다. 묵묵히 전갱이 구이를 건드리고 있다.

그렇다고 해서, 이걸 거절해서는 안 된다는 건 나라도 안다. 적어도 나라면 여기서 거절당하면 상처받을 거라고 생각했다. 물론 어느 한쪽이 유혹하면 반드시 응해야 한다, 가 되어버리면 간격 조정이고 뭐고 없어지니까, 정당한 이유라면 거절해도 되겠지만. 애초에 나도 신호를 보내려고 했었고.

한 순간, 망설임. 나는 그대로 똑같이 툭툭 건드려 답했다. 안도의 한숨을 내쉰 건 나였을까 아야세 양이었을까, 아니면 둘 다였을까?

이 집에는 지금 나와 아야세 양밖에 없으니, 애초에 누구에게도 들키지 않도록 암호를 주고받을 필요성 자체가 없는 것 아닐까— 라는 정론은, 멜리사처럼 행동할 수 없는 나나 아야세 양에게는 의미가 없다.

아니, 어쩌면 익숙함의 문제일지도 모르지만.

조그맣게, 아야세 양이 고개도 들지 않고 말한다.

"나중이라도 돼."

말없이 나는 고개를 끄덕였다.

"목욕하고 나서라든가. 그전까진 공부도 하고 싶어."

나도 그 제안에는 대대적으로 찬성이지만, 문제는 지금의 내 심리 상황에서 제대로 공부를 할 수 있는가 하는 것이었다. 그렇다고는 해도, 나로서는—.

"알았어……."

그렇게 대답할 수밖에 없다.

설거지를 마치고 둘 다 방에 틀어박혔다.

누가 뭐라 해도 우리는 수험생인 것이다. 오늘의 예정은 수학이었다. 교과서와 문제집을 펴고, 자, 정말로 아야세 양과의 일을 잊고 집중할 수 있을까…….

뭐, 이 문제집은 2회차고, 과거에 풀지 못했던 문제만 좁혀서 도전하고 있는 거니까, 그렇게 고생은 안 하겠지—.

……알람 소리에 퍼뜩 고개를 들었다.

놀랐다. 처음 몇 분 동안은 그야말로 싱숭생숭했지만, 마음먹고 문제 지문을 읽기 시작하자 내 뇌는 자동적으로 집중해 버렸다. 이렇게 간단히 의식 밖으로 쫓아내 버릴 수 있을 줄은 몰랐다. 뭐랄까? 아야세 양에게 반대로 미안하다는 기분이 들어 버린다. 그러고 보니 어릴 적, 아버지가 데려가 준 도서관에서 책과 만났을 때부터, 책에 집중하면 현실로 돌아오지 않는 아이였지.

아니 반대군. 스트레스를 받을 만한 일이 생기면, 책 속 세상으로 도망치는 성격이었는지도 모른다. 어라, 위험한데 이거. 애초에 스트레스 같은 걸로 네거티브하게 받아들이고 있는 단계에서 멜리사가 말한 「행복한 행위」와는 거리가 멀잖아.

……슬슬 목욕할까.

생각해도 답이 안 나오는 개미지옥에 빠질 것 같았던 나는 냉큼 목욕을 하기로 했다.

아야세 양에게 말을 걸고서 목욕을 하고, 다이닝으로 나와서 보리차를 마셨다.

목욕 다 했다고 말을 해뒀으니까, 엇갈려서 아야세 양이 복도를 지나 욕실로 향하는 게 보였다.

벽에 걸린 시계를 보았다.

벌써 밤 10시가 되어 있었다. 아직 아버지는 돌아오지 않았다. 이건 역시 귀가는 날짜가 바뀌고 나서가 될 것 같다.

방으로 돌아와 책을 읽는다. 요즘은 공부하느라 바빠서 읽지 않은 책이 늘어 버렸다.

『소설 데이터 사이언스 입문』

엄숙한 타이틀의 두꺼운 책이다. 저자는 모리 시게미치. 즉, 쿠도 준교수와 함께 있던 그 교수였다. 알바하는 서점의 책장을 찾아보니 놓여 있었다. 다만, 입문이라고 하면서 알맹이는 아무래도 대학생용이라 그런지 내용은 어렵다. 그 탓인지 모르겠지만 눈길이 미끄러져 버리는 느낌이라, 문득 깨닫고 보면 책에서 눈을 떼고 멍하니 있기도 한다. 역시, 어떤 경우에도 책만 있으면 의식을 돌릴 수 있는 건 아니다. 나도 요컨대 평범한…….

노크 소리가 났다.

"괜찮아?"

아야세 양의 목소리에 나는 조금 목소리가 뒤집히면서 문까지 가서 「괜찮아」라고 말하며 맞이했다.

목욕을 마친 아야세 양이 머그컵을 양손에 들고 서 있었다.

아직 잠옷으로는 갈아입지 않았고, T셔츠에 핫팬츠를 입은 평소의 차림이다. 양 어깨가 드러난 셔츠지만, 그래도 춥지 않게 그 위에는 확실히 회색의 얇은 아우터를 걸치고 있었다. 긴 머리칼은 말리고 왔겠지만, 아직 조금 촉촉하다.

양손의 컵을 들어 올리며 아야세 양이 말했다.

"그게. 타 왔는데. 마실래?"

머그컵에는 호박색 액체가 흔들리고 있었다.

"홍차?"

"응. 자기 전이니까, 디카페인으로 했어. 저기…… 괜찮다면, 이지만. 조금 이야기도 하고 싶어서……."

고마워하며 컵을 받아 들고 나는 눈으로 방에 들어오라고 재촉했다. 아야세 양을 들이고 문을 닫았다. 그녀는 그대로 침대에 가서 걸터앉았다.

"의자 써도 되는데."

"그건 아사무라 군 거니까. 나는 이쪽이면 돼."

사양해서 그런 거겠지만, 나만 앉기 편한 의자를 쓰는 것도 껄끄럽다.

그리고 나는 아야세 양이 「아사무라 군」이라고 부른 것도 놓치지 않았다. 그건 그렇겠지. 암호로 동의를 구하는 것은, 집 안에서도 연인으로서 행동하고 싶을 때도 있다, 라는 마음을 소중히 하기 위한 규칙이니까. 여기서 유우타 오빠라고 부르면서 아야세 양이 허그를 하면, 그건 오빠와 여동생의 역할을 하면서 남녀의 애정을 확인한다는 왠지 더 위험한 시추에이션이 되어 버린다.

"그럼, 나도 그쪽에서."

말하면서 아야세 양 옆에 걸터앉았다.

"그래서, 이야기는 뭐야?"

"응. 대단한 이야기는 아닌데."

말하면서, 아야세 양은 걸치고 있는 아우터 주머니에서 스마트폰을 꺼냈다.

"라이브에서 만난 디자이너란 사람 기억해?"

"아아. 그게, 아키히로 씨, 였지?"

"응, 아키히로 루카 씨."

기억하고 있다. 이름이 「루리색 가인」이었으니까, 머릿속에 「파란 미인」이라고 기억해 뒀다.

"그 라이브 날 이후, 인스타를 보거나, 작품 정보를 뒤져 보고 있는데. 조사해보니까, 루카 씨의 본업은, 『공간 디자이너』라고 한대."

공간……의, 디자인? 그게 뭐지?

"응. 모르겠지. 나도 처음엔 몰랐어. 하지만, 그런 직업이 있는 것 같아."

아야세 양의 설명에 따르면, 일정한 공간 그 자체를 디자인한다— 는 것 같다.

"무엇을 어디에 어떤 식으로 둘까, 라든가. 그에 따라 그 공간에 들어온 사람을 어떤 기분이 들게 하고 싶은가, 라든가. 거실이라면 진정되도록, 직장이라면 릴랙스 하는 것뿐 아니라 늘어지지 않고 빠릿하게 하고 싶으니까, 그러기 위해서는 어떤 색의 내장으로 하면 좋을지, 어떤 책상 배치로 하면 좋을지. 그런 걸 생각하는 직업 같아."

"그렇……구나."

알 것 같기도 하고 모르는 것 같기도 하네.

"그것만이 아니고, 로고 디자인이나 책자 디자인 같은 것도 맡고 있는 것 같아. 멜리사의 라이브 때도, 회장 전체의 디자인부터 팸플릿까지 토탈로 관여하고 있었대."

듣기만 해도 힘들 것 같다.

"그리고 이게 인스타인데."

말하면서 스마트폰을 조작해 「이런 거」라며 몇 가지 보여주었다.

인스타의 게시 사진은 그녀가 만든 팸플릿과는 약간 방향성이 다른 아트였다.

"유체 무늬…… 플루이드 아트라는 건가."

마블 무늬라고 불리는 무늬는 많은 사람이 알고 있을 거라고 생각한다. 마블이라는 건 요컨대 대리석을 말하는 건데. 대리석에서는 수성 물감이 물속에서 녹아 나왔을 때 같은, 구불구불한 무늬를 볼 수 있다. 그런 무늬를, 물감을 풀어 일부러 만들어내 종이에 정착시킨 것이 플루이드 아트다. 유체 무늬 속에 자잘한 거품을 발생시키기도 해서, 그래서 셀 아트라고도 불린다. 거품이 잔뜩 있는 탓에 환 공포증이 있는 인간은 좀 거북해하기도 한다.

"아사무라 군은 알고 있었어?"

"미술은 그렇게 자세히는 모르지만 말야. 일반적인 지식 정도야."

루카 씨의 인스타에는 플루이드 아트뿐만 아니라, 주변의 소품을 조합해서 만든 입체 아트 사진도 있었다.

나한테 미술적 센스는 없지만, 그것을 좋아한다는 아야세 양의 기분에 공감하고 싶어서 긍정적으로 보고…… 그리고 내 나름대로의 말로, 좋다고 생각하는 부분을 전했다.

예쁘고, 섬세하다.

그건 틀림없다.

옷 고르기 때도 배운 것이지만, 이런 예술 방면의 감상을 아야세 양이 물어봤을 때는 「정답」을 찾을 필요가 없다. 아야세 양은 좋고 나쁨을 알고 싶은 게 아닌 것이다.

그러니까 나는 본 것을 보인 대로 이야기했다.

플루이드 아트는 만들어지는 구불구불한 선이나 거품을

엄밀하게 제어해서 만드는 것이 아니다.

만약 그렇다면, 물감을 흘리거나 하지 않고 그대로 그리면 될 테니까. 그 선이나 그 거품이 캔버스의 바로 그 장소에 머물러 있는 것은 우연과 필연의 믹스다.

그것이 아트로 분류되는 것은, 완성된 무늬를 「아름답다」라고 판단한 시점에서 무늬를 고정화한다, 라는 작업이 들어가기 때문이었다.

예를 들어 화면 좌우를 파랑과 빨강의 구불구불한 무늬로 물들인 작품이 있었다. 자세히 보면, 붉은 무늬 쪽에만 거품이 들어가 있다. 거기에 어떤 의미가 있는지 그런 건 모른다. 의미 따위 없을지도 모르고.

다만 나는 이걸 완성이라 하자고 생각한 아키히로 루카 씨의 사고 흐름에 흥미가 있었다.

"예를 들어, 좀 더 파란 부분을 많게 하자든가, 그 반대라든가도 할 수 있었을 거라고 생각해. 하지만, 아키히로 씨는 여기서 좋다고 한 거잖아. 좌우로 균형이 잡혀 보이게 해놨어. 하지만, 거품 같은 건 왼쪽의 붉은 부분에만 넣었어. 의미가 있는지 없는지 모르겠지만, 그렇게 하자고 정한 아키히로 씨의 의식에는 흥미가 있네."

"그렇구나."

"어쩐지 화면 오른쪽의 푸른 불꽃과 왼쪽의 붉은 불꽃이 싸우고 있는 것처럼 보이기도 해서 재미있어."

"아사무라 군한테는 이게 불꽃 무늬로 보이는구나."

"조금 너무 분석적일까?"

보이는 것을 보이는 그대로, 란 의외로 어렵다.

"음~, 내가 보기엔 확실히 이치를 따진다고 느껴지긴 해. 하지만—."

조금 감상이라기보다 분석적이게 되었나 하고 불안해하는 나에 대한 말을 찾고 있는 듯한 틈이 있었다.

"나는 아사무라 군의 의견을 듣고 재미있다고 생각했고. 그렇게 스스로 어떻게 보였는지를 이야기해주려 한다는 것만으로도 기뻐."

"그건 뭐."

그렇게 말해주면 고맙다.

"아사무라 군이 거의 노타임으로 그렇게 생각했다면, 그게 아사무라 군의 감상이라는 걸로 하자. 그래서, 말야."

이런 거, 조금 흥미가 생겼어, 라고 아야세 양이 말했다.

"만들어 보고 싶어?"

"조금."

인스타를 바라보며, 그러고 보니, 하고 아야세 양에게 묻는다.

"아야세 양은, 인스타 안 했던가?"

"응. 사진, 싫어했었고."

"아, 확실히. 그런 말 했었지."

아야세 양이 사진 찍히는 걸 싫어하는 것을 떠올렸다. 그랬기 때문에, 첫 대면 전에 어릴 적 아야세 양 사진밖에 못 봤던 거고.

"하지만, 사실은 사진이라는 것 자체는 싫어하지 않아. 사진에 내가 찍히는 게 싫었을 뿐."

그러니까…….

"그건, 무슨 의미인지, 물어봐도 돼?"

아야세 양은 묵묵히 끄덕였다. 그리고 드문드문 이야기하기 시작한다.

"오래된…… 오래된 건물은, 대단하다고 생각해. 우리가 하는 어떤 일도, 그렇게 오래 남지 않잖아."

"물질로서, 라는 의미라면 그럴까."

이게 내 좋지 않은 점이구나. 그렇게 생각하면서도, 말하는 걸 멈출 수 없었다. 상대가 이야기하고 있을 때 무심코 다른 견지의 의견을 끼워 넣는 건, 상대를 혼란 시킬 뿐 이득이 없는데.

"어, 무슨 뜻이야?"

거봐.

"아~, 미안. 아니, 건축물 이야기를 부정하는 게 아니라, 그러니까, 나는 내가 책을 좋아하니까 이렇게 생각해버리는 건데. 책이라고 할까, 기록은 남잖아."

"아, 아~."

"메소포타미아의 점토판, 이집트의 파피루스……. 점토판은 기원전 3000년보다 전이라고들 하지."

"그렇네. 듣고 보니."

뭐, 아야세 양이 역사는 잘 아니까, 지식으로서는 새삼스럽지만.

"5000년 전이라. 그래, 그렇지. 알고 있었는데, 그런 식으로는 생각해 본 적 없었네."

"뭐, 내 이야기는 제쳐두고. 확실히 오래된 건축물은, 다시 짓지 않는 한은 그대로 남아 있지. 아아, 여기에 살았던 사람이 있구나 하고 생각하면, 조금 신기한 기분이 들어."

아야세 양이 수긍했다.

"그래서, 말야. 그런 건물을 보면, 근사한 것이 과거에 확실히 있었고, 나는, 그게 시간을 멈추고 보존되어 있는 것처럼 느껴져."

나가노의 친가로 여행 갔을 때.

아야세 양이, 길가에 서 있는 오래된 건물을 발견하고는 반짝반짝하는 눈빛으로 보던 것을 기억하고 있다.

"그래서, 생각한 건데. 이치만 따지면, 사진도 마찬가지잖아?"

사진이 좋은 장면을 영원히 봉인한다는 의미라면 그럴까.

"하지만, 사진은 싫어?"

아야세 양은 고개를 끄덕였다.

"보존할 수 있다는 건, 보존되어 버린다는 뜻이기도 하잖아. 설령 그게…… 추하고, 싫은 것이라고 해도."

아야세 양의 쥐어짜낸 듯한 말에 나는 핫 하고 놀랐다.

즉, 아야세 양에게 있어서, 사진은.

"자신이 보존되는 게 싫었어. 특히…… 아사무라 군과 만나기 전의 나는 보존되고 싶지 않았어. 그때의 내가 영원히 남아서 누군가의 눈에 띌 바에는, 나는 사진 따위 필요 없어. 그렇게 생각했어."

"그럴 리가……."

없는데, 라고 말하려 했더니—.

"얼마 전에 말야, 마아야가 그랬어."

"나라사카 양이?"

"『예전 그대로도, 그건 그거대로 좋아』라고, 뭐, 여전히 부끄러운 소리를 태연하게 하는구나 싶기도 했지만. 하지만, 왠지 그 말을 듣고 어깨의 힘이 삭 빠진 느낌."

무의식중에 그 허세 부리는 자신이 올바르지 않다고, 스스로도 알고 있었던 거라고 생각해…… 라고 아야세 양은 말했다. 그래서 사진으로 남기고 싶지 않았다. 하지만 나라사카 양의 말을 듣고 나서, 조금 마음이 변화했다.

"부정, 하지 않아도 되려나 해서. 그때의 자신."

"나도 만났을 무렵의 아야세 양을 보고 멋지다고 생각했었어."

나라사카 양의 의견에 동의할 셈으로 한 말이었는데, 아야세 양은 말문이 막히더니 얼굴을 붉혔다.

“부, 부끄러운 대사, 금지.”

“평범한 감상인데.”

“마아야 같은 소리 하지 마……. 그러니까 그게…… 사진으로 남기는 것에 그렇게까지 기피감이 없어졌다고 해야 하나. 그것도 있어서, 루카 씨 인스타 같은 거 보고 있으니, 이런 것도 좋구나 하고 생각하게 됐다고 해야 하나…….”

“사진이 싫지 않게 된 거구나.”

“전보다는 말야. 앗, 그보다, 내 이야기만 하는 것도 좀 그렇고. 아사무라 군의 이야기도 들려줘.”

그렇게 말하고 대화의 주도권을 넘겨받았지만.

“내 이야기라고 해도 말이지.”

매일 만나고 있으면 딱히 새롭게 말할 것도 떠오르지 않는다. 오픈 캠퍼스에 갔을 때 이야기는 해버렸고.

“하지만, 나는 아직 어째서 그, 그러니까, 모리 교수님?의 강좌에 흥미를 가졌는지 하는, 이유는 못 들었는걸?”

“말 안 했던가?”

끄덕이는 걸 보고, 나는 애초의 계기— 소셜 데이터 사이언스 학부를 재미있겠다고 생각한 모리 교수와의 대화를 떠올리며 이야기했다.

아야세 양은 내 이야기를 쭉 듣고 나서 조용히 중얼거린다.

"이혼을 사회 현상으로 포착한다는 발상은 확실히 재미있는 것 같아. 『거대한 집단의 배후에 흐르고 있는 사회를 움직이는 규칙』이구나."

"그런 게 있다면, 이라는 거지만. 하지만, 사회가 변화해 가는 건 확실하니까."

내 말에 아야세 양이 퍼뜩 반응했다.

"변화하는 건 확실하다……라고 아사무라 군은 생각하는구나."

"그렇지. 오히려 변하지 않는 건 없다고 생각하려나."

"그리고 그건 아사무라 군에게 있어서 포지티브한 거네."

말의 의도를 파악하지 못해 나는 애매하게 수긍했다.

"그렇지. 왜냐하면, 변화하면 여태까지 없었던 새로운 것을 볼 수 있는 거니까."

"나는 변화가 무서웠어. 좋은 건 계속 남았으면 좋겠다고 생각했고, 아마 지금도 그렇게 생각해."

"그래서, 오래된 건물이 남아 있는 걸 기뻐하는 거구나."

"그렇다고, 생각해. 그런 역사적 건조물은 그 시대 사람이 느낀 아름다움이라든가, 장려함이라든가 하는 걸 구현하고 있잖아. 그게 계속 남아 있어. 만들게 한 사람도 만든 사람도 역사의 파도 속에 사라져 버렸지만, 저렇게 계속 오래오래 남아 있어."

그렇게 말하는 아야세 양은 마치 꿈속에 있는 듯한 표정을 짓고 있었다.

"행복이 영원히 계속되지 않는다는 걸 나는 알고 있어. 그렇기에 유적이나 오래된 건물 같은 건 좋은 것이 시간의 흐름과 비교해서 얼어붙어 보존되어 있는 것처럼 느껴져서 동경하게 돼."

나는 수긍했다.

"플루이드 아트도 마찬가지라는 거네."

"어?"

"그건 흘러서 변화해가는 물감의 무늬 속에 나타난 한 순간의 아름다움을 고정화하는 아트라고 생각했어."

"……정말이네. 그래서…… 끌렸던 걸까."

"뭐, 그것뿐이라고는 할 수 없지만. 그런 건가 하고, 지금 들으면서 생각했어."

"아사무라 군은 변화가 무섭지 않구나……."

나는 고개를 옆으로 저었다. 그건 조금 다르다.

"나도 무서워. 아버지랑 전 어머니도 옛날엔 사이가 좋았으니까 말야. 하지만, 행복이 영원히 계속되지 않는다면, 불행도 영원하지 않다는 게 되지."

"그건…… 이치는 그렇지만."

"책을 만나기 전의 나는 지옥이 영원히 계속되는 기분이었어. 아이에게는 일주일은커녕 하루도 길고. 아버지랑 그 사람이 귀가하고 나서 밤까지 싸우고 있으면, 그건 아이 입장에서 보면 영원이나 다름없는 거라서."

"아~. ……엄마는, 그래서 그런 걸 보여주고 싶지 않았던 걸까."

"그럴지도 모르지. 아버지는, 원래 그런 섬세함이 없는 타입이었으니까. 아키코 씨에게 감화돼서 최근에는 나아졌지만. 그래서 일부러 싸우기 위해 외출하거나 하지 않고, 툭하면 거실에서 다투곤 했지. 당시의 나에게는 독서라는 취미가 없었으니까, TV 정도밖에 도망칠 장소가 없었단 말야. TV는 거실에 있고, 당연히 아버지랑 그 사람도 있어."

즉, 귀가하고 나서 계속 나는 아버지랑 전의 어머니가 말다툼하는 장면을 보고 있어야 한다는 거다. 아니면 공부라도 하고 있든가. 하지만, 당시의 나는 딱히 공부를 잘하는 편이 아니었으니까 책상 앞에 앉아 있는 시간도 또한 고통이었다.

"그래서, 책을 만나고, 거기로 도망칠 수 있었던 건 나에게 구원이었어. 덕분에 서서히 성적도 올랐으니까 덤으로 공부도 도피처가 됐어. 그리고 나는 책을 통해서 세상이 변한다는 걸 배웠어. 좋은 일도 나쁜 일도 영원히 계속되지는 않는다고."

"그것이 아사무라 군에게는 구원이었구나."

"그렇다고, 생각해. 나는 그래서 그런 변화를 가져오는 원인이라든가 상황이라든가에 흥미가 있어."

무엇이 있으면 변화가 일어나는가?

그것을 알 수 있으면 일어날 변화에 대해서 미리 마음의 준비를 할 수 있다— 라고 생각해서 지망 학부를 고른 건 아니었지만, 결과적으로 그런 것이 심층 심리에 있었던 걸지도 모른다고 생각했다.

"나랑 아사무라 군은 처지가 비슷하다고 생각했었는데. 그래도 거기서부터 어떤 성격이 되었는지는 꽤 다른가 봐. 나는 좋은 것을 영원하게 하고 싶다고 생각하고, 아사무라 군은 좋은 것이 끝나도 또 언젠가 온다고 생각하고 있어."

"그럴지도 모르지. 그러니까, 다음 좋은 것이 오도록, 무엇이 원인으로 변화하는지를 찾으려고 하는 건지도 몰라."

꽤 어려운 이야기를 하고 있는 것처럼 보이지만, 말하자면 단순한 것이다.

아야세 양은 행복이 확실히 그곳에 있었다는 증거를 원하고, 나는 행복해질 수 있는 법칙을 찾고 있다. 그것뿐이다.

"꽤 다르다는 기분도 들어."

"뭐, 그렇지 않으면 곤란해. 사람이 제각각 다르니까 세상이 재미있는 거고. 다만, 나는 내가 이런 성격인 건 이제 어쩔 수 없다고 생각하지만, 눈앞에 자신이 있으면 싫을 거라고 생각하고 있어."

"자신이 싫다는 거야?"

"어떤 의미로는 그래. 왜냐하면, 좋은 일도 언젠가 끝난다고 삐딱하게 구는 녀석이라니, 건방지고 싫잖아? 마루는 용케도 잘 상대해주고 있구나 생각한다니까."

자조적으로 중얼거렸더니, 옆에 앉아 있는 아야세 양이 들고 있던 머그컵을 침대 곁의 로우 테이블에 툭 놓았다. 그리고 목덜미에 손을 얹어온다. 살며시 안기듯이 양팔을 두른다.

"그런 말 하지 마. 마루 군은 싫다고 생각하지 않을 테니까. 왜냐면, 나도……."

"아야세 양."

아니야, 라는 말을 듣고 나는 내가 들고 있던 머그컵을 똑같이 놓았다.

그리고 고쳐 말한다.

"사키."

"응."

천천히 팔을 그녀의 등 뒤로 돌려 끌어당긴다.

두 사람이 걸터앉은 시트에 잡힌 주름이, 허리 위치가 바뀔 때마다 미묘하게 형태를 바꾼다. 마치 플루이드 아트 같네. 생각하며 눈을 감고 입술을 겹쳤다.

서로 껴안고 있자 서서히 긴장의 끈이 풀려 갔다.

다시 한번 키스를 하고 나서 껴안는다. 계속 이대로 있고 싶다는 마음과, 이제 그것으로는 참을 수 없는 내가 있다. 조금 팔에 힘을 풀고 나는 그녀의 귓가에 입을 가까이 댄다.

“조금 더 앞으로 나아가도, 될까?”

소리로 내는 것에, 용기가 필요했다. 미움 받지 않을까, 하고 생각했다. 설령 연인 사이라 해도, 같은 타이밍에 같은 것을 원하고 있다고 장담 못하는 것이다. 그래도, 어느 한쪽이 내딛지 않는 한, 그건 영원히 알 수 없다.

“괜찮아……. 그건, 나도 그러니까.”

달콤한 목소리를 들었을 때는, 나는 내 팔에 힘이 들어가는 것을 억누르느라 필사적이었다. 껴안고 있는 아야세 양의 몸은 부드러워서, 힘을 주면 부서져 버릴 것 같아서 무섭다.

목욕을 마친 직후라 비누인지 샴푸인지의 향기가 머리카락에서 피어올라, 아까부터 좋은 냄새가 나고 있다. 문득 어디서 맡아본 것 같다고 기억을 더듬으니, 라이브 하우스에서 옆에 앉아 있던 아야세 양에게서 났던 향기라는 것이 떠올랐다. 서로의 숨결이 들려버릴 정도의 거리에 서로의 얼굴이 있어서, 우리의 목소리는 떨리고 있었다.

“만져도, 될까요.”

“돼, 요. 나도, 될까요.”

“네.”

사무적이기까지 한 대화마저, 이런 일에 전혀 익숙하지

않은 우리답다고 머리 한구석에서 생각하고 있었다.

껴안으면서 우리는, 천천히 옷 속에 손을 넣어 맨살에 닿는다.

닿은 손의 온기와, 닿은 곳의 온기. 행복하고, 기분 좋기도, 하다.

"계속 이대로 있고 싶어."

그것이 아야세 양의 바람인 것이다. 영원이.

"하지만, 아사무라 군은 그렇게 되지 않는다는 걸 알고 있어."

"미안."

"사과하지 않아도 된다니까. 왜냐하면…… 그 대신에 당신은 이렇게 생각하고 있어."

나는 그녀가 말하기 전에 입에 담는다.

"네가 그러고 싶다면 나는 언제라도 이렇게 몇 번이라도."

그녀의 부드러운 살결을 천천히 쓰다듬는다. 등에 돌린 팔이 견갑골 언저리를 기어 다니며, 달라붙는 듯한 감촉이 사랑스럽다. 끌어당긴 몸에서는 부드러운 압력을 가슴 언저리에 느끼고 있다.

그녀의 손도 내 모습을 확인하듯이 조심스레, 피부 표면을 따라서 움직인다. 따스하고, 기분 좋고, 닿은 장소에서 열이 전해져 전신으로 퍼져서 그대로 녹아버릴 것 같아서.

"아사무라 군."

이번에는 내가 「아니야」라고 속삭였다.

"유우타."

"사키."

온몸의 신경이 바늘처럼 날카롭게 곤두서서 온갖 정보를 남김없이 얻으려고 집중했기에, 그래서 깨달았다. 철컥, 하고 현관에서 자물쇠 돌아가는 소리—.

퍼뜩 놀라 우리는 움직임이 멈추었다.

"다녀왔다……."

시간을 배려해서인지 대답을 기대하지 않는 듯한 아버지의 작은 목소리가 들려와, 황급히 몸을 떼고 시계를 보니 이미 심야 0시를 넘고 있었다.

아직 그 이상은 닿지 않았다. 그저, 맨살을 맞대는 것만으로도 미지의 체험이었고, 마음은 충족되어 있었다. 아쉽다. 그런 마음이 없는 건 아니었지만, 상황이 상황인 만큼 나는 서둘러 옷을 정리하고, 문을 열고 현관으로 향했다.

사키가 방으로 돌아갈 때까지 시간을 벌어야 해.

"어, 어서 와!"

"아아, 아직 안 자고 있었니? 지금 왔다."

수고하셨습니다 하고 말하며, 저녁을 먹을지 물었다. 예상대로, 먹고 왔다는 대답이 돌아왔다.

복도 안쪽이 보이지 않게 막아서면서, 나는 아버지를 일단 손을 씻으라며 세면장으로 밀어 넣었다.

"차, 마실래?"

"그래, 부탁하고 싶네."

"알았어."

그렇게 대답하면서 살짝 내 방을 들여다보니, 이미 아야세 양의 모습은 없었다. 주름진 시트도 원래대로 깨끗하게 펴져 있었다. 두 사람 분의 머그컵만이 방에서 무슨 일이 있었는지 증거로 남아 있었다.

나는 컵을 그대로 싱크대에 가져가 아버지를 위해 물을 끓이면서 씻었다.

영원은 끝났지만.

이것이 우리 관계의 새로운 시작이기도 하다는 것을, 나는 그때 확실히 느끼고 있었다.

●10월 9일 (토요일) 아사무라 유우타

나는 탈의실에서 집사복으로 갈아입고 있었다.

남성 웨이터용 집사복은 이른바 연미복 같은 녀석으로, 안쪽에 입는 셔츠는 교복 그대로도 괜찮다고 정해졌다. 그래서 갈아입는 시간은 짧게 끝난다. 여자 쪽은 메이드복이라 우리보다 시간은 걸리겠구나 하고 문득 생각했다.

옷매무새를 가다듬고 교실로 돌아간다. 복도를 걷는 게 약간 부끄러웠지만, 자세히 보면 주위를 활보하는 학생들도 다소나마 묘한 차림을 하고 있어서 집사복 정도는 눈에 띄지 않았다. 핑크색 스틱을 들고 프릴 스커트를 입은 럭비부 부장과 스쳐 지나가기도 했고. 저건 무슨 출품물일까? 우리 학교도 꽤 프리덤하구나.

반으로 돌아오니, 접객 매뉴얼의 최종 확인 중이었다.

오늘 오전에 상주하는 건 접객 담당 15명 중 7명뿐이지만, 근무 때마다 설명하는 것도 힘들어서 전원이 모여 있다.

메이드복으로 갈아입은 아야세 양도 나와 함께 지금 반장의 강의를 듣고 있었다. 내 바로 옆에서 메이드 차림의 아야세 양이 경청하고 있는 것이다. 귀엽다. 그렇지만, 아무래도 아야세 양의 메이드복 차림을 지금 감상하고 있을 수는 없으니, 가능한 시선을 그쪽으로 돌리지 않으려 하면서 반장의 말에 집중했다.

"—이상. 우리 문화제는 매년 트러블과는 거리가 멀었지만 만약이라는 것도 있으니까 말야. 곤란하면 언제든 큰 소리 내도 돼. 안전제일, 내 몸이 우선. 선생님들도 순찰하고 있으니까 의지해도 돼! 이건 고교 행사지, 아르바이트가 아니니까 말야."

반장의 말에 묵묵히 듣고 있던 우리도 고개를 끄덕였다.

이게 현실의 접객업이라면, 말이야 어쨌든 진상 손님 상대로도 나름대로 예의를 다해 응대해야 한다. 하지만, 반장의 말처럼, 어디까지나 이 찻집은 학교 행사의 일환이며 진상 손님을 손님 대접할 필요는 없다.

끄덕이면서도 요시다가 반장에게 묻는다.

"스이세이 고교 문화제에 오는 사람들이잖아. 아무리 그래도 그렇게 묘한 손님은 없지 않나……."

"물러!"

반장이 양 주먹을 허리에 대고 떡 버티고 서서 말했다.

"무른, 거야?"

"진홍의 미스즈로 만든 잼만큼이나 물러!"

"그게 뭐야."

"아마오우도 좋아!"

"모르겠다니까."

둘 다 당도가 높은 딸기의 품종명이다.

"우리 반은 귀여운 애들이 남자도 여자도 많으니까, 무슨 마가 끼어서, 괘씸한 짓을 하는 패거리도 발생할지 모르잖아!"

"귀엽다고 해서 넙죽 손을 대는 놈이 우리 문화제에 올까?"

"축제 분위기에 휩쓸리는 놈은 있어!"

"뭐어~?"

"에이, 둘 다 진정해. 슬슬 개장 시간이야."

두 사람 사이에 끼어든 나는, 교실에 걸린 시계를 가리키며 재촉했다.

뭐, 반장도 반 친구들을 지키고 싶어서 하는 말이겠지. 요시다도 알고는 있겠지만.

"가게, 엽니다~."

료찡― 사토 양의 목소리가 백야드에 있던 우리 쪽에도 닿았다.

그나저나……. 분위기에 휩쓸려 괘씸한 짓, 인가.

아니, 다르다. 요전의 그건 다르다. 근데, 지금 왜 2주나 지난 밤의 일을 떠올려버리는 거지? 하지만 그 밤 이후로, 우리는 그런 행위에 이를 만한 분위기는 되지 않았다. 아니 수험생으로서는, 학업에 집중할 수 있었으니 나쁜 일은 아니―.

"아사무라 군."

"!"

아야세 양이 말을 걸어와서, 심장이 입 밖으로 튀어나올 만큼 깜짝 놀랐다.

“뭐, 뭐야?”

“봐. 손님이 들어오니까 대기하고 있어야지.”

“아, 아아. 미안.”

황급히 나는 아야세 양과 함께 백야드의 입구 쪽으로 이동했다.

우리에게 있어 고등학교 마지막 문화제가 시작되었다.

현수막을 쳐서 교실을 앞뒤로 구분하고, 뒤쪽 절반을 백야드로 쓰고 있다. 물론 책상이나 의자는 더 뒤쪽에 쌓아두었다.

자, 영업 개시다.

현수막 옆에 나란히 서서, 나와 아야세 양은 교실로 들어오는 손님을 바라보고 있었다.

근무에 들어온 7명 중 5명이 지금 들어온 손님의 주문을 받으러 나갔으니, 새로운 손님이 들어오면 다음은 우리 차례다.

슬쩍 곁에 있는 아야세 양을 보니, 그녀도 마침 내 쪽으로 얼굴을 돌린 참이었다.

“왜?”

“아, 아니…….”

여기서 대기하고 있는 건 우리뿐이고 달리 아무도 없다.

그래서 목소리를 낮춰 말한다.

"잘 어울려."

참고로 가게의 메이드복은 통일되어 있지 않다. 하나의 가게에서 제복이 통일되어 있지 않은 건 현실의 찻집에서는 있을 수 없는 일이라고 생각하지만, 워낙 여기저기서 긁어모아 수선했을 뿐인 메이드복과 집사복이다. 그럴듯하게 갖추는 것만으로도 벅찼다. 뭐, 고등학교 문화제니까 이 정도면 되겠지.

"고마워. 너무 나풀거리는 건 내 취향이 아니지만 말야."

스커트 자락 언저리를 조금 들어 올리며 말했다.

"아사무라 군도 멋져."

답례로 집사 차림을 칭찬받고 말았다.

그야 그렇겠지. 누가 입어도 나름대로 폼이 나는 게 이런 종류의 유니폼이라는 거니까. 그렇게 생각했지만, 그런 대답을 하면, 메이드복도 유니폼이잖아 라고 말할 것 같아서 삼갔다. 그러면 칭찬한 의미가 없어지고, 실제로 잘 어울린다고 나는 생각하니까.

"고마워."

이렇게만 대답해 뒀다.

대기소에서 찻집 공간 쪽을 들여다봤다. 아직 그렇게 손님 수는 많지 않다. 교실 절반을 구분한 공간은 중앙에 게임 테이블을 두고 주위를 취식 공간으로 해 두었다.

어느 테이블에서나 게임을 할 수 있게 해버리면 회전율이 너무 나쁘다. 그래서 게임 테이블에서 게임하는 걸 쇼처럼 보면서 식사를 할 수 있게 한 것이다.

참고로, 문화제 출품물이니까 현금 지불이 아니라 학교 입구에서 살 수 있는 티켓으로 값을 치르게 되어 있다. 티켓이 문화제에서만 쓸 수 있는 지폐 같은 거라고 생각하면 되려나.

출품물을 위해 사전에 필요한 경비는 학생 부담이고, 학생 부담분은 영수증과 교환하여 학교 측에 지불된 티켓 대금에서 어느 정도 환급 받게 되어 있었다.

이렇게 하면 학생들은 한도 안에서만 비용을 들일 수 있고, 과도한 이익을 얻는 일도 없는 셈이다.

카지노도 어디까지나 교환권으로 놀 수 있는 미니 게임이고, 손님에게 캐시백 등은 물론 없다. 그러니까 가볍게 놀 수 있을 텐데, 주위에서 보고 있다고 생각해서 그런지 역시 도전하는 인원은 많지 않았다. 그것도 계산했다. 게임 테이블이 너무 붐비면 손님이 가게에 너무 오래 머무른다.

……라고 주장해서 동선을 나누고, 혼잡해져서 손님 교체가 혼란스럽지 않게 하자고 제안한 것이 나이기도 하다. 지혜를 빌려준 건 물론 요미우리 선배다.

"사키, 아사무라 군, 부탁해."

아차. 우릴 부르네.

아야세 양은 방금 들어온 고등학생으로 보이는 커플을 테이블로 안내하고, 나는 그 뒤의 가족 동반 담당이 되었다. 초등학생 정도의 남자아이와 그 어머니, 일까.

"어서 오세―."

이런 틀렸다.

"다녀오셨습니까, 마님, 도련님."

남자아이가 신기하단 표정으로 나를 본다. 아차, 초등학생에게 아직 집사와 주인님 플레이는 너무 빨랐나?

"네, 고마워요. 봐, 형아가 안내해 준대. 배고프지?"

"응!"

어머니 쪽은 동요하지 않았다. 혹시, 경험자십니까?

자리에 앉은 것을 가늠해서, 메뉴를 건넨다. 그러나 고등학교 문화제에서 낼 수 있는 음식물은 한정되어 있었다. 불을 쓰지 않아도 되는 것뿐이다. 그래도 아이에게는 축제 노점 같은 거라 두근거리는 거겠지.

"메뉴는 이것입니다. 또, 교환권을 사용하시면, 저쪽 테이블에서 게임을 하실 수도 있어요."

간단히 설명하고 주문을 받았다. 손에 든 태블릿에 입력을 마치고(수업에서도 쓰는 학교 비품이다. 이걸로 클라우드를 경유해 조리 담당에게 주문이 전해지게 되어 있었다), 한 번 인사를 하고 나서 백야드로 물러났다. 거의 동시에 아야세 양도 돌아왔다.

“둘 다 돌아오자마자 미안한데, 이거, 날라 줘! 아사무라 군 거는 3번, 아야세 양한테 준 건 2번 테이블이야!”

“라져.”

“응.”

내가 받은 트레이에는 바나나 크레페와 종이컵에 든 콜라가 두 세트 실려 있었다. 3번이면, 문에 가까운 쪽 테이블이다.

트레이를 들고 백야드에서 나와, 3번 테이블로 향한다. 다른 학교 학생으로 보이는 여자아이 둘이 마주 보고 앉아 있었다.

“오래 기다리셨습니다, 아가씨들. 여기 바나나 크레페와 콜라 되겠습니다.”

두 사람 앞에 각각 접시를 놓고 나서 정중하게 고개를 숙였다.

“꺄악.”

“아가씨래!”

“저, 저기. 모습, 사진 찍어도 될까요? 저기, 인터넷 같은 데 올리거나 안 할 테니까요!”

그게……. 맞다, 이럴 때는 접객 매뉴얼 6번이었지.

“죄송합니다. 저희 가게에서는 종업원의 사진 촬영을 거절하고 있습니다.”

“그래요……. 아쉽네. 저기, 감사합니다.”

"아닙니다. 편안히 드십시오."

인사하고 나서 테이블을 떠났지만, 그러면서 깜짝 놀랐다. 집사 차림이란 거, 그렇게 희한한가? 희한하겠지. 그러니까, 희귀 동물을 본 느낌인 건가?

식은땀을 닦으며, 대기소에서 다음 차례를 기다렸다.

아야세 양도 돌아와서, 다시 둘이서 입구 근처를 엿보며 대기했다.

"이야~, 둘 다 접객 잘하네에."

대기소에 온 반장이 그런 말을 했다.

"그런, 걸까?"

"접객반을 짤 때 알바 경험 있는 걸 우선하긴 했지만, 둘은 그중에서도 잘해, 자 봐."

말하면서, 대기소에서 살짝 가게 안을 가리켰다.

요시다가 OL로 보이는 정장 미녀 누님에게 헌팅 당할 뻔하고 있었다.

"어쩔 수가 없네, 정말."

반장이 요시다를 구출하러 나섰다. 반장도 어째선가 메이드복을 입었고 팔에 『메이드장』 완장을 차고 있다. 언더림의 안경을 번뜩이며, 땡땡이치고 있는 웨이터(라는 설정으로 한 거겠지)의 귀를 잡아당겨 데리고 돌아왔다.

가게 안에서 보이지 않게 되자, 곧바로 요시다를 향해 잔소리를 한다.

"요시다~. 그러니까, 좀 더 잘 대처하라고."
"말이야 쉽지만 말야."
"말했지, 마키치한테 이른다고. 어딜, 연상한테 헤벌쭉거리고 있어. 아앙?"
"으엑. 무서워라."
메이드장인 반장이 언더림 안경 끝을 쓱 치켜 올리며 말하니 너무 잘 어울린다. 요시다가 쫄 만도 하네. 나이 이상의 위엄과 품격을 느껴버린다.
"아, 왔다."
아야세 양의 목소리에 뒤돌아봤다.
대기소에서 입구를 보니, 마침 요미우리 선배와 코조노 양이 들어오는 참이었다.
"반장. 저 사람들 내 지인이라서, 내가 나가도 돼?"
"응~?"
요시다의 머리를 접객 매뉴얼로 꾹꾹 누르고 있던 반장이 돌아보았다. 험악했던 눈매가 부드러워져 활 모양으로 휘어진다.
"물론. 다녀오렴~."
"고마워."
대기소에서 나간 아야세 양이 요미우리 선배와 코조노 양을 맞이하러 갔다.

"그럼, 돌리겠습니다."

어째서 이렇게 된 걸까? 내심 머리를 감싸 쥐며 나는 중앙 테이블의 옆에 서서 셔플을 끝낸 카드를 참가자에게 나누어 주었다.

우리 반의 출품물『메이드 & 집사 카페 카지노』는, 이름 그대로 찻집뿐만 아니라 카지노도 열고 있다.

말은 카지노지만 즐길 수 있는 게임은 한정되어 있어서, 포커밖에 즐길 수 없다. 포커의 족보라면 많은 사람이 얼추 알고 있으니까. 물론 모르는 사람을 위해 족보를 적은 설명서도 준비해 두었다.

게임의 진행은 접객반에서 비어 있는 학생이 담당하기로 되어 있었다.

그런데 가게를 열어 보니 생각지도 못한 사태가 되었다. 준비는 했지만 카지노에서 노는 손님이 생각보다 적었던 것이다. 역시 중앙에 한 테이블밖에 없으면 사양하게 되고, 주목을 받을 것 같아 피해버리는 경향이 있는 모양이다. 너무 붐벼도 곤란하니까 게임 테이블을 하나로 좁힌 것이 역효과가 난 꼴이었다.

"흐으음. 사양하지 않는 손님이 필요하네에."

반장이 그렇게 말해서, 「누군가 지인에게 바람잡이를 부탁하면 어떻습니까?」라고 제안했다.

실제로 즐겁게 놀고 있는 모습을 보여주면, 참가하고 싶다고 생각하는 사람도 늘어날 거라고 생각한 건데.

반장이 손가락을 멋진 소리를 내며 튕기고 나서「그 아이디어, 접수」라고 하더니.

"좋아. 아사무라, 부탁한다."

"어?"

입은 재앙의 근원이라지.

무슨 말을 들었는지 파악하기도 전에, 반장이 잽싸게 가게 안으로 들어가더니 하필이면 아야세 양이 접객하고 있는 테이블로 다가갔다. 즉, 요미우리 선배와 코조노 양이 앉아 있는 테이블이다.

그리고 교묘한 말로 꼬드겨 카지노 참가를 재촉했다.

그리하여 진행자로 내가 불려 가고, 아야세 양까지 인원수 맞추기로 포커 참가를 명 받고 말았다.

"그나저나 그 차림, 잘 어울리네, 우리 후배."

"사진, 안 되는 거죠……. 그쵸. 나, 나중에 뒤에서 몰래라든가 안 될까요, 유우타 선배!"

"왜 내가…… 이런 걸."

셋이 각자의 반응을 하고 있는 멤버들을 곁눈질로 살피며 요미우리 선배부터 순서대로 카드를 돌린다.

포커의 룰은「텍사스 홀덤」.

카지노에서 즐기는 룰이라고 하는데, 익숙해질 때까지 좀 헷갈린다. 간단히 설명하면, 이런 느낌이다.

우선, 플레이어 전원에게 2장씩 카드를 돌린다.

자신이 받은 이 2장은 자신만 볼 수 있다(타인에게는 보여주지 않는다).

이 손패 2장과 중앙에 늘어놓는 5장의 앞면 카드를 조합해서 족보를 만드는 것이 「텍사스 홀덤」이라는 놀이 방식이었다.

그 게임에 이길 수 있다고 생각하면 판돈(게임용 칩)을 내고 참가한다. 질 것 같다고 생각하면 게임에서 폴드한다(폴드할 때까지 걸었던 칩은 딜러가 회수한다).

기본은 그것뿐이지만, 중앙에 나오는 카드가 처음에는 3장. 거기서부터 1장씩 늘어나 5장이 된다. 그때마다 게임에 낄지 폴드할지 판단을 해야 하니까 수 싸움이 발생하고, 그게 재미로 이어진다.

"우선은 배부된 2장만 보고 게임에 참가할지 어떨지를 정합니다. 손패가 나쁘면 이번 게임에 참가하지 않고 폴드해도 OK입니다. 다만, 딜러 버튼을 가지고 있는 사람의 옆과, 그 옆 사람은 이미 강제적으로 칩을 지불하게 되어 있으므로, 그 칩은 설령 폴드해도 회수되어 버리니 주의하세요."

세 명 다 룰은 알고 있다고 했지만, 나는 가볍게 설명을 덧붙이며 게임 진행을 주관한다. 왜 설명을 생략하지 않느냐 하면, 물론 이 게임이 주위 손님들에 대한 시범 경기이기도 하기 때문이었다.

“그럼, 시작합시다.”

배부된 손패를 다 확인한 3명은 전원이 자신만만한 얼굴이라 상당한 포커페이스다. 그리고 시작하자마자 알게 된 것이지만 모두 어쩐지 강하다.

아야세 양은 그다지 도박을 좋아하는 타입으로는 안 보이는데, 레이즈와 폴드의 판단이 정확해서 크게 이기지는 못해도 크게 지지도 않는다. 코조노 양은 오로지 블러핑에 의지하며 늘 승부욕이 넘쳤다. 요미우리 선배는 묘하게 운이 좋다— 그런 것처럼 보였다. 어쩌면, 운이 아니라 계산의 결과일지도 모르겠지만. 「강하다」라고 보이는 것보다 「운이 좋다」라고 보이는 것을 선호하는 것처럼 보였다.

딜러 버튼이 한 바퀴 돌고, 마지막 게임이 되었다.

아야세 양은 일찌감치 폴드해 버려서, 요미우리 선배와 코조노 양의 일대일 승부가 되었다. 쌓인 칩은 2000. 이것을 따는 쪽이 승리라고 봐도 되겠지.

“그럼, 5장째를 오픈합니다.”

깔린 카드의 5장째는 하트 에이스였다. A는, 숫자를 따지면 최상위 카드다. 같은 족보라면 A가 있는 족보 쪽이 강하다. 만약 자신의 족보를 이걸로 만들 수 있다면 승률이 올라갈 것이다. 자— 어떻게 할까?

“레이즈(판돈 올리기)합니다.”

코조노 양이 칩을 올렸다. 제법 세게 나오네. 물론 블러핑일지도 모르지만, 어쩌면 마지막에 나온 A로 좋은 족보가 만들어졌을 가능성이 있다.

요미우리 선배는 게임을 계속하려면, 최소한 같은 액수까지 따라가야 하는 상황이다.

콜이라면 같은 액수, 레이즈라면 최소한이라도 두 배는 필요하게 된다.

"레이즈."

담담하게 요미우리 선배는 판돈을 올렸다.

"으그극."

"어떻게 할래?"

폴드하면 당연히 요미우리 선배의 승리가 확정된다.

"이건 그거예요. 허세입니다. 틀림없어요."

"호오. 그 근거는?"

요미우리 선배가 씨익 미소를 지었다.

"왜냐하면, 방금 전까지 조금씩밖에 안 올렸잖아요. 그렇다면 그때까지 대단한 패가 아니었단 뜻이죠~."

"오, 기억하고 있었어? 기특해라."

"확실히 하트 A가 나왔으니까 더 좋은 족보가 만들어졌다, 그런 가능성도 없지는 않지만……. 그건 역시 생각하기 힘들죠. 그렇게까지 운이 좋을 리가……."

"그러면, 아가씨. 어떻게 하시겠습니까?"

잊고 있었던 집사 플레이를 티만 내서 재현하며 나는 진행을 재촉했다.

"콜!"

"그럼, 쇼다운."

각자의 패를 순서대로 오픈했다. 먼저 오픈한 요미우리 선배의 패를 보고, 코조노 양이 턱이 빠질 정도로 입을 벌리며 망연해졌다.

"A가 2장……. 그럼, 깔려 있는 A를 더하면."

"쓰리 카드네. 코조노 양은?"

"킹과 퀸 투 페어, 요……."

어허. 역시 강하게 나갈 만도 했다. 제법 좋은 족보였어. 하지만 역시 투 페어로는 쓰리 카드를 이길 수 없다.

"승자, 요미우리 선배!"

주변 손님들에게서도 환성이 터져 나왔다.

"으으~, 요미우리 선배, 운이 너무 좋잖아요~."

"뭐, 우리 후배를 내 편으로 만들었으니까."

그런 말을 요미우리 선배가 코조노 양에게 귓속말로 살짝 속삭였다.

확 하고 코조노 양이 나에게 시선을 돌렸다.

"에엑!! 진짜예요, 유우타 선배!"

"아냐. 믿지 마."

결과는, 쌓인 칩을 휩쓴 요미우리 선배의 승리. 2위는 칩을 줄이지 않고 냉정하게 폴드해서 확보한 아야세 양. 마지막 승부에 진 코조노 양이 3위가 되었다.

관객석에서 다시 박수가 터져 나왔다.

"뭐, 운도 실력이니까."

요미우리 선배가 그렇게 말하고 깔깔 웃었다.

A 쓰리 카드를 치켜든 포즈로 스마트폰을 꺼내 셀카를 찍으려고 하자 반장이 다가왔다.

"찍어 드릴게요. 자, 손님끼리 좀 더 붙어주세요."

요미우리 선배가 코조노 양의 팔을 쭈욱 당겼다.

스마트폰을 받은 반장이, 승리의 카드를 든 요미우리 선배와 뾰로통한 표정을 한 코조노 양을 찍었다.

반장은 스마트폰을 돌려주며 요미우리 선배를 향해 박수를 치고, 그러고 나서 가게 안의 손님을 향해 외친다.

"자, 다음 도전자 분 안 계십니까? 지금이라면 테이블이 비어 있어요!"

흥미진진하게 지켜보던 가게 안 그룹에서 조심스레 손이 올라왔다. 반장이 재빠르게 다가가 카지노 참가를 위한 정리권을 나눠준다. 그 정리권이 있으면 적힌 시간에 오면 놀 수 있게 되어 있다. 대기를 위해 가게 안에 오래 머무르지 않게 하기 위한 궁리였다. 역시 반장은 이런 부분에서 솜씨가 좋다.

"자, 카드. 재밌었어, 우리 후배."

들고 있던 하트 A를 포함한 3장을 나에게 돌려주며 요미우리 선배가 미소 지었다.

"감사합니다. 역시 대단하네요."

"운이 좋은 거야, 나는."

"그렇……네요."

"응? 뭔가 문제 있어? 말해 두지만, 속임수는 안 썼어~."

"그거야 뭐 의심 안 하지만요."

요미우리 선배와 코조노 양을 출구까지 배웅하면서 살짝 신경 쓰였던 것을 묻는다.

"뭔데에~?"

"마지막 게임. 처음 손패 2장이 A였던 거죠."

"암요. 그렇지."

"원 페어라고는 해도, 원 페어로서는 최강이잖아요. 그런데도, 도중에 그렇게 요란하게 레이즈 안 한 건 일부러 그런 건가요?"

그렇게 묻자, 요미우리 선배가 한순간 눈을 크게 떴다.

"아~. 응 뭐, 그래. 그야, 마지막 게임이잖아. 그대로라면 사키 양의 칩을 앞지를 수 없어서 말야. 하지만, 그녀는 신중파니까 큰 승부에는 따라오지 않잖아."

거기서 힐끔 코조노 양 쪽을 보았다.

"이길 셈이라면, 에리나 양이 따라오게 만들어야 했거든."

"으에? 아…… 그럼 제가 폴드 안 하고 콜 하게 만들기 위해서 자기 패가 약한 것처럼 보이게 했다는 뜻인가요…….”

“뭐, 그렇지. 미안해~.”

양손을 모아 비는 포즈를 취했다.

“다, 당했다…….”

“아하하. 하지만 마지막에 A가 안 왔으면 졌을 테니까 말야. 그전까진 원 페어였으니까. 뭐 적은 기회를 내 것으로 만드는 센스가 있는 거야, 나는.”

명랑하게 웃으며 말하는 요미우리 선배.

그 뒤에 툭 중얼거리는 듯 말을 덧붙인다.

“—그러면서, 가장 중요한 기회는 아주 화려하게 놓치는 인간이기도 하지만 말야.”

애달픈 듯한, 진지한 분위기를 느꼈지만, 그건 아주 한 순간일 뿐 바로 사라졌다.

“우우. 분해…….”

“에리나 양한테는, 이 뒤에 뭔가 사줄 테니까, 용서해 줘.”

“뭐, 승부는 승부예요. 이번에는 깔끔하게 지겠어요. 얻어먹긴 하겠지만요.”

나는 쓴웃음을 지으며, 꺄아꺄아 떠들면서 복도를 떠나가는 두 사람을 배웅했다.

뭐, 역시 운에만 기대는 게 아니구나, 저 사람…….

그 후에도 서빙을 하고, 가끔 게임 테이블 진행을 하는 사이에 눈 깜짝할 새 점심 가까이가 되어 버렸다.

슬슬 휴식을 차례대로 취할 시간, 이라는 타이밍에 멜리사가 얼굴을 보였다. 곁에는 아키히로 루카 씨도 있다. 정말 사이가 좋구나, 이 두 사람. 주문을 받으러 아야세 양이 테이블로. 나는 그 모습을 대기소에서 보고 있었다.

"어서 오세요."

메이드복 차림의 아야세 양이 미소를 지으며 인사를 하자, 멜리사가「와오~」하고 입을 동그랗게 벌렸다.

"귀여워, 사키!"

"감사합니다."

주문을 받고, 일단 백야드로 돌아온 아야세 양이 긴장한 표정을 풀며 말한다.

"하~. 조금 쑥스럽네."

뭐, 코스프레 차림을 보여주기에는 미묘한 거리감의 지인이니까 말이지.

두 사람의 주문은 심플하게 커피였고, 서빙은 내가 담당했다.

복도 쪽에 앉은 루카 씨가 바쁘게 오가는 학생들을 바라보고 있었다.

호객 경쟁이 과열되어, 어느 반이나 자신들의 출품물을 봐달라고 필사적이었다.

"좋네, 풋풋함과 뜨거움. 우리들이 잊어버린 것이, 여기에는 충만해 있어."

"뜨거움이란 건 패션을 말하는 거지. 그럼, 지금도 있잖아?"

"너는 말야……."

"루카 할머니, 너무 시들었어."

"이보세요. 누가 할머니야, 누가. 난, 나이에 맞는 셈인데 말이지. 어~째서 그 나이까지 불덩어리 걸을 하고 있을까, 얘는……."

그런 말을 하면서 커피를 둘 다 블랙으로 마시고 있었다. 응 뭐, 제가 보기엔 두 분 다 충분히 어른이라고 생각합니다만.

넌지시 관찰하고 있자니, 아무래도 루카 씨 쪽은 멜리사만큼 자유분방하게 살고 있는 건 아니라고 느꼈다. 루카 씨는 일로 활약하는 무대가 일본이니까, 나름대로 일본 사회의 관습에 적응해야만 하는 거겠지.

"아가씨들. 게임은 어찌하시겠습니까?"

서빙을 마치고 추가 주문이 없는 것을 확인하고 나서 나는 일단 물어보았다.

마침 지금 막 중앙의 게임 테이블이 빈 참이다.

"놀아도 돼?"

"지금이라면 대기 시간 제로입니다."

"나, 놀고 갈래! 루카도 하자!"

"으응? 게임이라니 뭐 하는데?"

"『텍사스 홀덤』입니다. 알고 계십니까?"

물론, 이라며 멜리사가 끄덕였다. 그러고 보니 싱가포르엔 카지노가 있었지.

루카 씨는 잘 모르는 모양이지만, 포커 족보는 기억하고 있다고 한다.

진행은 요시다에게 맡기고, 그밖에 친구끼리 온 다른 학교 고등학생 네 명을 섞어 총 여섯 명이서 승부하게 되었다.

『텍사스 홀덤』은 2명 이상 10명까지 하는 것이 일반적이라고 하는데, 게임 테이블은 그렇게까지 넓게 잡을 수 없었기에 6명은 한도를 꽉 채운 것이다. 나랑 아야세 양은 가게 안 접객을 하면서, 반장의 허가를 받고 두 사람을 챙길 수 있었다.

게임의 승패는 루카 씨가 1위, 멜리사가 6위로 끝났다.

싱가포르 카지노에서 실전 경험이 있다고 우긴 멜리사였지만, 큰 도박에 나섰다가 자폭을 거듭해 지기만 했다. 칩이 제로가 되어 종료. 루카 씨가 기막혀 했다. 뭐, 역시 자기 패가 나빠도 자기 앞에 레이즈 한 녀석이 있으면 반드시 맞서서 레이즈 한다, 같은 방식으로는 이길 수 있는 승부도 못 이긴다. 어쩌면 판을 달아오르게 하려는 엔터테인먼트 정신이 빚어낸 광경이었을지도 모르지만.

루카 씨 쪽이 판의 흐름을 읽고, 냉정하게 칩을 관리한

덕분에 승리했다.

그래도 충분히 즐긴 것 같아서, 멜리사는 떠날 때 몇 번이나 아야세 양에게 즐거웠다는 말을 반복하고 있었다.

복도를 떠나가는 두 사람을 배웅하고 있는데, 등 뒤에서 낯익은 목소리가 들린다.

돌아보지 않아도 안다. 아버지와 아키코 씨다.

"실례해도 될까?"

아키코 씨의 말에 나는 입구 접수 담당인 —선이 가늘고 체구가 작은 남자애— 코다마에게 물었다. 코다마는 상냥한 미소를 띤 채, 들고 있던 관리용 태블릿을 체크해 주고는「응. 지금이라면 테이블 비어 있어」라고 대답했다.

"빈 것 같아. 들어오세요. 그게…… 어서 오십시오."

내 말을 뒤에서 듣고 있던 코다마가「가족이라고 쑥스러워하면 안 돼~」라며 시치미 뚝 떼고 태클을 걸어왔다. 으윽. 아니, 하지만. 아버지 상대라면 그나마 농담으로 넘길 수 있지만, 아키코 씨는 본업이…… 에잇, 어쩔 수 없나.

"다, 다녀오셨습니까, 주인님, 마님."

"헤에. 그런 설정이구나."

순응 빠르네, 아버지.

"재미있어."

잊어주세요.

나는 두 사람을 비어 있는 창가 자리로 안내했다. 그러자 대기소에서 보고 있었던 거겠지, 아야세 양이 메뉴를 안고 재빨리 다가왔다.

테이블 옆에 서서, 안고 있던 메뉴(프린트한 종이를 플라스틱 홀더에 끼운 물건이다)를 내밀며 새침한 얼굴로 말한다.

"다녀오셨습니까, 주인님, 마님. 오늘은, 이것이 셰프가 준비할 수 있는 코스입니다."

훌륭하게 표정을 지우고 새침한 얼굴로 서 있다. 대단해. 나는 자리를 뜰 타이밍을 잡지 못하고 그 대화를 곁에서 등을 펴고 묵묵히 듣고 있었다.

아키코 씨가 아야세 양의 메이드 차림 위아래로 시선을 왕복시켰다. 그리고 내 쪽으로 얼굴을 돌리더니, 똑같이 관찰하고— 그렇게까지 관찰하니, 등에 묘한 땀이 배어 나온다.

"두 사람 다……."

뭔가 응대를 잘못했나.

"훌륭하게 해내잖아. 우리 가게에 오면 좋겠는데~."

"그건 과찬이야."

아야세 양이 그만 태클을 걸고 말았다. 아야세 양은 아키코 씨가 프로 바텐더라는 것을 자랑스럽게 생각하고 있다. 요식업 접객 일은 아무나 할 수 있는 게 아니라고 믿고 있어서, 자신에게 어머니 같은 일이 가능할 거라고는 생각하지 않는 모양이다.

아버지와 아키코 씨도 커피를 주문했다.

다만, 아버지는 우유를 듬뿍 넣었다.

"최근, 위가 좀 안 좋아서 말이지……."

수고가 많으십니다…….

"그러고 보니 타이치 씨. 유우타는 양복 가지고 있어요?"

내 쪽을 보며 아키코 씨가 그런 말을 했다. 연미복을 보고 연상한 걸까.

"아아, 포멀한 옷 말이야? 으음. 어땠지?"

내 쪽을 보고 말하지 마시죠. 나는 지금 집사다. 어쩔 수 없이 나는 고개를 가로저었다. 관혼상제는 교복이 있으니까 그걸로 때우고 있었지.

"없는…… 모양이네."

"사두는 편이 좋지 않아요?"

"그렇네에."

"어, 왜요?"

무심코 물어보고 말았다.

"대학 입학식 때 입어야지?"

아~, 그렇구나. 역시 고등학교 교복을 입고 갈 수는 없나. 어찌됐든, 합격하고 나서의 일이니까, 입학식 따위는 의도적으로 생각하지 않으려 하고 있었는데.

"다음에, 사러 가자. 아니면 사키랑 갈래?"

"그 부분은 돌아가서 다시 이야기하자. 너무 오래 있어도 민폐니까."

아키코 씨도 고개를 끄덕이고 두 사람은 사이좋게 돌아갔다.

두 사람을 배웅하고 암막으로 구분된 백야드로 돌아가자, 생각대로 아야세 양이 반장과 사토 양에게 둘러싸여 있었다.

"있지, 있지, 있지. 방금 그 분들이 요전번에 말했던, 사킷쵸의 엄마랑 새 아빠?"

반장은, 정말로 아야세 양 이름 부를 때 매번 호칭이 바뀌네.

"엄청엄청 미인이셨어요."

라고 말하는, 이건 사토 양.

대단한 기세로 달려들어 조금 곤란한 표정을 짓고 있던 아야세 양이, 돌아온 나를 눈치채고 고개를 들었다. 나는 고개를 끄덕여 답했다. 아야세 양이 조금 안도한 표정이 됐다.

"응……. 그래."

"와아!"

사토 양이 부러운 표정이 됐다.

"좋겠다. 저렇게 예쁜 사람이 엄마구나."

"평범하다고 생각하는데."

"그건 즉 아야세 가문의 피에서는 평범하다는 거구나.

그럼, 그 어머니도, 고등학교 때는 사킷페 같았을까?"

반장이 묘한 말을 꺼내서, 아야세 양이 허를 찔려 「흐엑?」하고 이상한 소리를 입 밖에 내고 있었다.

"나 같다니?"

"그러니까아, 어머님 고등학교 시절은 사키 같았어?"

"……들은 적 없어."

"하지만, 분명 그랬을 거예요. 엄청 예쁘셨을 거라고 생각해요."

"으음~."

얼굴을 찌푸리고 열심히 상상하고 있는 것 같지만, 역시 아야세 양도 어머니의 고등학교 시절 모습을 그려보는 건 어려운 모양이다. 뭐, 가족의 과거란 그런 법이다. 그러고 보니, 아야세 양의 음악 취향은 어머니에게 영향을 받았다고 했었지. 90년대 J-POP이었던가. 그 시대의 여고생이라.

"지금부터 20년 조금 전이지. 사키네 어머니의 여고생 시절은."

고개를 갸웃거리며 내 쪽을 봐도 곤란하다. 나는 그런 90년대의 풍속사까진 모른다. 내가 아는 거라고 하면…….

"분명, 루즈 삭스가 유행했던 시기가 그쯤이라고 책에서 읽은 것 같은데."

무심코 말했더니, 세 명 다 천장 언저리를 바라보며 뭔가 생각에 잠겼다.

"루즈 삭스에 미니스커트로 그 용모…… 으음. 천연 미소녀의 기색이……."

"사키 양, 집에 앨범 같은 거, 없나요?"

"그, 글쎄. 어떨까. 아, 아하하하."

드물게 아야세 양이 이마에 땀을 흘릴 듯이 당황하고 있었다. 섣불리 앨범이 있다고 했다간, 보여달라는 말을 들을 것 같다.

뭐 어쨌든, 아무래도 아야세 양은 사전에 두 사람에게 우리가 의붓남매라는 것을 털어놓을 수는 있었던 모양이다. 그걸로 딱히 뭔가 앙금이 생긴 것 같지도 않다. 그건 다행이다. 나는 내 일은 아니지만 기뻤다.

참고로 나도 요시다에게는 말해뒀지만 「그~래?」라고만 대답했다. 그뿐이었기에, 오히려 맥이 빠졌다. 어쩌면, 우리는 친구 복이 있는 건지도 모르겠네. 하지만, 다른 반 친구들도 똑같다고는 할 수 없다. 아버지와 아키코 씨의 꽁냥꽁냥은 생각한 대로 엄청 주목 받고 있었다. 그러니까, 이렇게 반장도 사토 양도 달아오른 거고.

과도하게 숨기는 건 이제 그만두기로 정했지만, 나와 아야세 양의 관계가 뭔가 파문을 일으키게 된다면 문화제가 끝나고 나서겠지.

반장이 아야세 양을 향해 말한다.

"역시, 그래서 사키퐁이랑 아사무라는 사이가 좋아진 거구나. 왠지, 초봄에는 묘하게 어색한 느낌이고, 눈도 안 마주쳐서 혹시 그건가 했었어."

반장의 말에, 아야세 양이 「혹시 그거?」 하고 고개를 갸웃했다.

"사춘기에 으레 있는. 그거 말야, 고백했는데 차여서 서먹해졌다든가, 그런 연애적인 무언가가 있었나 해서."

"윽! 아, 아니—."

"뭐, 한창때인 남녀가 갑자기 남매가 되면, 그야, 삐걱거릴 수도 있나~."

확실히 맞는 말이긴 한데.

아마 반장이 생각하는 전개와는 딴판일 거다. 애초에 오빠와 여동생이 된 건 초봄이 아니고. 아, 그렇구나. 작년까지 나랑 아야세 양은 학교에서는 거의 안 만났으니까, 그렇게 생각하는 건가.

"저, 저도 그, 팔라완 비치에서 만나기로 한 게 아사무라 군이라고 생각해서."

사토 양이 기어들어가는 목소리로 그런 말을, 잠깐 그걸 어떻게?

"그래서, 그 뒤에 혹시, 헤, 헤어…… 하지만, 마아야 양이 아무것도 안 가르쳐 주고."

"어, 뭐야? 그 얘기, 자세히 좀!"

아니 그것도 내가 맞긴 한데.

"그러니까 말이죠……."

"응. 응."

"스톱!"

아야세 양이 두 사람의 입에 손을 대고 막았다. 그러고 나서 좌우를 두리번두리번.

다행히 카지노가 한창 달아오른 중이라, 백야드 구석에서 떠들고 있는 우리는 방치되고 있었지만.

"읍~읍~."

"으우부붑!"

반장과 사토 양이 눈을 깜박거리고 있다.

"정말, 왜 본인 눈앞에서 본인을 무시하고 달아오르는 거야."

"푸하. 뭐야, 사키. 지금부터 좋은 부분인데."

"안 좋아. 다음에, 다음에 천천히 이야기할 테니까, 그 이야기 지금은 끝! 자, 가게 바쁘니까."

"칫. 이럴 때만 정론 마녀 같으니."

"이럴 때니까 그러지."

반장이 하아 숨을 내쉬고 나서, 안경을 척 올려 썼다.

"뭐, 지금은 문화제에 집중할까. 앞으로 1시간도 안 남았고. 힘내자~."

오~, 라고 말하며 사토 양이 소심하게 팔을 위로 뻗어 반장의 격려에 답해 주었다.

그 옆에서 아야세 양이 아이쿠야 하며 가슴을 쓸어 내렸다.

문화제 첫날이 끝나가고 있었다.

복도에 내놓았던 간판을 교실 안으로 들여놓는다. 학교에 설치된 스피커가 치지직 소리를 내고 나서 첫날의 종료를 알리고 있었다. 복도에는 이제 외부 사람은 다니지 않는다. 지나가는 다른 반 학생들이, 우리 가게 안을 들여다보고는 흥미롭다는 표정을 하고 지나갔다. 저 중에 내일 와 줄 사람이 있을지도 모르겠네.

복도에서 보내는 시선을 차단하듯이 문을 닫으려던 참에 누가 「아사무라」 하고 말을 걸었다.

"마루구나. ……그리고 나라사카 양."

둘이 함께 찾아왔다. 이 둘이 함께라니 드문— 일도 아닌가? 그러고 보니 같은 반이 됐지.

"겨우 이쪽도 일단락돼서 말이다."

"아~, 미안. 지금, 막 끝난 참이라."

"상관없다. 인사하러 온 것뿐이야."

"마자마자. 있지, 사키는 있어?"

나는 뒤돌아 가게 안을 둘러보았다. 마침 백야드에서 얼굴을 내민 아야세 양과 눈이 마주쳤다. 손짓을 한다. 그러면서 몸을 틀어 복도 쪽으로 시선이 통하도록 몸을 비키자, 아야세 양에게도 나라사카 양 일행이 보인 모양이다.

종종걸음으로 다가왔다.

"마아야! 미안, 벌써 닫아버려서."

"에이 됐어. 나는 사키의 그 모습을 보러 온 것뿐이니까."

말하면서, 나라사카 양은 집사 차림의 나와 메이드복의 아야세 양을 번갈아 보았다. 턱에 손을 대고 무언가 납득하고 있었다.

"무슨 얘기를 이런 데 서서 하고 있으셔~. 오우, 나라사카 미소녀잖아."

"아, 반장. 오랜만~."

어째서 반장은, 다른 반 학생에게까지 『반장』이라고 불리는 걸까.

그리고 미소녀라고 불려도 동요하지 않는 나라사카 양. 강하다.

반장이, 입구에서 이야기하고 있으면 정리하는 사람이 곤란하니까 교실 안에서 이야기해도 된다고 해준다.

마루와 나라사카 양을 아야세 양과 함께 백야드로 대피시킨다.

나는 「오늘은 종료했습니다」라는 팻말을 문 바깥쪽에 붙인다. 나와 아야세 양은 접객반이라서, 오늘의 담당 업무는 이걸로 끝이다. 반장이 접객 MVP라며 뒷정리도 면제해줬다. 그래서 나도 마루에게 인사나 해둘까 하고 장막 너머로 가보았는데.

"여어, 아사무라. 수고했다."

"마루는 오늘 어땠어?"

"음. 나는 하루 종일 반에 있었다. 기획한 입장 상, 게임이 잘 진행될지 신경이 쓰여서 말이다."

마루네 반은 마루가 기획했다는 탈출 게임이었지. 그렇다면 하루 종일 붙어 있었다는 건가.

그런 생각을 하고 있는데, 나라사카 양이 스마트폰을 꺼내 쭈뼛쭈뼛하는 느낌으로 아야세 양을 돌아보았다.

"저기 말야. 그게…… 싫어하는 거 알지만, 사진, 찍으면 안 돼?"

한순간, 아야세 양이 얼굴을 찌푸렸지만.

퍼뜩 고개를 들더니, 「괜찮아」라고 말했다.

"그렇지, 역시 안 되나……. 어, 괜찮아?!"

"그래. 뭐."

나라사카 양이 스마트폰을 치켜들고 만세 했다.

"해냈다! 저기, 아사무라 군, 사키랑 나란히 서! 나란히 서!"

"어, 나도?"

"사키가 사진 촬영 OK를 해주다니 추석이랑 설날이 한꺼번에 온 것만큼 드문 일이야. 이 천재일우의 기회를 놓치면, 다음은 76년 뒤일지도 모른단 말야."

핼리 혜성급의 드문 일이 되어 있었다.

"하지만, 아야세 양, 괜찮아?"

아야세 양이 고개를 끄덕였다.

"이제 사진, 괜찮아. 오히려 지금은 남겨두고 싶어."

그런 거라면 조금 부끄럽지만 나도 협력할까? 나라사카 양도 싱글벙글하며 기뻐 보인다. 뭐, 고등학교 시절의 추억 사진이 한 장도 없는 것도 쓸쓸할지도 모르니까 말야. 그래도 아야세 양이 싫다고 했으니까 참았던 거겠고.

찰칵, 하고 셔터를 눌렀다. 아니, 지금은 스마트폰이니까 기계적인 셔터 소리는 스마트폰이 의사적으로 내는 소리지만.

—그렇지.

"나라사카 양이랑 아야세 양도 나란히 서 주면 내가 찍을 텐데?"

그렇게 제안해 봤다.

"괜찮아? 찍고 싶어! 찍어 줘! 부탁해!"

스마트폰을 건네받았다.

"그래 그래. 그럼, 그쪽에 서."

"자, 토모 군도!"

"나, 나는 딱히 괜찮다. 너랑 아야세가—."

"쑥스러워하긴. 아니면, 토모 군은 나랑 찍은 사진 남는 게 싫어~?"

"그런 건 아니다만……."

나라사카 양의 올려다보기, 파괴력 높군. 나라사카 양이 쭈욱 팔을 당겨, 오른팔에 아야세 양을, 왼팔에 마루를 끌어안은 상태로 「찍어 줘~」라고 말했다.

"그럼, 찍—."

찍는다, 라고 말하려던 참에 휙 스마트폰을 빼앗겼다.

"뭐 하는 거야. 너도 저쪽이잖아."

요시다다. 훌훌 손으로 쫓아내, 나는 아야세 양 옆에 서게 됐다. 어, 나도 찍히는 거야? 분명히 방해될 거라고 생각했는데, 아야세 양이 아무 말도 안 해서 어쩔 수 없이 나는 그녀 옆에 섰다. 집사복 차림으로.

문득, 언젠가 아야세 양이 했던 말이 마음에 스쳤다.

『근사한 것이 과거에 확실히 있었고, 나는, 그게 시간을 멈추고 보존되어 있는 것처럼 느껴져.』

오래된 건물을 좋아한다는 아야세 양.

『사진도 마찬가지잖아?』

아아, 그렇구나.

영원은 어디에도 없지만.

그래도, 확실히 그게 거기에 있었다는 진실이 사라지는 건 아니다.

스마트폰이 내는 셔터 소리를 들으며, 고등학교 마지막 문화제를 이 네 명이서 맞이할 수 있었던 것을 죽을 때까지 잊지 않겠지— 나는, 그렇게 생각했다.

.5
1
2x

그날 밤.

집에 귀가한 우리는, 기다리고 있던 아버지와 아키코 씨에게 저녁 식사 때, 새삼 접객 모습이 「좋았어」라며 칭찬받고 말았다.

아야세 양은 LINE을 통해 나라사카 양이 보내준 사진을 보여주었다.

그래서 또, 한바탕 분위기가 달아오른다.

식사가 끝나고, 한발 먼저 아야세 양이 목욕하러 들어가고 내가 내 방으로 돌아가려 했을 때 아키코 씨가 불러 세웠다.

그리고 가볍게 고개를 숙여서 당황했다.

"저 아이가 즐거워하며 학교에 녹아들어 있어서, 안심했어. 고마워"

"아, 아뇨. 저는 아무것도……."

아키코 씨가 작게 고개를 가로저었다.

"분명 유우타 덕분이야."

게다가, 하고 덧붙인다. 앞으로는 사진을 찍어도 된다고 사키가 말했어, 라고. 이제부터는 추억을 잔뜩 사진으로 남겨가고 싶다고 생각해, 라고, 기쁜 듯이 아키코 씨는 말했다.

아야세 양은 극복했구나, 하고 어쩐지 그런 식으로 나는 느꼈다.

아키코 씨의 기뻐 보이는 표정과 「앞으로도 잘 부탁해」라는 말에 나는 고개를 끄덕여 답했지만. 안도함과 동시에, 어쩌면 이 미소를 부숴버릴지도 모르는 짓을, 나와 아야세 양은 하고 있는 거라고, 새삼 생각하게 되어 버렸다.

그러고 싶지는 않다. 그렇기에 생각해야만 한다.

내일은, 나와 아야세 양이 연인으로서 보내는 고등학교 마지막 문화제다.

후회는 남기고 싶지 않다. 그래서 우리는 문화제 데이트를 하기로 정해 두었다.

하지만— 나는 아직 「극복하지 못했다」라고도 느꼈다. 무엇을, 이라는 부분이 자신에게도 보이지 않는 게 더욱 문제지만.

방으로 돌아와, 단어장을 넘기면서도 나는 생각해 버렸다.

그날, 아버지가 돌아오지 않았다면, 우리는 좀 더 앞까지 나아갔던 걸까.

손이 멈추고, 문득 책상 위로 시선을 내리니 반장의 수제 『접객 매뉴얼』이 눈에 들어왔다.

접객에는 매뉴얼이 있는데, 연인 교제에는 없다.

그럴듯한 건 있을지도 모르지만, 그렇다고 해서 예측 불가능한 사태가 일어나지 않으리란 법은 없는 게 현실이라는 오픈 월드 게임인 셈이기도 하지만.

노송나무 봉으로 드래곤과 싸우게 된 용사의 기분이었다.

새로운 관점을 접하는 걸 좋아하는 나였지만, 막상 자신이 미지의 영역에 발을 내디디게 되니 이렇게나 미덥지 못하게 느껴지는 건가 싶다.

그래도—.

초보 연애 모험가는, 앞으로 나아가지 않는 한 이 퀘스트를 클리어할 수 없는 것이겠지.

●10월 10일 (일요일) 아사무라 유우타

문화제 2일째. 스이세이 고교의 문을 지나기만 해도 축제에 들뜬 공기가 느껴진다.

오랜만의 쾌청한 날씨라 구름 한 점 없는 파란 하늘 아래, 여기저기 걸려있는 만국기가 드디어 가을다워졌음을 알리는 바람을 받아 흔들리고 있었다.

완만한 언덕을 올라 도착한 교사 앞에서 일단 멈춰 서서, 자 어디서부터 둘러볼까 하고 아야세 양과 의논했다.

1층부터 순서대로 둘러봤다. 역시 단골인 귀신의 집과 찻집이 많다. 음식물은 불을 쓸 수 없으니 핫플레이트나 전자레인지로 데울 수 있는 게 한계지만, 그래도 크레페나 주스뿐만 아니라 베이비 카스텔라 같은 것도 있었다.

"카스텔라는 생각 못 했는데."

"맛있어. 우리 가게에서도, 이런 거 내도 좋았겠네."

어쩌면 작년이나 재작년에도 있었을지 모르지만 눈치채지 못했다. 작년까지는 그리 열심히 문화제를 돌지 않았으니까, 눈치챌 리도 없었지만.

역시 사람이 많다. 역에서 꽤 가까운 학교라는 입지의 장점도 있을 것이다. 일반 손님 수도 일요일이라 그런지 늘어난 것 같다.

출품물 종류도 작년보다 약간 늘어난 느낌이 들었다.

전시만으로 때우는 반도 있었지만, 한 가지 흥미를 끈 전시가 있었다.

체육관에 드론을 반입해서 반 친구들의 춤이나 구기 운동을 다양한 각도에서 촬영한다, 는 것이었다. 이게 의외로 재미있다. 익숙한 것을 익숙하지 않은 각도에서 보는 것만으로, 인상이 바뀌는 것이다. 교실 안에 스크린을 설치하고, 하염없이 동영상을 루프시키고 있을 뿐인 간소한 전시지만 아이디어 상을 주고 싶다.

문화제라 하면 문화계 클럽의 발표장이기도 하다.

특별 교실동이라고도 불리는, 교사와 평행하게 세워진 제2교사에서는 물리부가 로봇을 전시하고 있었고, 화학부는 컬러풀한 화학 실험을 하고 있었다. 천문 사진이나 화석 전시 같은 것도 있었다. 부실동에서는 다도부가 차를 대접하고 있었다.

아야세 양이 가고 싶어 했지만, 아쉽게도 붐벼서 들어갈 수 있을 것 같지 않았다. 미술실에는 미술부원의 역작이 장식되어 있었는데, 우연이겠지만 플루이드 아트도 있었다. 유행하고 있는 걸까? 아야세 양이 바라보고 있으니, 부원 한 명이 다가와서 전시물 구석에 곁들여진 2차원 코드의 존재를 알려주었다. 아무래도 미술부는, 작품을 사진에 담아 인스타에서 언제든지 열람할 수 있도록 하고 있는 모양이다.

"이런 거, 관심 있으세요?"

"네. 최근 좀……."

그렇게 아야세 양이 대답하자, 조만간 열린다는 전시회 몇 개를 알려주었다. 그 부원도 좋아하는 걸까?

체육관에서 취주악부의 연주를 조금 듣고 나서 교사로 다시 돌아왔다.

찻집 출품에서 야키소바를 먹었다. 배를 채우고 나서, 나와 아야세 양은 마루와 나라사카 양의 반으로 쳐들어갔다.

타이밍 좋게, 마침 자리가 났다고 한다. 탈출 게임에 참가하게 되었다.

4명에서 6명까지 한 팀을 짜서 도는 모양이다.

교실 안이 4개로 나뉘어 있고, 하나의 방을 제한 시간 내에 수수께끼를 풀어 클리어하면 다음 방으로 갈 수 있다. 풀지 못하면 거기서 종료. 「참가상」이라고 적힌 카드를 받고 복도로 쫓겨나게 된다. 울고 있는 아기 고양이 일러스트가 귀엽다. 이건 이거대로 풀지 못해도 이 카드만으로 용서해버릴 수 있을 것 같다.

나와 아야세 양 말고는 다른 학교 학생으로 보이는 남자 둘과 여자 둘.

간단히 인사를 나누고, 내비게이터를 맡은 학생이 설명을 시작한다. 나라사카 양이다. 우리가 참가한다고 배려해

준 걸까.

"그럼, 이 캐릭터 카드를 나눠드리겠습니다. 전부 8명 있으니까, 이 중에서 좋아하는 걸 골라주세요."

평소보다 정중한 말투를 쓰고 있었다.

나눠준 카드를 보니, 캐릭터 이름과 함께 직업이 적혀 있다.

「고고학자」, 「저널리스트」, 「호사가」, 「경관」, 「의사」, 「엔지니어」, 「탐정」, 「모험가」…… 으음.

조금 우주적 공포스러운 사건이 일어날 것 같아서 무서웠다.

자세히 보니, 캐릭터 카드에는 「힌트 찬스」라는 항목이 있다. 아무래도, 수수께끼 풀이가 막혔을 때 1명당 1번만 힌트를 받을 수 있는 모양이다. 우리 팀은 6명이지만 힌트는 최대 4개니까, 여기서 4명을 골라야 한다.

아야세 양은 「고고학자」를 골랐고, 나는 「호사가」를 골랐다.

"뭐야, 그거?"

"고등 유민(遊民)#3이란 말, 몰라? 돈은 부족함이 없으니까, 좋아하는 독서나 연구를 하며 지내는 사람을 말하는 거야."

아사무라 군 같아, 라는 말을 들었지만 나는 딱히 부자

#3 고등 유민 일본의 메이지 시대(1868년~1912년)부터 널리 쓰이기 시작한 말. 고등 교육을 받았지만 직업을 갖지 않고 집안의 재산으로 생활하는 사람을 일컫는다. 한국어의 한량과도 비슷한 면이 있다.

인 건 아닌데 말이지.

"자, 상황을 말씀 드릴게요."

나라사카 양이 조금 목소리 톤을 낮추며 이야기하기 시작했다.

"여러분이 지금 있는 장소는……. 유럽 한 구석에 있는 어떤 오래된 성입니다."

갑작스러운 외국 설정이었다.

"아, 귀찮으니까 서로 부를 때는, 여러분 자신의 이름이나 별명으로 부르셔도 됩니다. 어쨌든 여기는 오래된 성이고, 여러분은 다양한 이유로 이 성을 방문했습니다. 뭐, 귀찮으니까 관광 투어였다는 걸로 하죠."

그리고 나라사카 양에 따르면, 성에 들어오자마자 비가 내리기 시작하고 천둥이 울려 퍼지고 도로는 산사태가 나서 봉쇄되어— 뭐, 요컨대 나갈 수 없게 되었다. 그뿐 아니라, 사실 이 성에서는 일주일 전부터 행방불명자가 나오고 있다는 걸 알게 된다.

그 사라진 사람들은 아직도 발견되지 않았다.

"여러 일이 있었던 끝에, 여러분은 성의 지하실까지 몰리게 되었습니다."

술술, 갑자기 클라이맥스로 던져진다.

"그런 이유로, 수수께끼를 풀어 성에서 탈출합시다. 첫 번째 방은—."

그런 느낌으로 시작된 수수께끼 풀이 탈출 게임. 게임을 좋아하는 마루가 기획과 입안을 한 만큼, 이게 제법 본격적이었다. 첫 번째 방은 그야말로 간단한 수수께끼를 풀면 OK였는데, 두 번째, 세 번째 방은 제한 시간을 꽉 채울 때까지 머리를 짜내서 겨우 풀었을 정도다.

그리고 네 번째 방.

여기까지 왔으니 클리어하고 싶군.

참고로 스토리적으로는 아무래도 과거 이 성에 살았던 귀족이 「우주의 진리」를 탐구하고 있었던 모양이다. 그리고 당주였던 그 귀족은 「드디어 찾아냈다」라는 쪽지를 남기고 자취를 감추고 말았다.

마지막 방에는 문이 하나. 아무래도 그 문을 열어야만 하는 모양이다.

실패하면, 방에 있는 전원이 성신(星辰)의 너머로 쫓겨난다— 아니, 그거 우주로 방출된다는 소리잖아…….

"마루 녀석, 싸구려 펄프 SF 호러 같은 이야기를 가져왔구만……."

그리고 마지막 문에는 이렇게 적혀 있었다.

『진실한 사랑을 담아 항아리를 바쳐라.』

항아리라.

으음, 하고 생각했다.

그리고 잠깐만…… 하고, 위화감을 느꼈다.

"이 문이라는 설정으로 되어 있는 벽. 왜 검은 테두리에 새하얀 걸까?"

"뭐가 이상해?"

이건 아야세 양.

"문답게 하려면, 적어도 손잡이 같은 게 있어야 하지 않아? 게다가 어째서 새까만 직사각형의 위쪽에만 네모난 하얀 도화지를 붙여놓은 걸까."

"창문이 달린 문을 표현한 거 아냐?"

"하지만, 그럼, 어째서 그 도화지 부분에만 딱 조명이 닿게 해둔 걸까……."

우리가 열어야 한다고 되어 있는 문은, 키 정도 높이의 새까만 직사각형 현수막이 걸려 있고, 머리 높이쯤에 하얀 도화지가 붙어 있었다. 그리고 우리 등 뒤에서 조명이 비치고 있다. 그 탓에 처음에는 뭔가 힌트라도 적혀 있는 게 아닌가 해서 도화지에 다가가 봤지만, 내 머리 그림자 때문에 보기 힘들기 짝이 없었다.

뭐, 가까이 가서 잘 봐도 새하얗고 아무것도 안 적혀 있었지만.

……솔직히, 이걸 노 힌트로 풀라는 건 무리 아닌가?

자, 어떡한다.

"저기, 이제 나밖에 힌트 못 받는 거지?"

아야세 양이 말했다.

"여기까지 오면서 다 써버렸으니까."

포커 때도 그랬지만, 아야세 양은 아슬아슬할 때까지 패를 온존하는 타입인 모양이다.

"그럼, 이제 시간도 없으니까. 쓸게. 『고고학자』의 이 『힌트 찬스』라는 걸 쓰고 싶은데."

아야세 양의 선언에, 나라사카 양이 시나리오가 적혀 있을 책자를 넘겼다.

"그러니까, 말이죠오~. 이 방 안에 있는 가장 오래된 물건에 힌트가 숨겨져 있습니다."

"오래된 물건……?"

다른 학교 학생으로 보이는 여자아이 2인조 중 한 명이 「아, 아까 봤어」라고 말을 꺼냈다. 들어온 현수막 근처에 있는 학습 책상 위로 다가간다.

"봐, 이거."

"장난감 칩이잖아."

남자 학생 쪽이 뭐냐는 표정을 짓지만, 칩을 손에 든 여자애가 그 플라스틱으로 된 노란 칩을 가져와서 휙 뒤집었다.

"여기 봐."

무려, 뒤에 「매우 오래된 동전」이라고 작은 글씨로 적은 종이가 테이프로 붙어 있었다.

"……그치만, 유럽의 옛날 동전 같은 거 구할 수 없었는걸."

나라사카 양이 입술을 삐죽거린다.

……그야 뭐, 우린 평범한 고등학생이니까.

어쩔 수 없지. 받아 줄까.

"그건 꽤 오래된 동전이어요. 어떤가요, 아야세 교수. 뭔가 알겠습니까?"

"어! 그게……?"

당황하며 아야세 양이 나라사카 양 쪽을 봤다.

"응. 그럼, 힌트를 말할게. 그 오래된 동전은 이 나라 초대 왕비의 옆얼굴이 새겨진 동전이었습니다. 이상!"

모두가 머리를 감싸 쥐었다.

전혀 모르겠다.

옆얼굴이라니. 도대체 이게 무슨 힌트가 된다는 거야.

"네. 앞으로 2분입니다~."

옆얼굴, 옆얼굴, 옆얼굴, 옆얼굴……. 새까만 문. 머리 높이에 있는 하얀 도화지. 등 뒤에서 비추고 있는 조명. 하지만 도화지에는 아무것도 안 적혀 있고, 다가가도 내 머리 그림자가 비칠 뿐. 머리의, 아니 얼굴 정도밖에 안 비치나. 얼굴, 얼굴, 얼굴…… 옆얼굴…… 응. 뭔가 지금.

"아…… 그건가. 루빈의 항아리……."

아야세 양을 포함한 5명의 시선이 나에게 집중됐다. 이쪽을 빤히 쳐다본다.

"앞으로, 1분입니다~."

정답인지 어떤지는 모르겠지만, 그래도, 이제 이거 정도밖에 생각이 안 난다.

"아야세 양, 잠깐 같이 해줘. 그러면, 그쯤에 서 봐."

문을 향해 옆을 보고 서게 한다. 딱 조명이 닿아서 아야세 양의 옆얼굴 그림자가 도화지에 나타나도록. 그리고 아야세 양의 앞에 코끝이 닿을 정도의 느낌으로 나도 마주 보고 섰다.

키가 다르니까, 내가 약간 구부려야 했지만.

그렇게 하면, 나와 아야세 양이 마주 본 옆얼굴이 도화지에 나타난다.

보고 있던 4명이 일제히「아」하고 말했다.

"어, 뭐야?"

아야세 양이 얼굴을 옆으로 돌려 버리지만, 그러면 안 보이게 되어 버린단 말이지.

"이쪽 봐. 아야세 양."

다시 마주 보게 하고 나서 스마트폰으로 사진을 찍어, 그것을 보여줬다.

"뭐야? 이거."

"알아보기 힘드니까 설명은 나중에. 하지만, 이치상으로는 이걸로 된 거지? 나라사카 양."

그렇게 묻자, 씨익 미소를 지었다.

"정답! 네.『진실한 사랑을 담아 항아리를 바쳐라』달성입니다! 문이 열리고, 여러분은 고성에서 탈출할 수 있었습니다!"

해냈다, 라며 환성이 터졌다.

다만, 아야세 양만은 무슨 일이 일어난 건지 잘 모르고 있었다. 나는 다시 한번 사진을 보여주면서 해설한다.

"『루빈의 항아리』라고 몰라? 착시 그림 같은 건데, 이 사진의 그림자 쪽 말고, 하얀 쪽을 주목해 봐."

나는 사진의 윤곽 부분을 손가락으로 따라가며 설명한다.

"봐, 이런 형태의 항아리로 보이지 않아?"

몇 번인가 눈을 깜빡이며 보고 있던 아야세 양도 「아」 하고 중얼거렸다. 그것을 확인하고 나서 나는 스마트폰으로 검색해 실제 『루빈의 항아리』를 보여줬다. 솔직히, 그 자리에 있는 사람의 얼굴을 마주 보게 해서 만든 그림자 그림으로는, 그렇게 예쁜 항아리로 보일 리가 없다.

단지, 수수께끼 풀이로서는 이치에 맞으면 되는 거였다.

다음 그룹이 들어 올 것 같아서, 나라사카 양의 재촉에 우리는 「탈출 성공」 카드(고양이가 만세하고 있는 그림이 들어 있었다)와, 경품으로 캔 주스를 받았다.

교실에서 나갈 때 마루가 인사하러 왔다. 분하다는 표정을 짓고 있었지만, 나도 풀 수 있었던 건 우연이라 그렇게 자랑은 못 한다.

주최자인 마루 입장에서도 탈출자가 제로인 탈출 게임이면 나중에 불평도 들어 올 테고, 풀어내는 도전자가 적당히 나오는 건 중요하겠지.

우리도 즐길 수 있었으니 다행이라고 생각했다.

"그런데, 이거, 어디서 마시지?"

나라사카 양에게 받은 캔 주스를 들어 보였다.

"조금 지쳤지. 어디서 좀 쉬고 싶어."

"쉴 만한 장소인가……."

교내에 있는 『휴게실』은 문화제 기간 중에는 쓸 수 없을 거다. 분명 가정과부가 가게를 내고 있다. 안뜰 벤치에 가는 수도 있지만, 점심시간에 마루와 만났을 때도 느낀 건데, 거기는 인기 스폿이라 앉을 수 있다는 보장이 없다. 그렇다고, 우리 교실로 돌아가는 것도 안 좋은 수라는 느낌이 들었다. 애들한테 방해될지도 모르고.

그래서 문득 떠올린 것이 작년 문화제 때 일이다.

"거기는 어때?"

아야세 양에게 제안해 봤다.

특별 교실동 비상계단 맨 위.

작년에는 문화제의 소란과 가장 먼 장소로서 그곳을 골랐다.

거기라면 올해도 느긋하게 보낼 수 있을 것 같은 기분이 들어.

아야세 양도 찬성해 줘서, 경품인 캔 주스를 한 손에 들고 우리가 방문한 곳은 작년에도 신세 졌던 장소였다. 1년 전에는 바람이 차가웠지만, 올해는 아직 그렇게까지 차가워지지 않았다.

학생들의 웅성거림이 우리가 있는 최상층인 이곳까지 피어오른다. 희미하게 들려오는 것은 한 뜻으로 모여 참가하고 있는 록 밴드 음악일까? 아니면 경음악부 것일까? 경쾌한 소리는, 슬슬 저물어가는 하늘로 녹아 사라져 갔다.

"아사무라 군, 안도한 표정 짓고 있네."

아야세 양의 말을 듣고, 나는 쓴웃음을 짓고 말았다. 실제로 그렇다. 안도하고 있다.

연인으로서 문화제 데이트를 한 것은 작년에 비하면 변화한 점이지만, 그래도 인파가 거북해서 이런 인기척 없는 장소가 편하다는 건 변함이 없다.

변하는 것도 있으면, 변하지 않는 것도 있네. 서로 웃으며, 경품으로 받은 주스를 마셨다.

태양의 잔재가 붉은 빛이 되어 구름을 비추고 있다.

오렌지색 하늘이 천천히 남색으로 변해간다.

지지직, 하는 소리가 스피커에서 들리는가 싶더니, 스이세이 고교 문화제의 종료를 알리는 방송이 흐르기 시작하고 외부에서 온 손님들을 유도하고 있다. 앞으로 30분만 있으면, 일시적으로 교문이 닫혀 버리는 것이다.

그 뒤로는 스이세이 고교 학생들만의 즐거움. 캠프파이어가 기다리고 있다.

"참가하고 갈래?"

내가 묻자, 아야세 양은 고개를 끄덕여 답했다.

"모처럼이니까. 나는 아사무라 군이랑 춤췄다는 추억을 원해."

"그럼, 일단 교실에 가서 뒷정리 도울까? 여기서 1시간 가까이 기다리고 있으면 몸이 차가워질 것 같으니."

"그렇네."

그러고 보니 작년에는 따뜻한 음료를 사서 마셨는데, 나라사카 양이 준 경품은 차가운 캔 주스였다.

교실로 돌아가니 「어라아. 왜 왔어?」라며 반장이 놀랐다. 무리도 아니다. 나도 아야세 양도 오늘은 완전히 일손에서 제외되어 있었으니, 설마 정리를 도우려고 일부러 올 줄은 생각 못했겠지.

"시간 때우기야."

"아아, 그렇구나. 둘 다 캠프파이어 참가하고 가는구나."

반장은 눈치가 빨랐다.

이윽고 하늘은 남색으로 물들고, 교정에 장작 타워를 세워서 불을 붙인다.

스이세이 고교의 역사적으로는 과거 어느 시기, 위험하다는 이유로 캠프파이어가 중지되었던 시대가 있었다고 한다. 그것을 부활시킨 게 전전대 학생회장이었다고 하니, 과거의 학생회장에게 감사할 따름이다.

학생들이 모이기 시작해서, 나와 아야세 양도 줄에 끼어 들었다.

이윽고 스피커에서 댄스용 음악이 흘러나오기 시작했다.

아는 곡이 나와주면 좋았겠지만, 아무래도 초등학교 시절 벼락치기로 배운 포크댄스 뮤직은 아닌 모양이다. 남들이 하는 걸 보고 따라 할 수밖에 없다.

"좀 더 서로 몸을 붙이나 봐."

아야세 양의 말을 듣고 나는 그녀의 몸을 끌어당겼다. 스텝은 꽤 엉터리지만, 간신히 주위에 겉돌지 않을 정도로는 출 수 있었다.

"이렇게 당당하게 밀착하고 있으면, 우리 어떻게 보일까. 남매? 아니면 역시 연인으로 보일까?"

"글쎄. 어느 쪽도 있을 수 있을 것 같기도, 한데."

아야세 양의 물음에 입으로는 대답하고 있었지만, 솔직히, 냉정하게 답을 생각하고 있을 여유 따위 없었다.

요전에 아야세 양의 맨살에 닿았던 감촉을 떠올려버리고 말았으니까.

부푼 가슴이나 허리의 밀착을 느끼면서도, 서로가 서로에게 기분 좋은 리듬으로 계속 움직인다. 먼 옛날, 축제의 춤은 남녀의 궁합을 알아보기 위한 것이었다, 라는 거짓말인지 진짜인지 모를 설이 있는데. 만약 그렇다면 결코 우리들의 궁합은 나쁘지 않은 게 아닐까. 그런 생각도 해봤다.

포크댄스의 고리가 불꽃 주위를 돈다.

빙글빙글 남녀가 위치를 바꾸면서 손을 잡고 몸을 서로 기대며 춤추고 있다.

하나, 둘에 셋. 여기서 손을 잡은 채 위치를 바꾼다. 그녀를 원 안쪽으로, 나는 원 바깥쪽으로. 그대로 몸을 흔들면서 서로의 허리를 딱 붙이듯이 스텝을 밟는다.

파트너 체인지가 없는 춤이라서, 나와 아야세 양은 밀착한 채 불꽃 주위에서 계속 춤추었다.

"……응."

이렇게 어두우면 혹시 누가 누구랑 춤추고 있는지 모를 수도 있다.

다만, 그때 나는 생각했다. 마음속 깊은 곳 어딘가에, 누군가에게 들켜도 좋다, 오히려 들켰으면 좋겠다, 라는 마음이 있는 것일지도 모르겠다고. 우리 관계를 좀 더 앞으로 나아가게 하고 싶으니까.

"남매, 연인. 어느 쪽으로도 보일지 모르지만. 나는…… 연인이 좋아."

맨살에 닿고, 닿아지고. 서로의 체온을 교환하고. 그때 두 사람 사이에 있었던 것은, 우려했던 저속한 욕망의 발로 같은 게 아니라, 확실한 애정의 확인 행위라고 거짓 없이 믿을 수 있었다. 실제로 맨살을 맞대봄으로써 비로소 이해할 수 있었던 것이다.

지금도 그렇다. 밀착하면서도, 저속한 욕망에 지배되거나 하지 않는다.

괜찮아. 나는 분명 아야세 양을 소중히 할 수 있고, 아야세 양도 받아들여 주고 있다. 그러니까, 자신감을 가지고 앞으로 나아가자. 연인 레벨 1에서, 레벨 업 해나가자.

바람에 휘말려 중앙의 망루에서 불똥이 검은 하늘로 춤추듯 날아올랐다.

불꽃의 열기에 비친 아야세 양의 뺨이 붉게 빛나고 있었다.

●에필로그 아야세 사키의 일기

9월 24일 (금요일)

오랜만에 쓰는 일기가, 하필이면 이런 내용이 될 줄이야.

지금부터 쓰려고 하는 것을 떠올리면, 나는 정말로 이걸 문자로 남겨도 되는 것일까 하고 주저하게 된다.

하지만 자신이 생각하고 있는 것을 언어화 해둬야 한다.

자신에 대해서 스스로 모르게 될 것 같아. 아니 이미 그렇게 된 건지도 몰라.

마아야도 그랬다. 바보가 됐다고. 그건 너무해. 무슨 그런 말을. 심하다고 생각한다. 생각하지만, 한편으로 왠지 모르게 납득하고 있는 내가 있다.

왜냐면, 요즘의 나는 공부하는 틈틈이 그 생각만 하고 있다.

그와 『서로 사랑하는』 것. 멜리사가 한 말이 귓가에서 떠나지 않게 되었다.

그렇게나 분명하게 듣고서, 의식하지 않는 건 무리다.

남녀의 그런 행위를 상상하고서는…… 우와아아, 하게 된다. 되고 있다.

지금이 딱 그렇다.

우와아아.

에잇, 냉정해져라, 아야세 사키.

하지만 긴장이 풀리면, 그런 것을 생각하고 만다.

그의 손. 여자 손과는 다르게 딱딱하고 크다는, 그 감촉을. 서로 껴안았을 때도 알 수 있는 어깨 폭의 넓이, 가슴팍의 두께와 단단함. 그런데도 폭신하게 안아준다. 내가 아프지 않도록.

우와아아.

……나는 왜 줄줄이 그의 신체 감촉에 대해 쓰고 있는 거야.

그게 아냐. 그렇지만, 그게 아니고.

스킨십을 원해서 서로 껴안는 것만으로 만족하고 있었는데, 오늘은 드디어…….

……좋아. 쓴다.

그가 먼저 말했다.

앞으로 나아가도 되냐고.

같은 마음이었구나 하고 생각했다.

그리고 우리는…… 껴안기만 한 게 아니라 더욱 깊게 닿을 수 있었고.

떠올리는 것만으로 부끄러워.

역시 일기에 남기는 거, 관둘까. 지금 당장 태우거나 찢어버리거나 할까.

뭐, 그래도, 다시 쓰기로 정했으니까. 힘내보자.

10월 9일 (토요일)

오늘은 문화제 1일째. 힘들었지만 재미있었다.

요미우리 선배와 코조노 양과의 포커 대결은, 요미우리 선배가 1위고 코조노 양이 3위.

그러나 마지막 승부에서 물러났기에 가능한 2위였다.

요미우리 선배가 자신의 패를 약하게 보이도록 하고 있다는 건 눈치채고 있었다. 단지 절대 이길 수 있을 만큼 강한 족보도 아니다. 나나 코조노 양이 좀처럼 레이즈 안 하는 걸 눈치채고, 그런데도 크게는 칩을 늘리지 않았으니 만약 좋은 패가 나오면 순식간에 족보에서 질 거라고 생각했기 때문이다.

그렇다면 원 페어로 좋은 족보였을 거라고 추측할 수 있었다.

처음 오픈된 3장이 3, 4, 5였으니까. 그것과 조합해도 강한 원 페어라고는 할 수 없다. 손패에 아마 10 이상의 숫자가 2장 있다.

라고, 거기까지 추측하고서.

그 경우 최강의 족보는 A 원 페어를 가지고 있는 것. 즉, 4장 중 2장이, 우연히 요미우리 선배에게 갔다—는 것이 생각할 수 있는 최악의 시나리오였다.

그렇다면 이길 수 없다. 내 손패는 2와 5. 그 시점에서는 5 원 페어 밖에 없었다. 4장째가 J라서, 여전히 나는 5 원 페어고, 만약 마지막 5장째에서 2가 나온다고 해도 A 원 페어는 이길 수 없다. 5가 나오면 쓰리 카드지만, 이미 1장 오픈되어 있으니까, 확률은 낮다. 최고인 건 A가 나오는 것. 그러면 스트레이트니까 상대가 쓰리 카드라도 이길 수 있다. 하지만, 4장 중 2장의 A가 이미 요미우리 선배 손안에 있는 거라면, 5가 나오는 것보다 더 확률은 낮다.

라고, 여기까지 생각한 시점에서 나는 폴드했던 것이다.

그런데 마지막 5장째에 나온 카드가 하필이면 하트 A.

폴드 안 했으면 스트레이트가 성립했다. 설령 요미우리 선배가 A 쓰리 카드였다고 해도 이길 수 있었다.

중요한 순간에 꽁무니를 빼고 승리를 놓치는 인간이기도 한 것이다 나란 녀석은.

승부하지 않으면 요미우리 선배 같은 강운의 소유자에게는 이길 수 없어……. 적어도 기세에서 지면 안 된다고 생각했다.

그 뒤에는 멜리사와 루카 씨가 와 주었다.

둘 다 블랙커피를 설탕도 우유도 넣지 않고 마시고 있어서, 어른이구나 하고 생각했다.

그리고 엄마랑 타이치 새아버지가 왔다.

나는 우리 엄마가 아사무라 군의 아버지와 재혼했다는 것을, 반장과 사토 양에게 고백했다.

아주 많은 용기가 필요했다.

그걸로, 피가 이어지지 않은 남녀가 한 지붕 아래에서 살고 있다는 민감한 사실을 전하게 되니까.

나는, 반장이나 사토 양이 마아야처럼 신경 쓰지 않을 거라고는 확신하지 못했던 것 같다. 솔직히 말하면.

용기가 필요했다. 나는 노력했다고 생각한다.

그래서, 타이치 새아버지와 엄마도 약속대로 와주었고.

게다가 엄마는, 가게에서 고용하고 싶다는 빈말까지 해주었지만. 그건 과찬이라고 생각한다. 나는 엄마처럼 누구에게나 따뜻하게 대할 수 없을 것 같아.

뭐, 아사무라 군이라면…… 이해가 될까? 나보다 훨씬 손님을 생각하는 것 같으니까. 엄마가, 정장을 사주고 싶다든가 말했었지.

그의 정장 차림. 어울릴 것 같아. 멋있겠지.

그 뒤에 마아야랑 마루 군이 끝날 무렵에 왔다.

저 두 사람, 정말 사이가 좋아.

넷이서 사진을 찍을 수 있어서, 기뻤다. 마아야, 처음에는 내가 사진 싫어하는 거 알고 있어서 쭈뼛쭈뼛했었지. 하지만, 내가 좋다고 하니까 엄청 기뻐해 줬어.

이렇게 기뻐해 준다면, 좀 더 빨리 OK 해도 좋았을 텐데. 나는 왠지 내가 엄청 고집을 부려서 손해를 봤다는 기분이 들었다.

그러고 보니 그때 마아야는, 마루 군을 토모 군이라는 이름으로 불렀지.

아사무라 군은 눈치 못 챈 모양이지만.

그렇게 사이가 좋아졌구나……. 아니, 연인 사이인 나랑 아사무라 군조차 애칭으로 부르는 것도 아닌데. 애칭이라. 유우타, 니까……「유우 군」? 아니면「유우」일까.

근데, 왜 어떤 애칭으로 부를까 하는 상상만으로 들떠 있는 거야 나는.

뭐, 사진은 이제부터 조금씩 익숙해져 볼까 생각하고 있다.

내일은 문화제 데이트를 하자고 아사무라 군이랑 정했다.

기대된다.

10월 10일 (일요일)

문화제 2일째.

오늘은 아사무라 군과 문화제 데이트를 했다.

둘이서 나란히 교내를 돌아다녔고, 크레페나 베이비 카스텔라 같은 것도 먹었고, 둘이서 출품물을 구경하며 돌아다니고.

찻집에도 들어갔다. 둘이서.

이렇게나 노골적으로 남자친구, 여자친구처럼 학교에서 행동해 버렸는데, 그래도, 그 사실을 신경 썼던 것도 처음뿐이었네.

딱히 누군가에게 무슨 말을 듣지도 않았다.

싫은 시선을 받았다는 기억도 없어. 눈치 못 챘을 뿐일지도 모르지만.

그러고 보니 미술부 전시에 플루이드 아트가 있어서 깜짝 놀랐다. 유행하고 있는 걸까. 부원이 전시회도 여기저기서 열리고 있다고 해서 엄청 흥미가 생겼지만, 역시 수험생이니까 이것저것 보러 다니는 건 봄까지 보류려나.

조금 아까워.

그는 오늘도 계속 내 걸음에 맞춰 걸어주었다.

그 무심한 배려는 누구에게나 보여주는 거라고 생각하지만, 나는 열중하면 그것밖에 안 보이는 편이라 본받고 싶다고 생각한다.

그와 보내는 시간은 편안하다.

이것이 계속 이어지면 좋겠다고 생각한다.

하지만 동시에, 역시 이건 영원할 수는 없는 거겠지 하고 생각하기도 한다.

루카 씨가 말했었지. 풋풋함과 뜨거움. 그걸 이미 잊어버렸다, 라고. 즉 고등학생인 이 한순간밖에 없는 거라고. 아니, 멜리사는 지금도 있다고 했지만.

확실히 멜리사는 여전히 뜨거울 것 같아.

그렇다고 해도.

영원은 아닐 거야.

영원이 아니니까, 지금 이 한순간을 아사무라 군과 후회 없이 즐기자고 생각했다.

사진을 남기려고 생각한 것도, 그런 이유가 있는 건지도 몰라. 지금을 긍정할 수 있는, 이 순간이니까 남기고 싶다고.

하지만, 미래는, 어떻게 되는 걸까.

너무 생각하면, 제자리걸음을 해버린다.

그야 만약, 「그런 일」이 일어나서.

이러쿵저러쿵해서, 그렇게 돼서, 그 결과로서, 언젠가 찾아올 멀지 않은 미래.

지금의 나로서는 상상할 수도 없는 미래의 그림이 있다.

아사무라 군이 있고, 내가 있고, 그리고 또 한 사람, 나와 아사무라 군 사이에는 작은 아이가 있는 거야. 그런 상상. 그런 상상도 하기 힘든 미래의 모습.

그때, 나는 엄마처럼 훌륭한 어머니일 수 있을까?

나는 그런 미래의 그림을 그릴 수가 없어. 지금은 아직.

뭐, 굳이 따지자면 너무 이른 생각인가.

오늘은 피곤하기도 하고. 자야지.

잘 자, 아사무라 군. ……아니, 이건 일기니까, 조금 파고들어 볼까.

잘 자, 유우타.

■ 작가 후기

소설판 「의매생활」 제11권을 구매해 주셔서 감사합니다.

YouTube판 원작 & 소설판 작가 미카와 고스트입니다. 2024년 7월, 드디어 TV 애니메이션 「의매생활」이 방송되고 있을 거라 생각합니다만, 독자 여러분은 벌써 보셨나요? 아직 안 보신 분은 부디 봐주셨으면 합니다. 확실히 그곳에 살아있는 유우타와 사키의 모습이 영상에 담겨 있고, 그들의 숨소리조차 들려올 것 같아서, 저 자신이 원작자임에도 불구하고 무심코 마음이 사춘기로 돌아가 사키를 사랑해버릴 것 같은 실재감이었습니다. 물론 이미 어른이고, 작가라는 입장이니 금방 냉정해졌습니다만, 독자 여러분은 안심하고 늪에 빠져드시길 바랍니다.

그럼, 이번 권 내용에 대해서. 여기까지 「의매생활」을 읽어오신 여러분은, 어쩌면 무척 놀라셨을지도 모릅니다. 이 두 사람이, 그런 짓을 하는 건가, 하고. 또, 한편으로, 거기까지밖에 안 하는 건가, 라고 생각하신 분도 계실지 모릅니다. 저는 이 시리즈에 있어서, 「그런 전개」를 그저 소비를 위한 장면으로서 그릴 생각은 일절 없습니다. 누군가의 기대에 부응하자든가, 누군가를 만족시키자든가, 그런 의도를 완전히 배제하고, 그저 유우타와 사키라는 두 인물과 마주하고, 다가서서, 두 사람이 지극히 자연스럽게 그러하도록 그리고자 노력하고 있습니다. 두 사람의 인생이 나아가면, 자연스러운 흐름으로서 성적인 접촉이 일어나는 일도 당연히 있고, 하지만 그건 관측하는 누군가에게 보여주기 위한 행위가 아니므로, 반드시 만족스러운 묘사라고는 할 수 없겠지요. 제가 약속드릴 수 있는 건, 두 사람의 관계 변화나 진전을 절대로 잡스럽게 다루지 않겠다는 것뿐입니다. 그 점에 대해서만은 신용해 주시고, 이 뒤로도 두 사람의 인생을 지켜봐 주시면 기쁘겠습니다.

그럼, 감사 인사입니다. Hiten 씨, 언제나 멋진 일러스트 감사합니다. 또, 화집 발매 축하드립니다! TV 애니메이션화라는 멋진 국면을 맞이할 수 있었던 것은, 틀림없이 Hiten 씨 덕분입니다. Hiten 씨의 근사한 작업에 부끄럽지 않도록, 저도 유우타와 사키를 진지하게 써나가겠습니다. 앞으로도 부디 잘 부탁드립니다.

YouTube 동영상판에서 신세를 지고 있는 성우 나카시마 유키 씨, 아마사키 코우헤이 씨, 스즈키 아유 씨, 하마노 다이키 씨, 스즈키 미노리 씨, 디렉터인 오치아이 유우스케 씨를 비롯한 스태프 여러분과 관계 각처 여러분, 담당 편집 O 씨, 만화가 카나데 유미카 씨, 감독을 비롯한 애니메이션 제작 스태프 여러분, 모든 출판 관계자 여러분. 언제나 감사합니다.

그리고 무엇보다 여기까지 읽어주시는 독자 여러분께 최대한의 감사를 표하게 해주세요. 이상, 미카와 고스트였습니다.

■ 역자 후기

되감기와 빨리감기가 의미를 잃고
로마를 불사르던 네로의 노여움도 잊혀진
그리고 그런 것들에 누구도 신경 쓰지 않는
물리매체가 온라인으로 남김없이 대체되는 시대에
한 역자가 후기를 쓰고 있었다.

역자 후기

안녕하세요? 8인치 플로피 디스크 실물을 만져본 적 있는 불초 역자 인사드립니다.

애써 부정하실 동년배 여러분을 위해서 확실하게 말씀드립니다. 우선 진정하세요. 가능하면 편안하게 앉아서 들으십시오. 준비 되셨나요? 그럼 말합니다.

요즘 애들은 CD도 잘 모릅니다. 앗! 발작이다! 진정제!

실례했습니다. 동년배가 아닌 여러분. 아무래도 연식이 되는 역자 같은 세대는 말이죠. 저거거든요. 그 CD도 모르는 분들한테는 참으로 낯선 것이겠습니다만, 역자는 카세트테이프라는 것부터 썼어요. 그래요. 온라인 스트리밍은커녕 CD조차 없는 시대가 있었습니다. 그게 좀 지나면 CD가 나오고 그 다음엔 MP3가 나오게 되었고, 이제는 그것마저 거의 잊혀지고 온라인 스트리밍의 시대가 된 겁니다. 여러분! 과거는 존재합니다!

아, 그리고 옛날에는 카세트 플레이어랑 CD 플레이어라는 전용 기기마저 있었어요! 온라인 통신은 전화선으로 했고요! 회선 2개 써서 속도가 2배인 ISDN이란 것도 있었어요! 많이 쓸수록 전화요금이 나와서 야간 정액제라는 게 있었어요! 이거 놔! 아직 더 할 말 있어! CD가 문제가 아니라고 끄아아아!

(역자의 상태가 좋지 않은 고로 다음 후기에서 뵙겠습니다.)

의매생활 11

초판 1쇄 발행 2026년 2월 10일

지은이_ Ghost Mikawa
일러스트_ Hiten
옮긴이_ 박경용

발행인_ 최원영
본부장_ 장혜경
편집장_ 김승신
편집진행_ 권세라 · 최혁수 · 김경민 · 최정민
편집디자인_ 양우연
국제업무_ 박진해 · 조은지 · 이지현 · 박지현
관리 · 영업_ 김민원 · 조은걸

펴낸곳_ (주)디앤씨미디어
등록_ 2002년 4월 25일 제20-260호
주소_ 서울특별시 구로구 디지털로32길 30 코오롱디지털타워빌란트 1301-1308호
전화_ 02-333-2513(대표)
팩시밀리_ 02-333-2514
이메일_ lnovellove@naver.com
L노벨 공식 카페_ http://cafe.naver.com/lnovel11

ISBN 979-11-278-8704-9 04830
ISBN 979-11-278-6510-8 (세트)

값 8,500원

흔해빠진 직업으로 세계최강 1~14권, 단편집

시라코메 료 지음 | 타카야Ki 일러스트 | 김장준 옮김

『왕따』를 당하던 나구모 하지메는 같은 반 아이들과 함께 이세계로 소환된다.
차례차례 사기적인 전투 능력을 발현하는 반 아이들과는 달리
연성사라는 평범한 능력을 손에 넣은 하지메.
이세계에서도 최약인 그는 어떤 반 아이의 악의 탓에
미궁의 나락으로 떨어지고 마는데—?!
탈출 방법을 찾을 수 없는 절망의 늪에서
연성사로 최강에 이르는 길을 발견한 하지메는
흡혈귀 유에와 운명적인 만남을 이루고—.
"내가 유에를, 유에가 나를 지킨다. 그럼 최강이야. 전부 쓰러뜨리고 세계를 뛰어넘자."

나락으로 떨어진 소년과 가장 깊은 곳에 잠들었던 흡혈귀가 펼치는
『최강』 이세계 판타지 개막!

L NOVEL

곰 곰 곰 베어 1~21권

쿠마나노 지음 | 029 일러스트 | 이소정 옮김

게임이 현실보다 재밌습니까?—YES
현실 세계에 소중한 사람이 있습니까?—NO

……온라인 게임 설문 조사에 대답했을 뿐인데
말도 안 되는 이세계(아마도)로 내던져진 나, 유나.
은톨이 경력 3년의 폐인 게이머.
맨 처음 장착하게 된 장비템이 『곰 세트』라니…….
이게 무어야—!?
하지만 세고 편하니까 뭐, 괜찮으려나?
울프를 쓰러뜨리고, 고블린을 쓰러뜨리고
극강 곰 모험가로서 일단 해볼까요.

은둔형 외톨이 소녀, 이세계에서 무적의 곰 모험가가 되다!